© 강영호

KB108941

김탁환

1968년 진해에서 태어나 서울대학교 국어국문학과와 동 대학원을 졸업했다. 장편소설『조선 누아르, 범죄의 기원』,『혁명, 광활한 인간 정도전』,『뱅크』,『밀림무정』,『눈먼 시계공』,『노서아 가비』,『혜초』,『리심, 파리의 조선 궁녀』,『방각본 살인 사건』,『열녀문의 비밀』,『열하광인』,『허균, 최후의 19일』,『불멸의 이순신』,『나, 황진이』,『서러워라, 잊혀진다는 것은』,『압록강』,『독도 평전』, 소설집『진해 벚꽃』, 문학비평집『소설 중독』,『진정성 너머의 세계』,『한국 소설 창작 방법 연구』, 산문집『읽어 가겠다』,『뒤적뒤적 끼적끼적』,『김탁환의 쉐이크』등을 출간했다.

방각본 살인 사건 1

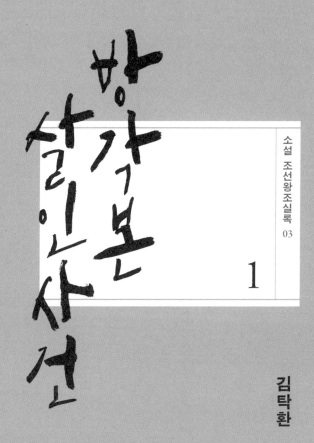

소설 조선왕조실록

03

1

김탁환

민음사

이 모든 고통, 이 모든 터무니없는 고난, 자아의 천박함과 무가치에 대한 이 모든 자각, 패배에 대한 이 모든 불안과 죽음에 대한 이 모든 공포.

— 헤르만 헤세, 『황야의 이리』

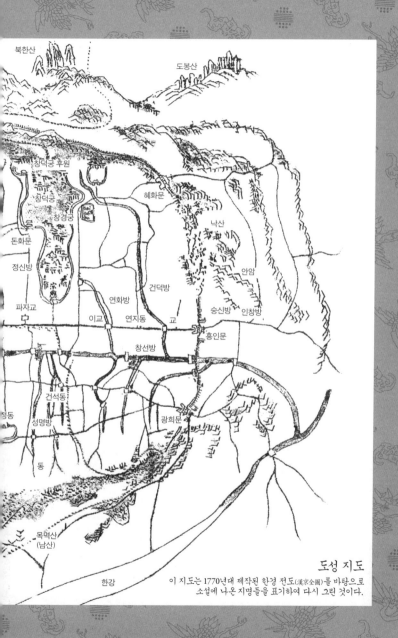

북한산

도봉산

창덕궁 후원

창덕궁

혜화문

창경궁

낙산

돈화문

정신방

건덕방

안암

연화방

파자교

숭신방

이교

연지동

교

인창방

흥인문

창선방

건석동

정동

성명방

광희문

동

목멱산
(남산)

도성 지도

이 지도는 1770년대 제작된 한경 전도(漢京全圖)를 바탕으로
소설에 나온 지명들을 표기하여 다시 그린 것이다.

한강

차
례

1장 김진   11

2장 능지처참   21

3장 백탑파   45

4장 첫인사 그리고 재회   85

5장 미로   125

6장 꽃에 미치다   153

7장 증거 인멸   197

8장 용의 얼굴을 우러르는 새벽   223

9장 부탁   253

10장 너는 바보다   283

11장 청미령과 나눈 대화   305

12장 각수 납치   321

13장 기다림의 미덕   351

1장

김진

내 벗 김진(金眞)이 천하제일관(天下第一關, 산해관)을 거쳐 연경(燕京, 베이징)과 안남(安南, 베트남)을 둘러보고 뱃길로 유구(琉球, 오키나와) 팔두산(八頭山, 류큐 열도 서남단에 있는 여덟 개의 섬)을 살펴 오겠다고 길을 나선 지도 벌써 다섯 해가 지났다. 총명한 친구이니 여행 중에 화를 입지는 않았을 것이다. 사람과 풍광, 서책과 꽃나무에 매혹되어 가는 곳마다 짧게는 보름 길게는 몇 달씩 시일을 끌었으리라. 김진은 계획대로 제주를 지나 해남(海南)에 내린 후 녹우당(綠雨堂, 해남 윤씨의 종가, 윤선도는 효종이 수원에 지어 준 집을 해남으로 다시 옮겨 녹우당의 사랑채로 삼음)을 둘러보고 이곳 소광통교 옛 서재로 돌아오겠지만, 문제는 내게 있다.

지난겨울 눈병을 앓은 후 흰자위에 실핏줄이 늘고 부쩍

눈물도 잦다.

삼십 년도 훨씬 전 초정(楚亭, 박제가의 호) 형님이 연경 유리창(琉璃廠, 연경에 있는 문화의 거리)에서 사다 준 안경을 조심조심 닦아 써도 백악(白岳, 북악산)이 흐릿하다. 방각 소설(坊刻小說, 장사를 목적으로 상점에서 판각한 소설)의 작고 삐뚠 글자는 아예 보이지도 않는다. 새 소설이 나올 때마다 책비(冊婢, 책 읽어 주는 여종)를 들일 수도 없는 노릇이다.

나는 지금 대필(大筆, 큰 붓)로 이 글을 쓰는 중이다. 손이 떨려 시전지(詩箋紙) 한 장을 채우는 데도 반나절이 든다. 이렇게 더디 가다간 해를 넘기지도 못하고 눈이 멀 것 같다. 내가 구언(口言, 입말)만 하고 딸아이 손을 빌리면 젊은 날을 조금은 빨리 되살릴 수 있지만, 세 치 혀를 놀리는 것과 한껏 힘을 실어 대필을 휘돌리는 것이 어찌 같으랴. 한 자 한 자 어금니로 씹어 가며 망각과 싸워 이기는 글쓰기가 바로 소설이리라. 진달래 흐드러지게 피는 봄날, 문 굳게 걸어 잠그고 묵향 피워 올린 곡절이 여기에 있다.

나는 본은 전주(全州), 이름은 명방(明房), 자는 홍구(洪丘), 호는 청전(靑箭)이다. 선무 이등 공신으로 임진년(壬辰年, 1592년)과 정유년(丁酉年, 1597년)에 있었던 바다 싸움에서 큰 공을 세우신 의민공(毅愍公, 이억기) 그 어른이 바로 오대조이시다. 내가 적진을 향해 날아가는 우는살(嚆矢, 소리가 나는 신호용 화살)을 흉내 내며 옹알이를 하고, 설자리(射臺, 활을 쏘기 위해 서는 자리)에서 걸음마를 시작한 것도 의민공이 물려준 피가 흐르기 때문이다. 저 흰 바람벽에 걸린 막막강궁에도 그 어른 손때가 묻어 있다.

약관에 무과 별시를 갑과 삼등으로 합격한 후 의금부 도사를 거쳐 경흥부에서 일 년 남짓 별장으로 봉직할 기회가 있었다. 이백 년 전 일이건만 경흥부 백성들은 여진 오랑캐 백 명을 사로잡았던 경흥 부사 의민공이 세운 공적을 잊지 않고 있었다. 막막강궁 아래 놓인 낡은 피갑(皮甲, 돼지 날가죽에 검은 사슴 가죽으로 미늘을 엮어 만든 갑옷) 한 벌도 그곳 경흥부 서리(書吏)에게서 받은 것이다. 왼쪽 옆구리에 난 찢긴 자국으로 볼 때, 의민공을 평생 괴롭힌 허리 통증은 경흥부에서 비롯한 것이 아닌가 싶다. 나도 범인(凡人, 평범한 사람)보다 머리 하나는 큰데, 피갑을 입어 보니 의민공은 나보다도 머리 하나는 더 컸으리라. 선무 일등 공신에 책록된 충무공(忠武公, 이순신)이나 원릉군(原陵君, 원균)에 비해 전공이 가볍지 않은데도 이등에 그 이름을 올린 것이 안타까울 따름이다.

안타까움은 임진년과 정유년에 일어난 전쟁에만 머무르는 것이 아니다. 세인들은 영조 대왕과 정조 대왕 시절을 이 나라가 개국한 이래 가장 빛나는 태평성대였다고 한다.

빛이 강하고 아름다우면 어둠 또한 짙고 넓은 법! 백탑(白塔, 종로 탑골 공원에 있는 원각사지 십층 석탑. 박지원, 박제가 등이 자주 어울린 곳) 아래 모였던 학인과 협객을 안타깝게 만든 시절 또한 그때다. 김진과 함께했던 젊은 날을 되짚다 보면 그 시절 만난 눈 밝은 이들의 면면이 드러날 것이다.

이 소설은 궁핍한 시절 내내 벗으로 지냈던 화광(花狂) 김진이 미리 내락한 것임을 밝혀 둔다. 어려서부터 패관기서를 좋아했던 내 오랜 소망은 소설을 짓는 것이었다. 이야기를 팔아 생계를 잇는 매설가로 나갈 뜻은 없지만, 우리들 가슴에 깊이 남아 있는 '안타까움'을 대대손손 전하고 싶다. 잊혀진다는 것은 서러운 법이니까.

연암(燕巖, 박지원의 호) 선생이나 담헌(湛軒, 홍대용의 호) 선생에 관한 이야기를 지을 수도 있지만, 꽃에 미쳐 한평생을 보낸 김진 그이를 진작부터 주인공으로 점찍어 두었다. 단언하건대 김진 이야기는 어사 박문수에 관한 믿기힘든 전설보다 그 시절 아픔을 날카롭게 찌른다.

몇 번 소설을 시작하려고 했지만 그때마다 뜻하지 않은 사건이 터졌다. 문체를 꾸짖으신 일에 연암 선생과 초정 형님이 연루된다거나, 협객 중 협객이자 나와 의형제를 맺은 야뇌(野餒, 『무예도보통지』의 저자 백동수의 호) 형님이 갑자기 다친다거나, 정조 대왕이 훙(薨, 왕의 죽음)하셨던 것이다. 일을 수습하려고 이리저리 돌아다니다 보면 소설 쓰기는 뒷전으로 밀렸다.

훗날 김진이 이 글을 읽는다 해도 결코 노여워하지는 않으리라. 푼돈을 모으기 위함도 아니요, 유방백세(流芳百世, 꽃다운 이름을 후세에 길이 전함)를 위함은 더더욱 아니기 때문이다. 백탑 아래 모였던 학인과 협객이 품었던 곧고 맑은 정신을, 나라 앞날을 걱정하는 붉은 마음 한 조각을, 봄바람을 타고 계곡을 흘러내리는 물처럼 저 어린아이들에게 전하고 싶다.

일세기남자(一世奇男子, 한 시대를 풍미할 만큼 용모와 재주가 뛰어난 남자)에 관한 소설을 쓰겠다고 마음먹은 후 열흘 남짓 잠을 설쳤다. 내 안에 잠겨 있던 수많은 목소리와 움직임과 맛과 냄새가 비수처럼 가슴을 찌르고 보석처럼 눈을 어지럽혔다. 갖가지 풍광과 함께 여러 순간이 앞서거니 뒤서거니 떠올랐으나 김진과 처음 만난 날부터 이 작은 이야기(小說)를 시작하기로 마음을 정했다. 내가 한 여인 때문에 처음으로 눈물을 쏟은 사건이기도 하다. 이 붉은 마음을 솔직하게 밝힐 수 없다면, 어떤 이야기도 명명백백하게 쓰지 못할 것 같다. 딸아이가 먼저 간 어미를 대신하여 눈을 흘기더라도 어쩔 수 없다. 섬광처럼 왔다가 큰바람처럼 사라질 나날이 그 아이에게도 곧 닥칠 것이니, 지금은 이 아비가 원망스럽더라도 언젠가는 따뜻하게 미소 지으리라.

독자들은 지금 내가 느끼는 두려움과 설렘을 모를 것이다. 내 벗 김진의 됨됨이를 몇 줄 문장에 담는 것은 모욕에 가깝다. 연암 선생과 담헌 선생이 씨앗을 뿌렸고 형암(炯庵, 이덕무의 호) 형님과 초정 형님을 거치면서 꽃이 핀 이용후생(利用厚生) 학풍을 김진은 홀로 어두운 서재에 숨어 천여 권의 책으로 집대성했다. 연암 선생이나 초정 형님의 가르침을 지금도 그리워하는 사람이라면 『화광전서(花狂全書)』를 통해 그 갈증을 말끔히 씻을 수 있으리라.

이용후생이라는 큰 가르침은 점점 잊혀 가고 있다.

그 기개, 그 용기, 그 치밀함의 순간들이 세월의 강에 묻혀 사라지고 있는 것이다. 신유년(辛酉年, 1801년. 서학을 물리친다는 명목으로 정조가 총애하던 남인과 서얼들에 대한 대대적인 박해가 있었음) 광풍이 지난 후로는 북학을 논의하는 자리마저 사라져 버렸다. 가난과 질병, 눈물과 한숨만이 조선을 덮고 있다.

김진은 아직도 내게 그 서책들이 있는 서고를 공개하지 않았지만, 나는 믿는다. 김진이 쓴 전서(全書)가 빛을 보는 날 백탑의 흰 꽃들도 만개하리라. 김진은 때를 고민하고 있는지도 모른다. 대국 여행에서 돌아오면 어떤 식으로든 결단을 내릴 것이다.

이 소설은 큰바람 불어오기 전, 있는 듯 없는 듯 다가서
는 산들바람에 가깝다. 김진이 어떤 사람인가를 미리 알려
터무니없는 오해와 질시를 줄이고 싶다. 과연 그이는 어떤
사람일까? 하늘 같고 강 같으며 바람 같고 샛별 같은 사내.
공맹에 정통한 사람인 듯하다가도 노장의 빔[虛]과 없음
[無]에 다가서고 석씨의 대자대비에 눈 돌리는 사내. 여기
까지 쓰고 찢는 동안에도 점점 더 이 친구가 낯설다.

초정 형님이 김진을 두고 쓴 글을 한 편 남긴 덕분에 짐
을 조금 덜었다. 이 글 역시 그 면모를 완전히 드러내지는
못하지만 젊은 시절 그 친구 품행을 산뜻하게 정리하고 있
다. 초정 형님 문장에서 큰 틀을 잡고 앞으로 소개할 이야
기에서 삶의 결을 만지면 될 듯하다. 을사년(乙巳年, 1785년)
여름, 초정 형님이 지은 글은 이렇다.

벽(癖)이 없는 사람은 버림받은 자이다. 벽이란 글자는
질병과 치우침으로 구성되어 편벽된 병을 앓는다는 뜻이
다. 벽은 편벽된 병을 뜻하지만 고독하게 새로운 세계를 개
척하고 전문 기예를 익히는 것은 오직 벽을 가진 사람만이
가능하다.

김 군은 늘 화원으로 날래게 달려가서 꽃을 주시한 채
하루 종일 눈 한 번 꿈쩍하지 않는다. 꽃 아래 자리를 마련

하여 누운 채 꼼짝도 않고 손님이 와도 말 한마디 건네지 않는다. 그런 김 군을 보고 미친놈 아니면 멍청이라고 생각하여 손가락질하고 비웃는 자 한둘이 아니다. 그러나 김 군을 비웃는 웃음소리가 미처 끝나기도 전에 그 웃음소리는 공허한 메아리만 남긴 채 생기가 싹 가시리라.

김 군은 만물을 스승으로 삼는다. 김 군의 기예는 천고의 누구와 비교해도 훌륭하다. 『백화보』를 그린 김 군은 '꽃의 역사'에 공헌한 공신 중 하나로 기록될 것이며, '향기의 나라'에서 제사를 올리는 위인 중 하나가 될 것이다. 벽이 이룬 공훈이 참으로 거짓이 아니다!

아아! 벌벌 떨고 게으름이나 피우면서 천하 대사를 그르치는 위인들은 편벽된 병이 없음을 뻐긴다. 그런 자들이 이 그림을 본다면 깜짝 놀랄 것이다.

을사년 한여름에 초비당 주인이 글을 쓴다.

— 박제가, 「백화보 서(百花譜序)」

2장

능지처참

어떤 사람이 나를 경계하여 이렇게 말했다.

"옛날부터 한 가지 작은 기예가 있으면 눈 아래 뵈는 사람이 없게 되고, 한쪽으로 치우친 견해를 자신하면 점점 남을 업신여기는 마음이 생겨나서 작게는 욕설이 몸에 모여들고, 크게는 재앙과 환난이 뒤따르네. 이제 그대가 날마다 문자 사이에다 마음을 두니 남을 업신여길 거리를 만들려 힘쓰는 겐가?"

내가 손을 모으며 말했다.

"감히 경계로 삼지 않겠는가?"

— 이덕무, 「이목구심서(耳目口心書)」

갓밝이(새벽이 되어 날이 막 밝을 무렵. 여명)부터 먹구름이 모여들더니 기어이 비를 뿌렸다. 얼음 알갱이까지 섞여 내리자 황소들은 뒷발을 짓차며 긴 울음을 토했다. 뿔이 바닥에 닿을 때마다 덮어씌운 거적이 자꾸 미끄러졌고, 흙덩이가 튀자 구경꾼들이 서너 걸음씩 물러섰다. 사방에서 어지럽게 휘날리는 대기치(大旗幟, 방위를 표시하는 깃발) 사이로 언뜻언뜻 까마귀 울음이 들려왔다. 더그레 차림을 하고 장창을 움켜잡은 군졸들은 형장을 등진 채 눈을 부릅뜨고 주변을 살폈다. 청운몽(靑雲夢)을 구하자는 격문이 금상(今上, 정조)을 비난하는 시와 함께 네 군데 소문(小門, 동소문인 혜화문, 서소문인 소의문, 남소문인 광희문, 서북소문인 창의문)에 나붙었던 것이다.

일찌감치 전(廛)을 걷은 신문(新門, 서대문) 안 저잣거리로 사람들이 꾸역꾸역 몰려들었다. 모화관(慕華館, 중국 사신이 머무르는 곳으로 신문 밖에 있었음)에서 하루를 묵은 대국 사신이 신문으로 들어온다 해도 이렇듯 많은 사람이 모인 적은 없었다. 구름처럼 많은 사람들이 오가는 거리[雲從街]란 이름이 헛되지 않은 듯했다. 갓을 쓰고 두루마기를 입은 양반은 물론이고 패랭이를 삐뚜름하게 쓴 장사꾼, 삿갓을 목 뒤로 넘긴 시주승과 맨 어깨가 훤히 드러난 갓바치도 있었다. 너울(여자들이 나들이할 때 얼굴을 가리기 위하여 쓰던 물건)을 쓰고 여종까지 거느린 양반집 여인네들도 군데군데 눈에 띄었다. 빗방울이 더욱 굵어졌지만 사람들 걸음을 되돌리지는 못했다.

거리로 나선 것은 구경꾼들만이 아니다. 좌우 포도청은 물론이고 의금부 관원들까지 만약을 대비하고 있었다.

구경꾼들 눈망울은 복색만큼이나 다양했다. 그중 안타까움이 깊이 스민 눈, 연정(戀情)으로 눈물을 주르륵 쏟는 눈, 긴 한숨과 함께 허공을 보는 눈이 문제였다. 국법으로 참(斬)하는 죄인을 동정하거나 연모하는 표정을 짓는 것은 치도곤을 당하고도 남을 짓이다. 장창을 들고 위협해도 그 눈망울은 줄어들지 않는다. 오히려 새로운 사람들에게 안개처럼 퍼진다. 그 수는 적지만 강하게 시선을 끈다. 저들은 무슨 까닭으로 벗과 헤어지듯 안타까워하는가. 연인을 잃은 듯 눈물 떨어뜨리는가.

　의금옥에서 신문 안 저잣거리까지 죄인을 압송하는 데는 상당한 시간이 걸렸다. 장창을 든 나장(羅將, 죄인을 문초할 때에 매질하는 일과 귀양 가는 죄인을 압송하는 일을 맡아보던 의금부 소속 하급 관리)을 좌우로 두 줄이나 겹쳐 세웠지만 함거(檻車, 수레 위에 판자나 난간 같은 것을 둘러싸 죄인을 호송하는 수레)를 향해 돌멩이와 쇠구슬, 끝이 뾰족한 작은 대나무 화살이 날아들었다. 나장들이 쓴 쇠가래(鐵加羅, 고깔형 모자)가 벗겨지기도 하고 검은색 반비(半臂, 깃과 소매가 없거나 소매가 아주 짧은 겉옷)에 바둑판처럼 그어진 흰색 선이 흙물에 더럽혀지기도 했다. 성질 급한 나장들은 당장이라도 구경꾼 속으로 뛰어들 것 같았다. 나는 나장들에게 대열에서 이탈하지 말라고 명했다. 죄인을 무사히 호송하여 형을 치르는 것이 급선무였다.

　필동에 사는 역관 강은규처럼 아예 길을 막고 드러눕는 이도 있었다. 형을 행하기 전에 죄인의 두 눈을 뽑은 후 심장을 직접 도려내고 싶다, 그 흉측한 얼굴에 침 한 번 뱉지 못하고 그냥 보낼 수는 없다 했다. 이왕 찢어 죽일 거라면 황소 힘을 빌리는 대신 희생자 가속(家屬, 가족)들에게 넘기라 했다. 순식간에 죽여서는 아니 된다는 절규도 있었다.

최대한 시간을 끌며 죽음이 다가오는 공포에 젖도록 해야 한다, 죽은 이 이름을 하나하나 되새기면서 숨이 막히고 피가 요동치며 솜털 하나하나가 쭈뼛쭈뼛 서도록 해야 한다고.

만만불가(萬萬不可, 결코 옳지 않음)합니다. 이 손으로 직접 벌하게 하여 주소서. 함거를 열어 이 길에 죄인을 꿇리소서. 피눈물 쏟으며 기게 하소서.

열여섯 살 꽃 같은 딸을 잃은 각골통한(刻骨痛恨, 뼈에 사무치게 마음속 깊이 원한이 맺힘)을 모르는 바는 아니지만 지엄한 국법을 흐트러뜨릴 수는 없었다. 사사로운 앙갚음은 엄격히 금하고 있다.

"썩 물러서라. 길을 막는 것은 곧 어명을 거스르는 것이니라. 미시(未時, 오후 1~3시)가 끝나기 전에 죄인을 참해야 하느니라. 비키지 못할까!"

장검을 뽑아 든 채 큰소리를 쳤지만 끈적끈적한 땀이 등을 타고 흘러내렸다. 갓 스무 살에 무과에 급제하고 의금부 도사(종구품)가 된 후 처음으로 죄인을 참하러 가는 중이다. 자주 오가던 이 길이 오늘따라 낯설다. 두 눈을 크게 뜨고 코끝에 힘을 싣는다. 불에 들어가도 타지 않고 물에 들어가도 젖지 않는 평상심을 찾자. 전립(戰笠, 무관이 쓰던 모자)이 비스듬해지거나 남색 전대(戰帶)가 너무 길게 늘어지지 않아야 한다.

견평방(堅平坊, 의금부가 있는 마을, 현재 종로구 공평동에 의금부 터가 있음)을 먼저 출발한 의금부 당상관들은 형장에서 준비를 마쳤으리라. 시간이 없다. 조금이라도 빨리 가야 한다. 의금부에 쏟아진 원망과 비난도 오늘부터 잦아들 것이다. 끝내 범인을 잡지 못한 사건도 여럿 있었지만 이번처럼 민심이 들끓은 적은 없었다. 범인을 수배하는 방이 나붙을 때마다 의금부와 포도청을 비웃기라도 하듯 새로운 희생자가 생겼다. 범인이 도성을 떠나 멀리 달아나지도 않고 거리를 활보한다는 사실이 더 큰 두려움과 원망을 심어 주었다. 육의전에 가거나 육조 거리를 지날 때, 백악산이나 목멱산에 오를 때, 바로 곁에 선 이가 강포(强暴, 사납고 포악함)한 살인마로 돌변할 수도 있었다. 목격자를 수소문했지만 헛수고였다. 상금에 눈이 어두워 찾아온 자들이 내뱉는 거짓말 때문에 오히려 혼란만 가중되었다. 아침에는 곱사등이 늙은이가 범인이었는데 점심에는 전주와 도성을 오가는 건장한 보부상 이름이 거론되었고 밤에는 사랑을 잃은 노류장화(路柳墻花, 기생)가 의심을 받았다. 곤장을 쳐서 내쫓았지만 거짓 제보는 줄지 않았다.

아직도 신문이 보이지 않는다. 서두르자. 시간을 어기면 큰 벌을 받는다.

호통을 치려는 순간 갑자기 주위가 조용해지며 대나무가 갈라지듯 길이 열렸다. 물러서는 구경꾼들 얼굴에 두려움이 가득했다. 나는 장검을 든 채 급히 고개를 돌렸다.

돌부처처럼 가부좌를 틀고 함거 안에 있던 죄수 청운몽(靑雲夢)이 엉거주춤 몸을 일으켰다. 주리를 틀고 각진 돌덩이를 올렸던 두 다리가 당장이라도 부러질 듯 흔들렸다. 걸레처럼 찢긴 바지 사이로 종아리는 회를 떠낸 듯 움푹 파였고 무릎은 피딱지로 덮였으며 허벅지는 실핏줄이 모두 터져 푸르뎅뎅하게 변했다. 가슴과 목덜미는 인두로 지진 자국이 역력하고 더러운 수염은 네댓 가락씩 제멋대로 뭉쳤다. 왼쪽 어깨뼈가 내려앉았으며 등은 굽었고 항문으로 피똥이 흘러 악취를 풍겼다. 산발한 머리는 눈과 코와 입을 가리고도 남았다. 콧구멍이 부어올라 겨우 입으로 숨을 헐떡였다.

지루한 추국(推鞫, 왕의 특명으로 의금부에서 중죄인을 신문하는 일)이 이어졌지만 끝내 공범 이름을 토하지 않았다. 처음부터 끝까지 살인 아홉 건을 혼자 저질렀다 했다. 의금부에 끌려가면 없는 죄도 하룻밤 사이에 만든다고 하지 않는가. 차디찬 감옥에 갇히는 순간부터 저항할 뜻을 꺾고 만다. 먼저 추국을 당한 죄수들의 처참한 몰골을 보며 자신에게 닥칠 고통의 무게에 몸서리치는 법이다.

이 마르고 허약한 사내는 하나도 포기하려 들지 않았다. 논리에는 논리로, 기억에는 기억으로 맞섰다. 고통은 끔찍했지만 몸을 위해 마음을 바꿀 수는 없다고 했다. 혼절하고 깨어나고 또 혼절하고 깨어나기를 반복했다. 찬물을 쏟아붓는 나장들 팔이 부어오를 지경이었다.

양팔을 뒤로 묶이고 두 발에 차꼬(足枷)를 찬 청운몽이 좌우를 살피며 엉거주춤 일어섰다. 험상궂게 생기지도 않았고 흉측한 표정을 지을 줄도 몰랐다. 같은 남자가 보더라도 반할 만큼 잘생겼다. 얼마나 아름다웠으면 담헌 이래 제일가는 미남이라는 풍문까지 돌았을까. 추국을 당하는 동안 볼이 핼쑥해지고 두 눈이 퀭하니 들어갔지만, 넓은 이마와 오뚝한 콧날은 예전 명성을 잃지 않았다.

눈이 마주쳤다.

웃는다. 이렇게 간단히 구경꾼을 물리고 길을 낼 수 있는 것을 왜 그리 허둥댑니까 하고 비웃는 듯하다. 의금옥에서도 추국청에서도 청운몽은 늘 그렇게 알 듯 말 듯한 미소를 머금었다. 오늘 사지가 찢겨 죽을 죄인이라고는 상상할 수 없을 만큼 넉넉하고 따스한 웃음이다.

청운몽이 쓴 소설도 그랬다. 인물들 수십 명이 저마다 사연을 품고 방방곡곡 등장하였지만 한번 뒤엉키는 법이 없었다. 천천히 등장인물 한 사람 한 사람을 모두 만져 눈물과 한숨, 웃음과 환호를 꼼꼼하게 담아냈다. 많지도 않고 적지도 않게 딱 그만큼만 묘사하고 설명함으로써 긴 여운을 만들었다. 이름 앞에 조선 제일 매설가(賣說家, 소설가)라는 수식이 붙은 것도 지나치지 않다. 아슬아슬한 순간마다 시간을 더디 흐르게 하고 크게 반원을 그리며 먼 풍광에서부터 접근하는 솜씨는 독자들 애간장을 태우고도 남았다.

느리게만 움직이는 것은 아니다. 화룡점정의 순간이 닥치면 그토록 아끼던 인물들을 사정없이 운명의 절벽 아래로 민다. 가슴 절절한 슬픔과 함께 찾아드는 조금 때 이른 파국과 긴 여운은 다음 소설을 계속 찾게 한다.

침착함과 느림은 단호함을 더욱 완벽하고 눈부시게 만드는 징검다리다. 이 섬세한 매설가는 오로지 자신만의 눈으로 세계의 흐름을 읽고 자신만의 귀로 변화의 속삭임을 들으며 유혹과 고통을 물리쳐 왔다. 적어도 나는 그렇게 믿었다.

지난 한 달 열흘 동안 형신(刑訊, 죄인을 형장(刑杖)으로 치면서 신문하는 것)을 당하는 청운몽의 비명을 들었다. 시뻘건 인두가 등과 배를 지질 때, 각진 바위가 무릎을 누를 때, 중곤(重棍, 가장 무거운 곤)이 엉덩이 살점을 찢을 때, 알아듣기 힘든 외마디 비명이 쏟아졌지만 결코 자복하지 않았다. 명명백백한 증거를 들이대도 고개를 저었다. 죄를 인정하지 않을지도 모른다는 생각이 들었다. 팔다리가 부러지고 혀가 잘리고 눈이 뽑히더라도, 목이 끊어지는 그 순간까지 무죄를 주장할 것 같았다. 형신을 하던 옥리들이 먼저 지쳤다. 의금옥이 생긴 후 처음 있는 일이다.

그렇게 하루하루 조금씩 실망하다가 열흘 전에는 문득 이런 생각까지 들었다.

범인이 따로 있는 걸까. 정말 청운몽에게는 죄가 없는 게 아닐까. 잘못이 있다면 벌써 낱낱이 고했겠지. 저 충혈된 눈을 보아라. 꼭 쥔 주먹을 보아라. 가까스로 곧추세운 허리와 가슴을 보아라. 살인은커녕 다른 사람 뺨 한 대 때리지 못할 가늘고 긴 손가락이 아닌가. 거짓말을 하기에는 너무 붉은 입술이 아닌가. 지금이라도 이 사건을 다시 조사해야 할까. 아니다. 의금부 관원 모두가 청운몽을 범인이라고 하지 않았는가. 자신이 저지른 일이 너무 끔찍하여 끝까지 버티고 있는지도 모른다. 조그마한 잘못이라도 인정하는 순간 목이 달아날 테니 모든 걸 부인할 수밖에 없다. 공범을 대지 않는 이유는 무엇일까. 그만큼 버틸 사람이 없는 탓이다. 혼자라면 모든 걸 부인할 수 있지만, 다른 이라면 하루도 지나지 않아 입을 열 테니까. 자신이 지은 소설만큼이나 완벽하게 형신을 이겨 내려는 것이다. 무서운 인간!

그 밤에 청운몽은 단호하게 죄를 부인했듯 단호하게 죄를 인정했다. 추관(推官, 죄인을 신문하는 관리)들이 들이민 살인 사건을 모조리 자신이 한 것으로 받아들인 것이다.

모진 형신에도 굴하지 않던 사람이 왜 마음을 바꾸었을까. 죄를 토설하게 하는 능언초(能言草, 벙어리를 말하게 한다는 신비한 약초)라도 먹은 걸까.

독대하여 묻고 싶었으나 기회가 없었다. 죄인을 능지처참하여 민심을 수습하라는 어명이 내려왔기 때문이다. 참형 일시와 장소를 적은 방을 붙이는 일이 내게 떨어졌다. 도성뿐만 아니라 경기도와 충청도, 황해도까지 돌고 오니 열흘이 금방 지나갔다.

빗방울이 더욱 굵어졌지만 구경꾼은 줄지 않는다.

오른쪽으로 기로소(耆老所, 조선 시대에 일흔 살이 넘는 정이품 이상의 문관들을 예우하기 위하여 징청방(澄淸坊)에 설치한 기구)와 육조 거리를 지나 경덕궁 흥화문을 멀리 돌아든 함거는 다시 멈출 수밖에 없었다. 주먹만 한 차돌멩이가 우박처럼 쏟아진 것이다. 대부분은 함거에 부딪혀 떨어졌지만 틈 사이를 통과한 돌멩이는 사정없이 청운몽의 머리와 가슴을 두들겼다. 찢어진 이마에서 흐르는 피가 흙비와 뒤엉켜 뚝뚝 떨어졌다. 거북처럼 몸을 웅크려도 돌멩이는 때린 부위를 또 때렸다. 왼쪽 눈두덩이 금방 부어올랐다. 혹 하나가 매달려 앞을 가린 듯했다.

갈비뼈라도 부러진 걸까. 청운몽은 옆구리를 비틀며 거친 숨을 몰아쉬었다. 다시 돌팔매질을 당하면 형장에 서지도 못하고 목숨을 잃을 것 같았다. 죄인이 형을 받기도 전에 죽는다면 인솔을 책임진 나 역시 살아남기 힘들다.

"웬 놈들이냐?"

네댓씩 짝을 이룬 사내들이 사방으로 흩어져 달아났다. 뒤쫓으려는 나장을 만류했다. 함정일지도 모른다.

"놓아두어라. 거의 다 왔다."

나장들이 장창을 횡으로 잡고 흔들자 함거를 둘러싼 원이 차츰 커졌다. 땅은 질척거렸고 송장 썩는 것과 비슷한 냄새가 코끝을 찔러 댔다. 다시 한 번 사내들이 달아난 곳을 살폈다. 매복은 없는 듯했다. 남쪽 은행나무 아래로 눈이 갔다. 샛노란 빛이 유난히 아름다워 신문을 드나들 때마다 찾던 나무였다. 잎이 지고 앙상한 가지만이 비바람에 흔들려 휘청댔다. 잎 없는 은행나무를 유심히 본 것은 그때가 처음이었다.

그 아래 세 사람이 구경꾼들과 멀찍이 떨어진 채 각기 다른 모습으로 서 있었다. 심하게 허리가 굽은 노파는 당장이라도 앞으로 고꾸라질 듯했다. 비에 젖은 백발은 두 귀를 타고 흘러 땅에 닿을락 말락 했고, 떨리는 손으로 포

개 잡은 구절죽장(九節竹杖, 마디가 아홉인 대나무 지팡이)은 여기저기에 진흙을 튀겼다. 고개를 들 힘도 없어 보였지만, 노파는 몸이 앞으로 쏠리는 것도 아랑곳없이 눈으로 함거를 좇고 있었다.

노파의 오른팔을 부축하고 선 옥안선풍(玉顔仙風, 옥 같은 얼굴과 신선 같은 풍채)의 청년은 눈이 크고 볼이 유난히 두툼해서 착한 인상을 풍겼다. 처음 만나는 사람에게도 힘든 점을 묻고 기꺼이 도움을 줄 것만 같았다. 보자기로 싼 물건(한눈에 서책임을 알았다. 나도 저렇게 세책방에서 빌린 『소현성록(蘇賢聖錄)』 첫 권을 보자기에 싼 채 옆구리에 끼고 거리를 달린 적이 있다.)이 비에 젖지 않도록 옆구리에 깊숙이 찔러 넣은 것도 인상 깊었다. 청년은 함거를 쳐다보지도 않고 노파에게 계속 무엇인가를 권했다. 비 맞지 말고 처마 밑으로라도 피하자고 설득하는 모양이었다. 노파가 든 대지팡이는 꿈쩍도 하지 않았다.

두 사람으로부터 네 걸음쯤 떨어진 곳에 쓰개치마로 머리와 귀를 가린 폐월수화(閉月羞花, 달이 구름 뒤로 모습을 감추고 꽃이 부끄러워 시들 정도의 미모)의 처녀가 서 있었다. 키는 큰 편이고 유난히 붉은 입술과 짙은 눈썹이 슬픔을 더했다. 터져 나오는 울음을 감추기 위해 아랫입술을 문 앞니가 희고 고왔다. 턱까지 흘러내린 눈물이 떨어질 때마다 좁고 완만한 어깨가 가늘게 떨렸다. 함거를 좇던 눈길 안으로 내가 끼어들었다. 분명 시선은 내 쪽을 향하고 있었으나 나를 보지는 않았다. 그 눈은, 오직 한 사람만을 좇는 이상한 열망으로 가득했다.

음메! 으음메!

황소들의 크고 긴 울음이 거리를 휘감았다. 형장을 알리는 붉은 깃발이 비바람을 뚫고 남동쪽으로 힘차게 펄럭였다. 나는 종종걸음으로 달려 나가 왼 무릎을 꿇고 의금부 당상관들에게 도착을 알렸다.

"왜 이리 늦었는가? 무슨 일이라도 생긴 게 아닌지 걱정했네. 판의금부사 대감! 함거 호송을 의금부 도사 한 사람에게 맡겨서는 아니 된다 하지 않았습니까? 이게 어디 보통 죄인입니까. 사람을 아홉 명이나 죽인 살인맙니다, 살인마!"

형조판서 구선복(具善復)이 턱수염을 쓸며 혀를 끌끌 차댔다. 판의금부사 홍낙성(洪樂性)이 서둘러 분위기를 다잡았다. 말다툼이나 벌일 상황이 아니었다.

"그만하세요. 어쨌든 시간 안에 왔지 않소? 이 사건을 해결하는 데는 이명방의 공이 컸소이다. 함거 호송이야 의금부 도사가 늘 하던 일이고."

홍낙성은 아랫사람을 따뜻하게 감싸며 모든 일을 무리

없이 처결하는 것으로 신망이 두터웠다. 이번에도 역시 부족한 나를 턱없이 추어올려 떨어질지도 모르는 불똥을 미리 피했다. 구선복이 대꾸할 겨를도 없이 일을 진행시켰다.

"함거에서 죄인을 끌어내어 오라."

나는 재빨리 함거로 달려가서 두 겹으로 어긋나게 걸린 자물쇠를 열었다. 나장 넷이 다가섰다. 입이 바짝바짝 타들어갔다. 여기까지는 얌전했지만 죽음을 눈앞에 두었으니 어떻게 돌변할지 알 수 없었다.

문이 열렸다. 청운몽은 스스로 엉덩이를 들려 했지만, 왼 무릎을 펴기가 힘에 부친 듯 엉덩방아를 찧었다. 뼈에 금이라도 간 모양이다.

"으으으으!"

신음 소리가 귀를 찔러 왔다. 고통을 빨리 멎게 해 주는 편이 낫다는 생각이 들었다. 덩치 좋은 나장 하나가 함거로 들어가서 청운몽을 업었다. 살인마에게 분노를 폭발시켰던 구경꾼들도 죄수가 일어서지 못한다는 사실을 확인하고 침묵으로 빠져 들어갔다. 함거에서 내려서던 나장이 균형을 잃고 기우뚱거렸다. 나는 손을 뻗어 청운몽의 왼 어깨를 붙잡았다. 살이 탄 냄새와 피와 고름이 엉킨 냄새, 겨드랑이 땀 냄새와 의금옥 바닥에 깔린 마른 짚 냄새가 한꺼번에 코를 찔렀다. 이 세상에 존재할 것 같지 않은 죽음의 냄새였다. 얼굴을 찡그리지 않을 수 없었다. 그 순간 청운몽이 턱을 들었다. 실핏줄이 터져 흰자위가 붉게 물든 눈망울에 든 눈부처(눈동자에 비쳐 나타난 사람 형상)는 바로 나였다.

다 왔소?

그렇소이다. 이제 곧 그대를 짓누르는 고통은 사라질 게요. 그러나 그대가 죽인 이들의 가족이 느끼는 고통은 그대가 죽더라도 사라지지 않을 거요. 살인자를 처형하는 것과 사랑하는 이를 잃은 슬픔을 위로하는 것은 전혀 별개니까 말이오.

청운몽은 구름 낀 하늘로 눈을 돌렸다. 여기까지 흐른 자신의 삶을 잠시 되짚어 보는 듯했다. 나는 청운몽이 쓴 소설 「장백한전(張白漢傳)」에서 주인공의 정적(政敵) 강조요가 참수당하기 직전 마지막으로 뇌까린 말들을 기억해 냈다.

……강조요가 냉소(冷笑, 차갑게 웃음) 왈(曰) 사생유명(死生有命, 인간이 살고 죽는 데는 운명이 있음)이로다. 금일에 이르러 참살(斬殺, 목을 칼로 베어 죽임)의 형을 받아들이는 것은 자웅을 결단하여 졌기 때문이라네. 이겼으면 이 자리는 그대 차지가 되었겠지. 결말을 알고도 역린(逆鱗)을 건드렸거늘 수원수구(誰怨誰咎, 누구를 원망하고 누구를 탓하랴.)하

37

랴. 자, 그럼…….

"……갑시다."

청운몽이 내 마음을 따라 읽듯 강조요의 유언을 마무리
했다. 나는 고개를 좌우로 세차게 한 번 저었다.

이 일은 강조요와 장백한과는 다르다. 두 사람은 정적
이지만 나와 청운몽은 맞서 겨루는 사이가 아니지 않은가.
청운몽은 살인자고 나는 의금부 도사일 뿐이다. 어찌 그이
와 내 자리가 바뀔 수 있으리.

의금부 동지사(同知事, 종이품) 최남서(崔南書)가 낭랑한
음성으로 조서를 읽어 내렸다. 판의금부사는 여러 차례 바
뀌었지만 동지사 자리는 요지부동이었다. 전왕(前王, 영조)
시절에도 최남서는 줄곧 당하관으로 의금부를 지켰고 당
상관에 오른 후에는 기꺼이 의금부 동지사 일을 맡았다.
깡마른 몸매와 짙은 눈썹, 날카로운 눈과 길게 뻗은 턱만
큼이나 일처리가 꼼꼼하고 빈틈이 없었다. 누가 지었는지
모르지만 '얼음'이라는 별명이 너무나도 잘 어울렸다. 구명
을 위해 말을 넣었다가 망신을 당한 대신이 한두 명이 아
니었다. 내가 청운몽 사건을 마무리하도록 배려한 이도 그
였다. 너무 어린 나이에 능지처참의 형을 집행하는 것이
아니냐는 의견도 있었으나 최남서는 범인을 포박한 공이

이명방에게 있음을 강조하며 그대로 밀어붙였던 것이다.

두 해 남짓 도성 안을 휘감았던 살인 사건들을 차례차례 짚었다. 목숨을 잃은 아들과 딸, 아버지와 어머니, 동생과 형의 이름이 불릴 때마다 웅성거림이 조금씩 커졌다. 비바람에 젖어 가라앉던 분노와 슬픔의 불씨가 다시 활활 타오르기 시작하였다. 청운몽 뒤에 서서 주위를 살폈다. 원이 점점 좁아지고 있었다. 몇몇 사람 손에 돌멩이가 들려 있었다. 장창을 곧추세운 나장들 어깨에 힘이 잔뜩 들어갔다.

"형을 집행하라."

심상치 않은 분위기를 파악한 의금부 동지사도 서둘러 읽기를 마치고 네댓 걸음 뒤로 물러섰다. 나는 장검을 높이 들고 외쳤다.

"묶어라!"

나장들이 청운몽을 번쩍 들어 올렸다. 엉뚱하게도 그 순간 나비가 떠올랐다. 색색 가지 꽃 사이를 자유롭게 날아다니다 비바람을 만나 꽃잎 속에서 잠든 흰나비. 왜 저렇게 희디희기만 한 걸까. 풀표범나비처럼 강렬하지도 않고 수풀떠들썩팔랑나비처럼 어지럽지도 않아라. 암고운부전나비처럼 차라리 잠잠했으면, 왕줄나비나 은판나비처럼 기억에 금 하나 긋고 갔으면. 흰나비 불길 속으로 뛰어들면 가장 가까운 이가 목숨을 잃는다 했지. 백설 같은 흰나비는 상복을 입은 듯 날아가고 날아오네.

동아줄이 양손과 양발 그리고 목에 감겼다. 머리 쪽의 황소가 뒷발을 짓차며 콧김을 푸푸 내뿜었다. 나장이 고삐를 당겨 앞으로 나가는 것을 막았다. 황소들이 동시에 걸음을 내딛지 않으면 사지를 찢을 수 없다.

하늘을 보고 드러누운 청운몽의 얼굴과 가슴과 배 위로 빗방울이 떨어졌다. 눈을 제대로 뜰 수 없을 만큼 굵고 매서운 비였다. 나는 천천히 허리를 숙였다. 콧김이 뺨에 닿을 정도였다.

"마지막으로 남기고 싶은 말은 없소?"

실눈을 뜨고 나를 쳐다보았다. 그 입술에 귀를 가까이 댔다.

수많은 소설을 쓴 당신이 그냥 이대로 한마디 말도 없이 죽어서야 쓰겠소? 독자들은 당신 마지막을 궁금하게 여길 게요. 최고의 매설가에서 최악의 살인마로 전락하는 것. 사지가 뜯겨 죽는 이가 이 세상에 몇이나 되겠소? 당신이라면 지금 심정을 알기 쉽게 쥘 수 있을 게요. 그 많은 이들을 죽이며 당신도 언젠가는 이런 최후를 맞으리라 상상은 하였으리라 믿소. 상상은 어디까지나 상상일 뿐. 온몸을 휘감아 도는 죽음의 느낌은 어떠하오? 견딜 수 있으리라 믿었던 게요? 그 누구의 이름도 부르지 않고 의연히 마지막 구멍으로 사라지리라 결심했던 게요? 이제 시간이 얼마 없소. 자, 드러내 보이시오. 지금 느낌을, 당신이 이 일로 원했던 바를, 당신에게 남은 후회를. 당신의 마지막 말을 꼭 기억하리다. 원한다면 세상에 흘려 줄 수도 있소.

갈라지고 터진 입술이 파르르 떨렸다. 고개가 천천히 왼편으로 돌아갔다. 대답 대신 청운몽은 누군가를 찾고 있었다.

"얘야!"

환청이 아니었다. 왁자지껄한 구경꾼들 사이로 빗소리를 뚫으며 탁하고 가느다란 음성이 청운몽을 불렀다. 거기, 세 사람이 서 있었다. 은행나무 아래에 있던 노파와 청년과 처녀였다. 노파는 아예 무릎을 꿇고 양손을 펼쳐 들었다.

"어……머니!"

청운몽의 입술이 마지막으로 열렸다.

둥.

북소리가 짧게 울렸다. 참형 시작을 알리는 소리였다. 나는 다시 허리를 곧추세우고 장검을 높이 뽑아 들었다. 칼날에 튀긴 빗방울이 눈과 코와 입을 어지럽혔다. 직접 베는 것은 아니지만 한 인간의 목숨을 끊어야 하는 순간이 온 것이다. 무과에 급제하면서부터 언젠가는 사람을 죽일 때가 오리라 예상했으나 이렇게 빨리 닥칠 줄은 몰랐다.

둥둥.

북이 두 번 울렸다. 황소들이 일제히 뒷발질을 해 댔다. 참형 신호로는 붉은 깃발이나 장검이 쓰였다. 대부분은 붉은 깃발을 가볍게 흔들어 황소들을 전진시켰지만 오늘 나는 장검을 택했다. 검을 높이 뽑아 들어 살인마를 영원히 처단하는 순간을 알리고 싶었다. 두 발을 공중으로 차올리고 몸을 빙글 돌리면서 장검을 사선으로 그어 내렸다. 순간 고삐를 쥐었던 나장들이 일제히 황소 엉덩이를 채찍으로 쳤다.

"아악!"

허공에서 한 번 출렁인 청운몽의 몸이 순식간에 찢겼다. 나는 엉덩이에 힘을 주며 두 눈을 크게 떴다. 죄인 몸이 잘 찢어졌는지를 확인하는 것도 의금부 도사인 내 임무였다.

정확하게 일곱 걸음 앞으로 나아간 황소들이 제자리에 멈춰 섰다. 양손과 양발, 몸통과 머리가 제각각 찢긴 시신에서 흐른 피가 진흙과 뒤엉켰다. 나장들이 준비한 보자기를 펼쳐 머리를 제외한 다섯 부분을 각각 수습했다. 함경, 평안, 경상, 전라, 충청도에 보낼 것들이다.

"가슴을 보십시오."

양손으로 청운몽의 머리를 든 나장이 내 가슴을 눈으로 가리켰다. 고개를 숙였다. 붉은 피가 왼쪽 가슴에 하나 가득 묻어 있었다. 뒷머리가 서늘해지면서 숨이 막혀 왔다.

"넘어지지 않게 단단히 세우도록 해."

"알겠습니다. 이 짓만 벌써 십 년째입니다."

나장은 넉살 좋은 웃음을 흘리며 죄인의 머리를 왕대나무 깃대에 찔러 세웠다. 그 아래 미리 준비한 '殺人魔 靑雲夢(살인마 청운몽)'이란 여섯 글자가 덧붙었다. 참형은 끝났다. 구경을 마친 사람들은 청운몽의 잘린 머리를 향해 침 한 번 뱉어 주고 비바람을 피하여 보금자리로 돌아갔다.

의금부로 오니 어주(御酒)가 내려와 있었다. 판의금부사가 따로 고기와 안주를 샀다. 그 밤은 모처럼 일배일배부일배(一杯一杯復一杯, 한 잔 한 잔 또 한 잔) 하며 크게 취했다. 노파를 바라보던 청운몽의 눈물 어린 눈동자와 내 가슴에 묻은 핏덩이를 지우기 위해서였다.

3장

백
탑
파

나는 한번 그곳을 방문하면 돌아가는 것을 잊고 열흘이고 한 달이고 머물렀
고, 지은 시문(詩文)과 척독(尺牘)이 곧잘 책을 만들어도 좋을 정도가 되었으며,
술과 음식을 찾으며 낮을 이어 밤을 지새곤 했다.

— 박제가, 「백탑청연집서(白塔淸緣集序)」

　아버지(박지원)는 타고난 성품이 호방하고 고매했으며, 명예와 이익이 몸을
더럽힐까 봐 극도로 경계하고 삼가셨다. 중년에 과거를 단념하자 사귀는 벗 또
한 많지 않아 오직 담헌 홍대용, 석치 정철조, 강산 이서구가 수시로 왕래했으
며, 이덕무, 박제가, 유득공이 늘 따라 어울리며 배웠다.
　담헌공은 아버지보다 여섯 살 위였으며 학식이 정(精)하고 깊었다. 공 또한
과거 공부를 그만두었으며, 조용히 수양하며 지내셨다. 공은 아버지와 도의의

사귐을 맺어 우정이 돈독하였다. 하지만 두 분이 공경하는 말과 호칭을 사용함은 처음 사귈 때와 똑같았다. 아버지는 늘 우리나라 사대부들이 대부분 이용후생학, 경세제국학(經世濟國學), 명물도수학(名物度數學) 등의 학문을 소홀히한다는 점, 그리하여 잘못된 지식을 답습하고 있으며 그 학문이 몹시 거칠고 조잡한 점을 병통으로 여기셨다. 담헌공의 평소 지론도 이와 같았다.

— 박종채, 「과정록(過庭錄)」

마상 무예의 달인 야뇌 백동수에게서 검술과 궁술을 익힌 것은 내 생애 최고의 행운이다. 스승의 예로 모시려 했으나 백동수가 먼저 고비(皐比, 스승의 자리)를 거절하며 결약형제(結約兄弟, 맹세하여 형제가 됨)를 제의했다.

　"난 제자 같은 건 받지 않아. 문하를 두는 건 샌님들이나 하는 짓이지. 아래위로 열 살까지 마음이 통하면 벗인 게고, 그 위로 또 열 살까지 강술(안주 없이 마시는 술)로 밤을 지새울 수 있다면 형제의 인연을 맺으면 그만일세. 금파옥액(金波玉液, 황금과 옥같이 귀한 술)이나 앞에 놓고 서로 꿈을 이야기해 보자고. 나는 조선의 병법과 무예를 정리한 서책을 펴내고 싶으이. 그 서책을 바탕으로 조선 장졸들을 무적 강병으로 키우고 싶다 이 말일세. 자네도 날 도와줄 테지?"

열여섯 살이나 많은 사람이 형님 노릇을 하겠다고 나서
는데 어찌 막을 수 있으리. 내가 약관에 황갑(黃甲, 과거에서
갑과로 급제하는 것)에 뽑힌 이유를 고귀한 핏줄에 갖다 대는
이도 있지만 그건 어디까지나 시샘이며 오해다. 단숨에 과
거에 급제한 것은 백동수로부터 막막강궁을 쉼 없이 한 획
(獲, 오십 발)씩 쏘는 법을 익혔기 때문이다. 지금도 전통(箭
筒, 화살을 담는 통)을 허리에 차고 설자리에만 나가면 두려
울 것이 없다. 방진(方震, 충무공 이순신의 장인으로 조선 제일의
궁사로 꼽힘)이 환생한다 해도 겨뤄 보고 싶을 만큼.

표창(鏢槍) 던지는 법 또한 백동수에게서 배우고 익혔다.
내가 즐겨 사용한 표창은 몸통 끝이 삼각형이고 날개가 좌
우 상하로 꼬리를 치듯 뻗어 내렸다. 검지보다도 짧고 가
벼웠지만 나는 동안 회전하기 때문에 다른 표창과는 달리
살갗을 파내며 깊이 박혔다. 급소에 꽂히면 목숨을 빼앗을
정도였다. 백동수는 자칫 경망스러워지는 것을 피해 한 번
도 표창을 손에 들지 않았지만, 가벼움 속에도 바른 도리
가 있다며 표창을 소매에 품는 것을 막지는 않았다.

"내 몸을 바르게 한 후에야 과녁을 살필 수 있음일세. 과
녁이 아무리 가까워도 온몸의 기운이 손끝으로 모이지 않
는다면 아무것도 맞힐 수 없을 걸세. 자네가 맞혀야 하는
것은 과녁이 아니라 쉽게 상대를 제압하려는 자네 마음인

게지. 표창을 던져 상대를 누르기보다 표창을 던지지 않고 뜻한 바를 이루는 것이 더욱 옳은 일일세. 바다 건너 왜놈들은 암살에 표창을 쓰지만 자넨 결코 급습에 표창을 쓰는 일이 없도록 하게. 활이나 검을 잡을 여유가 없는 화급한 상황일 때만 잠시 표창에 의지하라 이 말일세. 알겠는가?"

미시(未時, 낮 3시)가 끝날 무렵 조선 제일의 협객이 의금부에 들렀다.

어주를 마시며 밤을 지새운 의금부 관원들은 제대로 공무를 보지 못하고 있었다. 나 또한 취기를 쫓아내느라 뒷마당에서 태견으로 몸을 푸는 중이었다.

"매일 몸을 다듬으라고 하지 않았나? 많이 흐트러졌군."

백동수는 좌우로 멋지게 뻗은 콧수염을 쓸며 혀를 차 댔다. 보통 사람보다 머리 두 개는 더 컸고 꼿꼿하게 서서 무릎을 만질 정도로 유난히 팔이 길었다. 끝이 약간 올라간 눈은 그 눈빛이 바람벽을 뚫을 만큼 강렬했고 귀밑까지 찢어진 입은 장졸 천 명을 단숨에 부릴 수 있는 낮고 굵은 목소리를 지녔다. 여인네들 허리보다 굵은 허벅지는 아무리 거친 야생마라도 단숨에 길들일 수 있었다. 맛난 밀주를 담근 집이라면 사흘 밤을 새워서라도 달려갔으며 삼현(三絃, 거문고, 가야금, 향비파)의 음률과 맑은 시를 아는 분대(粉黛, 기생)와는 흥허물을 탓하지 않고 오누이의 연을 맺었다.

함께 갈 곳이 있다 했다. 공무를 보는 방으로 오니 반도 넘게 퇴식(退食, 관청에서 퇴근하여 집에 돌아가 쉬는 것)했다. 청운몽을 능지처참한 여파가 적어도 사흘은 갈 듯했다. 대문을 나선 백동수는 성큼성큼 큰 걸음으로 앞서 걸었다. 키가 크고 허리가 긴 무부(武夫)를 따르려면 종종걸음을 쳐야 했다.

"형님! 어디로 가시는 겁니까?"

백동수가 앞만 보고 답했다.

"어쩌면 오늘 모꼬지(모임)가 마지막일지도 몰라. 자넨 행운이라고."

마지막? 행운?

이 자신만만한 무인은 늘 그렇게 앞서갔다. 원인과 결과를 시시콜콜 따지거나 상대의 처지를 따뜻하게 배려하는 것은 백동수의 방식이 아니었다. 마음에 드는 이에게는 자신의 전부를 보여 주었고 또 자신이 하고자 하는 일에 동참을 강요했다. 조선의 거무패(巨無覇, 한나라 왕망 때의 거인. 키가 십 척에 이르렀다고 함. 여기서는 백동수를 가리킴)와 동행하면 많은 걸물과 진귀한 술, 아름다운 여인을 만날 수 있다. 백동수가 앞서갈 때는 그만한 이유가 있는 것이다. 오늘은 더욱 기대가 컸다. 아무리 근사한 자리로 향하더라도 '행운'이란 단어를 입에 올린 적은 없었다.

"내 오늘 자네에게 이 나라 최고의 인물들을 소개시켜 줌세."

두 어깨에 힘이 잔뜩 들어갔다. 함께 걷는 것만으로도 들뜬 기분이 전해졌다. 대나무 순이 흰 눈을 뚫고 나온 것 같은 백탑을 돌아서 북쪽으로 향하던 발걸음이 갑자기 멈추었다.

"여기가 연암(燕巖, 박지원의 호) 형님 댁이었다네. 지금은 연암골로 내려가 계시네만."

박지원이 도성을 떠나 연암골로 숨어든 것은 도승지(都承旨, 승정원 정삼품 벼슬) 겸 숙위대장 홍국영 때문이다. 조정 대소사를 혼자 좌지우지 마라는 뜻을 숨기지 않았던 것이다. 홍국영은 반드시 제거할 인물로 자신의 먼 친척이기도 한 항재(恒齋, 홍낙성(洪樂性, 1718~1798), 홍국영의 십일촌 아저씨뻘이지만 홍국영의 전횡에 불만을 토로함. 훗날 영의정에 오름)와 함께 연암을 꼽았다. 백동수는 도성을 떠나지 않겠다고 버티는 박지원을 반강제로 떠밀어 연암골로 내려보냈다. 고굉지신(股肱之臣, 임금이 가장 믿고 중히 여기는 신하) 홍국영과 맞서는 것은 승산이 없었다.

몸을 돌려 북쪽 사립문 앞에 섰다.

"이곳은 형암이 거처하는 곳이지. 내 매형이라네. 나보다 겨우 두 살 위지만 학식과 성품은 스승의 예로 받들어도 부족함이 없지."

나는 백동수의 두 살 손위 누이가 이덕무와 혼인하였음을 진작부터 알고 있었다. 백동수가 남산 아래 이덕무의 집을 찾아갔다가 끝내 이르지 못한 사연과 그 일을 안타까워하며 이덕무가 지은 시도 외우고 있었다. 둘의 사귐이 얼마나 깊고 따사로운가를 잘 드러낸 작품이다.

　　꽃잎 뜬 시냇물 느릿느릿 흘러가는 곳
　　내 집은 알기 쉬우니 물가에 사립문 있지
　　속세의 나그네라 산신령이 의심하여
　　일부러 구름 깊게 하여 길 잃고 돌아가게 하네

　　花泛溪流出澗遲
　　吾家易識水邊扉
　　山靈却訝塵間客
　　故使雲深失路歸
　　　── 이덕무, 「차운하여 백영숙에게 부침(次寄白永叔)」

이번에는 서쪽에 솟은 서랑(書廊)을 손으로 가리켰다.

"저곳은 낙서(洛書, 이서구의 호)의 서랑일세."

박지원, 이덕무, 이서구!

탁월한 시와 문장을 뽐내는 문사들 이름이 시냇물처럼 흘러내렸다. 백동수가 자주 백탑 근처를 어슬렁거린 이유를 그제야 알 수 있었다.

"그이들을 오늘 만나는 겁니까?"

백동수가 다시 큰 걸음을 옮겼다.

"그 사람들뿐만이 아니라네. 지난여름 내가 준 『한객건연집(韓客巾衍集, 조선 정조 원년(1777년)에 유금(柳琴)이 이덕무, 박제가, 유득공, 이서구의 시를 모아 엮은 책)』은 읽어 보았는가?"

나란히 걷기 위해 안간힘을 쓰며 답했다.

"예! 형님."

그 책에는 이덕무, 박제가, 유득공, 이서구 네 사람의 시가 나란히 실려 있었다.

"어떤 시가 가장 마음에 들던가?"

"「큰 비 오는 밤[大雨夜作]」이 좋았습니다."

어제는 정말 하루 종일 차가운 비보라(센 바람과 함께 휘몰아치는 비)가 내렸다. 동서남북에서 천둥이 치고 번개가 번쩍일 때마다 장대 끝에 달려 있을 청운몽의 머리가 떠올랐다. 오래전에 읽은 시가 혀끝으로 밀려 나왔다.

　　빗발 자주 휘몰아쳐 바람 급함 알겠는데
　　집은 비에 휩싸인 채 저 멀리서 닭 우는 듯

두 눈을 뜨나 감으나 뵈는 것은 전혀 없어
다만 이름 따져 보고 소리 구별해 볼밖에

風急頻知雨脚橫
濛濛繞屋逗鷄鳴
眼開眼闔都無見
只合思名與辨聲

백동수가 갑자기 무장대소(撫掌大笑, 손뼉을 치면서 크게 웃음)하였다.

"하핫! 꼭 갓모(비 올 때 갓 위에 덮어쓰는, 기름종이로 만든 모자)를 쓴 기분이 들지 않던가? 참으로 신묘한 솜씨야."

"형님은 어떤 시가 좋았습니까?"

"게을러터진 나는 형암의 「만서(謾書)」가 마음에 드네. 어디 한번 외워 볼까."

음부경(陰符經, 도가 서적) 읽는다고 잘 살 리 없다
참동계(參同契, 도가 서적) 왼들 늙지 않으랴
마음엔 하나도 거리낄 일 없으니
천지에 흰 구름 마냥 호쾌하구나

陰符經難涉世
參同契豈引年
渾無一物挂戀
白雲天地浩然

"뜻이 깊고 호방한 시군요. 대단합니다."

백동수가 고개를 끄덕였다.

"자넨 오늘 조선 제일의 문장거필(文章巨筆, 문장에 뛰어나고 글씨를 잘 쓰는 사람)들을 만나는 걸세. 한잔 단단히 사도록 해."

백동수는 늠름웅위(凜凜雄偉, 의젓하고 당당하고 씩씩함)하게 대문을 밀고 들어섰다. 관재(觀齋, 서상수의 호)라는 현판이 눈에 들어왔다. 훗날 안 사실이지만 거기는 백탑파 중한 사람인 서상수의 서재고, 박지원과 홍대용을 따르는 시서화에 능한 젊은 서생들이 모여 세상을 읽고 학문을 논하는 곳이었다. 그중 상당수는 벼슬길이 막힌 서출이었다.

일찍이 박지원은 관재의 기(記)를 써 달라는 서상수의 부탁을 받고 봄〔觀〕에 얽힌 치준대사(緇俊大師)의 일화를 끄집어냈다. 화로를 뒤적이며 향에 불을 붙이던 동자가 냄새의 그윽함과 연기의 기기묘묘함에 감탄하자 치준대사는 이렇게 말했다.

"애야! 너는 그 향을 맡은 게로구나. 나는 그 재를 볼 뿐이다. 너는 그 연기를 기뻐하나 나는 그 공(空)을 바라보나니. 움직이고 고요함이 이미 적막할진대, 공덕을 어디에다 베풀어야 할꼬?"

동자는 여기서 내가 곧 공이라는 깨달음을 얻었다고 한다.

박지원이 구태여 이 일화를 끌어 낸 것은 관재에서 서생들이 새로운 깨달음을 많이 얻기를 바라는 마음은 아니었을까. 그 이야기는 또한 앞으로 닥칠 충격과 소용돌이를 예언하는 말이기도 했다.

웅성거림이 뚝 멎었다.

마루 아래 신발을 보니 십여 명의 서생이 모인 듯했다. 키가 작고 눈이 날카로운 사내가 방문을 열고 나왔다. 방안의 속삭임도 뒤따라 들렸다.

"야뇐가?"

"이런, 또 한바탕 시끄러워지겠는걸. 강원도 기린에서 농사를 짓는다더니 요즈음은 아예 도성에서 사는구먼."

"쉿, 조용히 하게. 지난번에 그렇게 혼쭐이 나고서도 또 그러는 겐가?"

키 작은 사내는 빙긋 웃으며 마음에 두지 말라는 듯 오른손을 가슴까지 올렸다가 왼 손바닥과 마주 쳤다. 팔척 거구 앞에서도 전혀 주눅이 들지 않았다.

"형님! 어서어서 안으로 드시지요. 귀한 손님과 함께 온다는 전갈은 받았습니다만……."

백동수가 턱짓으로 등 뒤의 나를 가리켰다. 나는 옆 걸음으로 비켜섰다. 사내는 내 눈을 가만히 들여다보았다. 그때 서안이 놓인 아랫목에서 걸걸한 음성이 들려왔다.

"들어오려면 들어오고 아니 들어오겠다면 문을 닫게. 이 귀한 이야기를 중도에 끊어서야 쓰겠는가?"

"연암 형님! 야뇌가 왔소. 들어갑니다."

백동수가 군령을 받은 장수처럼 단숨에 방으로 들어갔다. 나와 키 작은 사내가 뒤를 따랐다. 백동수는 방을 가로질러 서안 오른편 상석에 자리를 잡았다. 이미 그 자리는 이 호방한 무인의 것으로 묵인된 듯했다. 내 시선은 백동수의 맞은편에 앉은 백발 성성한 중늙은이에게 향했다. 어깨가 떡 벌어지고 가슴이 두툼했으며 두 눈에서는 순간순간 불꽃이 일었다. 처음에는 지천명(知天命, 오십 세)을 넘겼겠거니 여겼는데, 두 볼에 핏기가 돌고 이마가 반지르르한 것이 불혹(不惑, 사십 세)을 지나쳐 이제 자신을 괴롭히던 문제들과 한판 씨름이라도 벌이려는 사람 같았다. 저 사내가 백동수를 불러들인 것이다. 연암 박지원! 과연 청문(聽聞, 소문)대로 그 풍채는 조선에 당할 자가 없을 듯했다.

"하도 오질 않기에 숙위소에 끌려간 줄 알았지."

"형님도 참 괜한 걱정을 하셨습니다. 제가 왜 숙위소에 끌려갑니까?"

"야뇌가 나를 연암골로 빼돌린 건 알 만한 사람은 다 안다네. 덕로(德老, 홍국영의 자)가 자넬 노린다는 풍설(風說, 소문)도 파다하게 퍼졌으이. 제발 자만하지 말고 밤길에는 꼭 초정이나 형암과 함께 다니도록 하게. 술도 그만 좀 마시고."

"아무리 도승지 겸 숙위대장이라고 해도 죄 없는 사람을 잡아가기야 하겠습니까? 저는 자연과 풍류를 좋아하는 어리석은 서생에게 골짜기 하나를 가르쳐 주었을 뿐입니다. 그 일이 죄가 된다면 어디 따져 보고 싶군요."

"도승지는 가볍게 보아 넘길 상대가 아닐세. 연광(年光, 나이)은 젊지만 노회하기 이를 데 없으이. 언젠가는 우리를 치려 할 걸세. 야뇌! 자넬 먼저 노릴지도 몰라."

"염려 마십시오. 백탑 서생들은 그 누구도 건드리지 못할 테니까요."

"그래도 각별히 조심하게. 내 말 명심해."

서안 위에 손을 얹고 상석에 앉은 사내는 한 시절을 풍미했을 미남자였다. 목과 이마에는 잔주름이 잡혔지만 아직도 뺨은 붉고 코는 오뚝하며 입술은 상대의 마음을 빼앗을 만큼 얇고 고왔다. 동그란 안경도 나이를 흐리게 만들었다. 백발의 사내가 권했다.

"담헌! 계속해 보세요. 어젯밤 탑전에서 아뢴 대로 내게도 좀 알려 달라 이 말씀입니다. 내일 아침 담헌은 태인(泰仁)으로 나는 연암으로 돌아가면 언제 또 만날지 모르는 일 아니오? 그 코끼리가 그리도 크더이까?"

저분이 바로 담헌 선생이시구나.

좌중을 주욱 훑던 홍대용의 시선이 내게 머물 때 나는 그 눈길을 피하지 않았다.

"허허허, 연암도 잘 아시는 일이 아닙니까? 압록강 건너 대국에는 참으로 기이한 비금주수(飛禽走獸, 날짐승과 들짐승)가 많지요."

백동수가 새삼스럽게 우러러보았다. 조선의 어느 무인이 이렇듯 탁월한 문장가들과 호형호제를 하리오.

"서책으로 읽기만 했고 아직 보지 못하였다오. 직접 보고 온 담헌이 주욱 읊어 보시구려."

박지원이 눈짓을 하자 윗목에 앉은 젊은 서생들이 동시에 청했다.

"말씀해 주십시오."

백동수보다도 더 키가 커 보이는 사내가 눈에 띄었다. 늦겨울 미루나무처럼 마르고 약해 보였다. 홍대용이 왼손으로 안경테를 쥐었다 놓으며 눈을 지그시 감았다가 떴다. 젊은 시절 구경했던 그 어마어마한 짐승을 떠올리는 모양이다. 이윽고 코끼리 이야기가 시작되었다.

"코끼리란 놈은 정말 크고 기묘하게 생겼소이다. 높이는 거의 세 길이 넘고 그 모습은 돼지를 닮았다오. 몸에는 털이 나 있으나 그 길이가 짧아 멀리서 보면 털이 보이지도 않소. 몸은 잿빛이지. 특히 기억에 남는 것은 바닥에 닿을 만큼 아래로 드리운 귀라오. 눈도 결코 작은 건 아니지만 덩치가 워낙 크니 작아 보이지요. 입 좌우로 뻗어 나온 앞니는 그 길이가 넉 자를 훨씬 넘는다오. 뭐니뭐니 해도 여러분이 가장 궁금하게 여길 부분은 바로 코라고 생각됩니다. 코는 참으로 길어 능히 땅에 닿고도 남음이 있지요. 어른 두 사람이 양팔을 벌린 것보다도 더 길다고 보아야 할 게요. 코끝은 새의 부리와 같은데 먹이를 말아서 쥐기도 하고 물을 내뿜기도 한다오. 꼬리는 볼품없이 땅으로 드리웠고 발은 둥글고 넓지요. 그 발에 한번 밟히면 목숨을 보전하기가 힘듭니다. 그렇듯 질둔(質鈍, 움직임이 매우 느림)한 코끼리가 호랑이나 표범과 싸워 이기는 것은 모두 그 덩치와 코의 힘에 있다오. 코를 휘둘러 한번 치면 아무리 사나운 짐승이라도 허리가 부러지거나 머리가 깨집니다. 그 덩치만큼이나 먹는 것 또한 가리지 않으니, 코끼리를 조선으로 사 온다고 해도 며칠이나 먹일 수 있을지 걱정이라오. 형암과 초정도 이번 여름 연경에 갔을 때 코끼리를 보았지요? 내가 방금 말한 것 중에서 부족한 부분을 채워 보오."

키 큰 서생에게 이목이 집중되었다. 그 사내가 바로 형암 이덕무였다. 좌중을 둘러보며 차분히 답했다.

"저 역시 순상소(馴象所, 코끼리를 훈련하는 곳)에서 코끼리를 보았습니다. 그 형상은 방금 담헌 선생이 하신 설명에서 보탤 것도 뺄 것도 없습니다. 다만 상노(象奴, 코끼리를 다루는 천한 사람)가 그 큰 코끼리를 부리는 모습을 구경하는 행운이 있었습니다. 상노가 손으로 코끼리 무릎을 치며 짧게 소리를 치자 코끼리는 잘 훈련된 개처럼 두 무릎을 굽히며 엎드리는 시늉을 했습니다. 상노가 그 무릎을 밟고 능숙하게 올라가서 툭툭 등을 치며 다시 고함을 지르자 코끼리는 아무 일도 없었다는 듯 몸을 일으켰습니다. 이를 통해 코끼리가 매우 영민한 짐승임을 알았습니다."

박지원이 물었다.

"순상소에는 코끼리가 모두 몇 마리나 있었소?"

"소생이 본 것은 두 마리뿐이지만 열일곱 마리를 키운다 하였습니다."

"열일곱 마리라! 대단하구먼. 그 많은 배를 채울 만한 먹이와 물이 준비되어 있다 이 말이지요?"

"그렇습니다."

박제가가 옆에 앉은 사내에게 물었다.

"단원! 어떻소? 그릴 수 있겠소?"

단원이라면? 저 사내가 이십 대에 도화원 최고의 화원으로 꼽힌 김홍도란 말인가. 스물아홉 살에 영조 대왕의 어진을 모사하고 왕세손이었던 금상의 초상을 그린 천재 중의 천재. 그도 이 백탑 아래에서 벗들을 사귀고 있었구나. 말로만 듣던 단원의 솜씨를 여기서 구경하게 되는구나. 참으로 복된 밤일진저.

김홍도의 모습을 찬찬히 살폈다. 곧은 허리는 대나무와 같고 검은 눈썹은 진묵(眞墨)으로 방금 찍어 그은 듯했다. 해맑은 눈은 무엇인가를 응시했으며 조금 크고 뭉툭한 코는 자신감으로 충만했다. 가지런한 이와 또박또박 끊어지는 말투에는 오랫동안 숙련된 장인의 기품이 흘러넘쳤다. 희고 가는 손가락은 눈을 감고도 종이의 좋고 나쁨을 감지하고 얇은 손목은 상상의 나래를 펼 때마다 바람 소리를 낼 것 같았다.

붓과 먹, 벼루와 접힌 종이가 그 앞에 놓여 있었다. 김홍도가 시원시원하게 답했다.

"한번 해 보겠습니다."

흔히 있는 일인지 서생들은 순순히 물러나 앉았다. 연경에서 들여온 방징심당지(倣澄心堂紙, 중국 역사상 가장 뛰어난 종이인 송나라 징심당지를 청나라 때 모방한 종이)가 빈자리에 펼쳐졌다. 홍대용과 박지원은 허리를 숙여 백지 위를 뚫어져라 노려보았다.

보지도 않고 말만 듣고서 어찌 그 코끼리란 짐승을 그릴 수 있단 말인가? 어림없는 일이다.

장봉(長鋒)을 든 김홍도는 유매묵(油媒墨, 해주에서 나는 최고급 먹)을 오석연(烏石硯, 남포에서 나는 최고급 벼루)에 찍어 단숨에 출렁이는 파도를 그렸다. 끝이 가볍게 말려 내려간 부분이 바로 코끼리의 등과 앞이마와 코였다. 먹물을 튀기듯 꼬리를 새긴 다음 네 발을 힘차게 아래로 뭉쳤다. 붓을 놓고서야 긴 숨을 내쉬었다. 홍대용의 탄식이 흘러나왔다.

"역시 단원은 신필이로세."

박지원의 칭찬이 뒤를 이었다.

"한 점 파도로부터 시작한 것이 참으로 좋은 듯하네. 소의 몸뚱이와 나귀의 꼬리, 낙타의 무릎과 범의 발톱을 가진 코끼리를 어찌 우리가 알고 있는 짐승으로부터 그리기 시작할 수 있겠는가? 차라리 이름 붙이기 전의 모습을 찾아가느니만 못하다네. 소의 몸뚱이를 그린 것은 결코 코끼리의 몸뚱이가 될 수 없고 나귀의 꼬리를 그린 것은 결코 코끼리의 꼬리가 될 수 없지. 무엇무엇을 닮았다 하여 그 닮은 것에서부터 출발한다면, 코끼리란 짐승은 영원히 수많은 닮은꼴 안에 갇혀 있을 뿐이라네. 이야기를 듣고 떠오른 한 가지 거대한 생각을 거침없이 밀고 가는 것. 그 형상 앞에서 결코 의심하거나 두려워하지 않는 것. 단원은 그와 같은 용기를 지녔구면."

김홍도도 두 어른의 칭찬이 싫지는 않은 듯 입가에 미소를 머금었다.

"과찬이십니다. 두 분 선생께서 대국의 여러 화첩들을 구경시켜 주시고 또 여기 있는 형암과 초정이 이렇듯 귀한 문방의 사우를 선물하였기에 졸필을 그저 놀린 것뿐입니다. 비슷하게 그렸으면 다행이지요."

백동수가 두 눈을 부리부리 뜨고 홍대용에게 물었다.

"형님! 정말 그 코끼리란 놈이 이렇게 생겼단 말씀이오? 허어, 나는 아직 이렇게 괴이하게 생긴 짐승이 있다는 말을 들어 본 적이 없소이다. 조선 사람 중에서는 형님이 처음 본 것이겠소."

특히 옛 문헌에 밝은 이덕무가 끼어들었다.

"아닙니다. 코끼리는 이미 태종 대왕 11년 2월 계축일(1411년 2월 22일)에 일본에서 들어왔지요. 일본 국왕 원의지(源義持)의 선물이었습니다. 처음에는 사복시(司僕寺, 수레, 말, 목축 등을 관장하던 관청)에서 길렀는데 하루에 콩 너 말 이상을 먹어 치웠습니다. 그러다가 공조판서를 지냈던 이우(李瑀)가 코끼리에게 밟혀 죽는 사건이 일어났습니다. 기이함을 구경하다가 추하다며 침을 뱉어 화를 북돋웠기 때문이지요. 그 후 코끼리를 전라도 순천부의 장도라는 섬으로 옮겼는데, 풀을 뜯지 않고 하루가 다르게 몸이 수척해져서 태종 대왕 14년(1414년)에 다시 육지로 데리고 나왔습니다. 세종 대왕 즉위 후에도 코끼리에 대한 기록이 보입니다. 세종 대왕 2년(1420년) 전라도 관찰사가 전라도 곡식만으로는 코끼리를 감당할 수 없으니 충청도와 경상도까지 돌아가며 먹여 길렀으면 한다고 청한 것입니다. 다음 해 코끼리는 충청도 공주에서 자신을 돌보던 종을 또 죽입니다. 충청도 관찰사의 장계를 보면, 이 짐승이 나라에 유익한 것이 없고, 먹이는 꼴과 콩이 다른 짐승보다 열 곱절이나 되어 하루에 쌀 두 말 콩 한 말, 일 년에 쌀 마흔여덟 섬 콩 스물네 섬이 든다고 소상히 밝히고 있습니다. 그때도 코끼리를 죽이지 말고 물과 풀이 좋은 곳을 가려 키우라고 하였지요. 그 뒤의 기록은 없지만 아마도 이 코끼리는 주어진 수를 누린 후 편안하게 눈을 감았으리라 생각됩니다. 하찮은 미물까지 아끼고 존중한 본보기입니다."

좌중이 모두 고개를 끄덕였다. 박지원이 김홍도와 눈을 맞추며 물었다.

"그건 그려 왔는가?"

"완전하진 않습니다만 대충 초를 잡아 보았습니다."

김홍도가 책장 옆에 세워 두었던 두루마리 한 점을 펼쳤다.

어디서 보았을까?

넓은 이마와 오뚝한 콧날. 낯익은 얼굴이다. 깃이 곧고 소매가 넓은 중치막(벼슬하지 아니한 선비가 소창옷 위에 덧입던 웃옷)을 입고 왼손에 갓을 든 채 오른쪽으로 조금 비스듬히 턱을 들었다. 허공을 바라보는 두 눈은 조는 듯도 하고 생각에 잠긴 듯도 했다. 의금부 관원들 얼굴을 떠올렸지만 저런 미남자는 없었다. 윤곽만 잡은 그림이나 등 뒤에 쌓인 서책들로 보건대 학문이 깊은 서생인 듯했다. 어느 틈에 곁으로 다가온 백동수가 팔꿈치를 툭 치며 내게 물었다.

"잘 그렸지? 팔도로 산산이 흩어진 몸이 예서 하나로 붙었구면."

"아!"

두 다리가 후들거려 허리를 펼 수 없었다.

그였다. 청운몽!

의금부 도사인 내가 처음으로 잡아들여 능지처참한 매설가. 어찌하여 단원이 그 흉악한 죄인의 초상을 그린단 말인가? 참형된 죄인을 그리는 것은 무거운 벌을 받고도 남을 일이다.

홍대용이 고개를 끄덕이며 답했다.

"잘 마무리하게. 청운몽의 가솔에게 주는 것 외에 내게도 따로 한 점 그려 주게."

이덕무가 이어 말했다.

"내게도 주오. 여름 한낮 서재에서 열심히 소설을 짓던 청운몽을 그려 주었으면 하오."

박제가도 가세했다.

"나는 함께 금강산에 올랐던 겨울밤을 그려 주오."

나머지 서생들도 모두 초상화를 원했다. 백탑 서생들의 시문을 흠모하고 학식을 존경하던 마음이 한순간에 싸늘하게 식었다.

참으로 겁 없는 자들이구나. 능지처참한 죄인을 동정할 수는 없다. 글재주와 연경 구경을 빌미로 모여 민심을 어지럽히고 불충을 저지르려는 무리가 아닐까. 아직 형장에 뿌려진 피가 마르지도 않았는데 붓을 들어 그 얼굴을 그리고 모정(慕情, 추모의 정)을 나누다니. 아무리 배움이 깊고 시문이 탁월해도 어찌 이들을 그냥 둘 수 있으리. 우선 저 초상화를 빼앗고 단단히 따져 물어 이런 짓을 하는 이유를 밝힐 일이다.

자리를 박차고 일어서며 소리쳤다.

"지금 무슨 짓들을 하는 것인가? 이런 패악을 저지르고도 살기를 바라는가?"

좌중의 시선이 순식간에 나에게 쏠렸다. 백동수가 따라

일어섰다. 나는 성큼 걸음을 옮겨 김홍도가 붓을 놀리기 시작한「금강유람도(金剛遊覽圖)」를 밟았다. 겁에 질려 붓을 놓친 김홍도를 노려본 후 다시 서생들을 위협했다.

"손에 든 불경한 그림들을 내놓으시오. 당장!"

윗목에 앉은 서생들이 엉덩이를 떼려고 했다. 나는 소매에 손을 넣어 표창을 쥐었다. 비좁은 방에서 맨손으로 혼자 여럿을 상대할 수는 없다. 표창을 던져 한 사람만 거꾸러뜨린다면 글만 아는 서생쯤이야 간단히 제압할 자신이 있었다.

"움직이지 마오. 피를 보고 싶지 않소이다."

서생들의 동요는 줄어들지 않았다. 백동수가 내 소매를 슬쩍 보며 서생들을 만류했다.

"앉으시오. 이 친구 표창 솜씨는 조선에서 제일이라오. 오십 보 밖에서 감꼭지를 딸 정도라면 믿겠소? 함부로 덤볐다간 오늘부터 앉은뱅이가 될지도 모르오. 자자, 앉으시오. 어서!"

슬금슬금 다가서던 움직임이 사라졌다. 그때까지도 입을 굳게 다문 채 내 발에 밟힌 그림을 뚫어지게 보고 있던 박지원이 고개를 들고 물었다.

"뉘신가?"

백동수가 대신 답했다.

"의형제 아우라오."

홍대용이 그 와중에도 여유를 부렸다.

"야뇌! 자네 의형제가 어디 한둘인가? 수표교 다리 위에
서 아우들 다 모여라 외치면 적어도 오백 명은 달려올 걸
세."

백동수도 웃음으로 홍대용과 눈을 맞춘 다음 목소리를
조금 높였다.

"이름은 이명방! 이래 봬도 벌써 무과에 급제하고 의금
부에서 도사 일을 하고 있소이다."

의금부 도사!

좌중의 분위기가 차갑게 식었다. 곁에 앉은 박제가가 내
이름을 되새겼다.

"이명방, 이명방, 이명방이라면?"

백동수가 고개를 끄덕였다.

"허허허, 그렇소. 백탑 아래에서 삶과 시를 강론하는 그
대들에게 넉넉한 주효(酒肴, 술과 안주)를 사던 저 마음 넉
넉한 매설가 청운몽을 잡아들인 약관의 금부도사. 바로 그
사람이라오."

첫 만남치고는 최악이었다. 연암 선생과 담헌 선생을 이
런 불편한 자리에서 만난 것이다. 아무런 귀띔도 없이 이
곳까지 이끈 백동수가 원망스러웠다. 우선 인사부터 했다.

"이명방이라 합니다."

두 사람의 표정은 여전히 어두웠다. 두 사람도 백동수를 탓하고 싶으리라. 청운몽을 회억하는 자리에 의금부 도사를 데려오다니. 백동수가 좌중의 마음을 읽기라도 하듯 목청을 높였다.

"끼리끼리 모여 매옥(埋玉, 재주 있는 인물의 죽음)을 아쉬워한들 무슨 소용이 있소이까? 이미 청운몽은 북망산으로 떠났지만, 그 죽음이 억울하다면 그이를 잡아들인 의금부 도사를 앉혀 놓고 이야기를 듣는 게 낫지 않겠소이까? 여러분은 의금부에서 아무 증거도 없이 청운몽을 잡아들여 죽였다고 비난하지만, 내가 듣기로는 그게 그렇듯 간단하지 않소. 나 역시 청운몽이 그 많은 사람을 죽였다고 믿지는 않습니다. 백탑 아래 모인 우리들 중에서 가장 마음이 여리고 또 자기 소설에 등장하는 악한에게 곤장을 안기는 데조차 신중에 신중을 거듭하던 위인이 아니오? 나는 청운몽도 좋아하지만 여기 있는 이명방이라는 호반(虎班, 무반) 역시 아낀다오. 이 사람은 적어도 누구 명을 받아 죄도 없는 사람을 능지처참할 만큼 세파에 찌든 이가 아니오. 옳고 그름을 밝게 가려 한 점 부끄러움 없는 삶을 살아왔음을 나는 아오. 흑과 백을 멋대로 나눈 후 욕하고 슬퍼하는 그런 놀음은 그만둡시다. 한번 따져 보자 이 말이오."

박제가가 단호하게 말했다.

"단원이 그린 청운몽의 초상화를 의금부 도사에게 드릴 수는 없습니다."

나는 작고 날카로운 눈을 피하지 않고 물었다.

"모두 의금부로 압송할 수도 있소이다. 얼마나 무거운 죄를 범하고 있는지 모른단 말입니까?"

박제가가 차분히 답했다.

"죄가 된다는 건 압니다. 잡아가고 싶으면 그렇게 하세요."

이건 또 무슨 말인가? 죄가 되는 줄 알면서도 청운몽을 추모하겠다는 것인가? 순순히 의금부로 잡혀가겠다? 의금옥이 어떤 곳인 줄 모르고 헛된 호기를 부리는 것인가, 아니면 정말 이렇게 버틸 수밖에 없는 다른 이유라도 있는 것인가?

이덕무가 내 마음을 읽기라도 하듯 입을 열었다.

"청운몽은 우리 벗이오. 벗을 그리워하는 것이 죄가 된다면 얼마든지 벌을 받겠소."

긴 목과 두툼한 귓불, 넓은 이마를 차례차례 살폈다.

"평생 어둡고 추운 감옥에서 지낼 수도 있소. 북삼도나 남해 외딴섬에서 생을 마칠지도 모릅니다. 이미 죽은 매설가 한 사람을 위하여 그런 불행을 감내하겠다는 겁니까?"

이덕무가 어리석은 학동을 깨우치는 훈장처럼 하나하나 설명했다.

"진정한 벗 한 사람을 얻게 된다면 십 년 동안 뽕나무를 심고 일 년간 누에를 쳐서 오색 실에 물을 들이겠소. 열흘에 한 빛깔씩 만들어 쉰 날 동안 모두 다섯 빛깔 실을 준비하겠소이다. 이 실들을 다시 봄볕에 쬐어 말린 다음 아내에게 그 벗의 얼굴을 수놓게 하겠소. 귀한 비단으로 장식하고 고옥(古玉)으로 축을 만들어 높은 산과 아득히 흘러가는 강물 그 사이에 펼쳐 놓고 마주 보며 한나절 말없이 있다가 황혼이 들면 품에 안고 돌아오고 싶소이다. 청운몽은 내게 그런 벗이었다오."

박지원이 백만 군사를 호령하듯 오른 주먹을 불끈 쥐며 자리에서 일어섰다. 눈을 감고 고저를 살리자 경파악도(鯨波鰐濤, 고래가 일으키는 물결과 악어가 일으키는 파도. 무섭고 사나운 바다 물결)가 일었다. 당장이라도 바위를 부수고 대지를 적실 것만 같았다.

"도마에 오른 고기가 칼을 겁내랴. 종자기가 죽으매, 백아가 석 자짜리 마른 거문고를 끌어안고 장차 누구를 향해 연주하며 장차 누구더러 들으라 했겠는가? 부득불 찼던 칼을 뽑아 들고 단칼에 다섯 줄을 끊어 버리지 않을 수 없었으리라. 그 소리가 투두둑 하더니 급기야 자르고 끊고 짐

어딘지고 부수고 깨뜨리고 짓밟아 죄다 아궁이에 쓸어 넣고 단번에 불살라 버린 후에야 겨우 성에 찼으리라. 스스로 저 자신에게 물었을 테지. 너는 통쾌하냐? 나는 통쾌하다. 너는 울고 싶으냐? 나는 울고 싶다. 소리는 천지를 가득 메워 마치 금석(金石)이 울리는 것 같고, 눈물은 솟아나 앞섶에 뚝뚝 떨어져 옥구슬이 구르는 것만 같았겠지. 눈물을 떨어뜨리다가 눈을 들어 보면 텅 빈 산에 아무도 없고 물은 흘러가고 꽃은 피어 있다. 너는 백아를 보았느냐? 나는 보았노라."

뜨거운 눈물이 박지원의 뺨을 타고 흘러내렸다.

청운몽이 이들에게 종자기와 같은 존재였단 말인가? 한낱 이야기로 생계를 꾸리는 매설가를 이토록 아끼고 위할 수 있는 것인가?

박제가가 조용히 물었다.

"괜찮겠습니까? 솔직히 말씀드리자면, 우리는 청운몽의 죽음을 안타까워할 뿐만 아니라 그 다정다감한 매설가가 결코 살인마가 아니라는 믿음을 가지고 있습니다. 이런 확신을 갖는다는 것 자체가 중벌을 받을 일입니다. 자리가 불편하면 돌아가셔도 좋습니다. 백탑 아래 모인 우리를 잡아들이고 아니 잡아들이고는 뜻대로 하십시오. 우리의 믿음은 영원히 바뀌지 않을 겁니다."

이미 사형시킨 죄인을 놓고, 그 사형이 부당하다고 믿는 사람들과 처음 만난 자리에서 논박을 하는 것은 편치 않은 일이지만, 청운몽의 무죄를 확신하는 사람들을 그냥 두고 물러설 수는 없었다. 나는 종묘사직을 보존하고 용상을 받들며 민심을 수습하려고 청운몽을 처형했다. 어떠한 사사로움도 개입되지 않았다. 청운몽이 무죄라면 이 일은 백탑 서생들만큼이나 내게도 중요한 문제이다. 살인광이 지금 이 순간 도성 거리를 돌아다니며 다른 희생자를 노린다고 상상해 보라. 피가 끓고 머리카락이 쭈뼛쭈뼛 섰다. 백동수를 원망하는 마음도 사라졌다. 청운몽을 기리는 짓을 용납하는 것은 결코 아니다. 그 반대다. 엄히 다스리기 위해서라도 이 논의를 변두리로 돌리지 말고 정면으로 받아야 한다. 잘잘못이 밝혀지면 그때 초상화를 빼앗아 불태우고 검은 마음을 꾸짖으리라.

　　박제가가 다시 권했다.

　　"힘들면 하지 않아도 됩니다. 나중에 다른 자리에서 따로 이야기를 나누어도 될 일이지요."

　　나는 단호하게 고개를 저었다.

　　"아닙니다."

　　백동수가 양손을 맞잡아 비비며 말했다.

　　"자, 이제 시작해 봅시다. 먼저 청운몽과 맺었던 좋은 추억은 잊읍시다. 의금부에 대한 불만도 지우고, 청운몽이 과연 죄가 있는가 없는가만 냉정하게 따져 보도록 합시다. 누가 먼저 이 일에 이의를 제기하겠소?"

박제가 옆에서 큰 눈을 빙빙 굴리며 호기심에 찬 얼굴로 나를 쳐다보던 사내가 나섰다.

"영재(泠齋, 유득공의 호)라고 합니다. 청운몽은 자주 시를 짓지는 않았으나 이곳에서 우리와 어울리기를 좋아했습니다. 또 우리도 맑고 향기로운 냄새로 가득한 그이 소설을 아꼈지요. 그런 사람이 살인자로 몰려 처형되었으니 마음이 무척 아픕니다. 청운몽이 정말 살인자라면 응당 그 벌을 받아야겠지요. 연쇄 살인범을 잡는 데 이 도사가 큰 역할을 하였다 들었습니다. 청운몽을 잡아들인 과정을 소상히 설명해 줄 수 있겠습니까?"

"알겠습니다."

나는 선선히 응낙한 후 집주인인 서상수에게 시원한 물을 한 잔 청하여 마셨다. 후끈 달아오른 열기 때문에 아까부터 목이 텁텁했던 것이다.

"지적하신 대로 이 사건은 오리무중에 빠졌더랬습니다. 도성 안 동서남북에서 다양한 사람들이 연이어 살해되었으니까요. 역관, 옹기장수, 성균관에서 공부하는 서생, 관기, 선전관, 계사(計士, 호조에 속한 회계원. 중인 기술직) 등등 함께 묶이기 힘든 사람들입니다만, 모두 잔인하게 목이 졸려 살해되었습니다. 의금부와 좌우 포도청이 모두 나섰지만 살인범을 잡지 못했지요. 엄청난 상금을 내걸었지만 단서는 전혀 없었고 범인은 오히려 우리를 능멸하듯 계속 사람을 죽였습니다. 제가 의금부로 들어간 것은 연이은 희생자들 때문에 관원과 장졸들 전체가 의기소침하던 즈음이었습니다. 사건을 처음부터 다시 조사하라는 어명이 내려왔습니다. 신참인 탓에 방 하나를 가득 채운 문서와 물증들을 정리해야 했답니다. 보름이 넘도록 서책 더미에 묻혀 지냈지요. 세 끼를 모두 그 안에서 먹고 서책을 베개 삼아 잠들기 예사였습니다. 붉은빛이 도는 세필을 들고 살인 현장에서 거둔 물품과 서목에 적힌 이름을 하나씩 대조하며 찍어 내리는 것이 마지막 일이었습니다. 옷이나 이불, 촛대 따위 흔히 볼 수 있는 것들이지요. 여자들 경우에는 놋 거울이나 경대가 추가되기도 했습니다. 마음이 급했습니다. 이 점고(粘考, 명부에 일일이 점을 찍어 가며 조사함)만 끝나면 집으로 돌아가서 두 발 뻗고 편히 잠들 수 있으니까요. 서목을 절반 정도 살핀 무렵이었습니다. 신풍(晨風, 새벽바람)이 제법 서늘한 가을이었죠. 잠시 바람이라도 쐬려고 의금부 뒷마당을 거닐다가 이상한 사실을 하나 깨달았습니다. 살해된 사람들에게서 공통점을 찾은 겁니다."

"그게 뭡니까?"

키가 큰 이덕무가 물었다. 나는 불을 쬐듯 양 손등을 두어 번 비빈 다음 답했다.

"소설입니다. 죽은 이들 방마다 소설이 있었습니다."

이번에는 박제가가 나섰다.

"요즈음 소설이야 한 집 건너 하나씩 있지 않습니까? 그 정도 우연이야⋯⋯."

"그렇지 않습니다."

박제가를 똑바로 노려보며 말을 이었다.

"살인이 일어난 자리에는 서안이 있었고, 그 서안 위에는 어김없이⋯⋯."

유득공이 말허리를 잘랐다.

"청운몽이 쓴 소설이 놓여 있었다, 이 말씀이오?"

"그렇습니다. 제목은 다르지만 그 소설을 지은 매설가는 모두 청운몽이었습니다."

박지원이 너털웃음을 터뜨렸다.

"허허허! 사람을 죽여 놓고 자신이 쓴 소설을 서안에 올려놓았다는 말인가? 아무리 바보라도 그런 짓은 하지 않소."

"처음에는 저도 그리 생각하였습니다. 죄를 덮어씌우려고 누군가가 일부러 청운몽이 쓴 소설을 서안 위에 펼쳐

둔 것은 아닐까? 어쨌든 유일한 공통점을 찾았으므로 청운
몽을 조사하지 않을 수 없었습니다. 처음에는 의금옥에 가
두지도 않았지요. 매설가 청운몽의 명성을 익히 들어 알고
있었으니까요. 가볍게, 정말 가볍게 살인 사건이 일어났던
날 행적을 물었습니다. 청운몽은 대부분 기억나지 않는다
고 했고 혹 답을 해도 혼자 서재에서 소설을 지었다고 했
습니다."

홍대용이 끼어들었다.

"청운몽이라면 그랬겠지. 백탑 아래에서 우리들과 앵무
배(鸚鵡杯, 앵무새의 부리 모양으로 만든 자개 술잔)를 기울이는
것 외엔 두문불출하며 지냈으니까. 소설을 짓기 시작하면
한 달이고 두 달이고 서재에서 나오지 않았어. 일 년 내내
소설만 쓴 적도 있으니까. 그 어떤 서생보다도 글에 대한
열망이 깊고 강렬했다오. 얼마나 대단했으면 소설에 치를
떨던 형암도 청운몽이 쓴 소설만은 예외라고 했겠소?"

이덕무가 홍대용의 말을 이었다.

"소설은 본래 원나라에서부터 유행하여 지금에 이르고
있습니다. 무릇 소설은 난잡한 글이지요. 한나라의 당론(黨
論)과 진(晉)나라의 청담(淸談), 당나라의 시율(詩律)은 기절
과 풍류가 있어 읽을 만합니다만 끝내 나라를 망치고 공
맹의 도를 그르쳤습니다. 소설은 그보다 백배는 더 어지러

운 글입니다. 옛 소설은 다 태워 없애고 새 소설은 금하는 것이 지극히 당연한 처결입니다. 하지만 청운몽이 쓴 소설 만은 다른 소설과 격을 달리합니다. 삶의 향기가 묻어나는 그이 소설들을 읽은 후, 소설이 위로는 당론, 청담, 시율에 미치지 못하고 가운데로는 패관, 야담에 미치지 못하며 아래로는 전기, 지괴에 미치지 못한다는 생각을 고치게 되었습니다. 청운몽은 이야기의 큰 골짜기로 세상 모든 근심과 걱정을 몰아넣어 해결하려 한 사람입니다. 그토록 곧고 진지한 사람이 살인을 했을 까닭이 없습니다."

나는 홍대용과 박지원, 이덕무를 바라보며 또박또박 답했다.

"살인이 일어나던 날 다른 곳에 있었음을 단 한 건도 입증하지 못한 사람을 순순히 풀어 줄 수는 없었습니다. 또 하나 이상한 점은 청운몽을 잡아들인 후로 보름 동안 살인 사건이 일어나지 않았다는 것이지요. 탑전에서는 하루빨리 범인을 잡아들여 민심을 가라앉히라는 어명이 내려왔습니다. 의금부 당상관들은 청운몽을 문초하기로 뜻을 모았습니다."

"그래서 등과 배를 인두로 지지고 무거운 바위를 무릎에 얹고 주리를 틀고 곤장을 친 것이오?"

유득공의 물음에는 날이 서 있었다. 나는 더욱 목소리를 낮추어 침착하게 답했다.

"형신 과정에서 다소 몸이 상한 것은 사실이지만 당하관인 제가 어찌할 수 있는 일이 아닙니다. 의금옥에 갇힌 죄수들이 흔히 당하는 일을 청운몽도 당했던 것인데, 워낙 몸이 약하였기에 자주 혼절하고 또 피를 토했던가 봅니다."

박제가가 물었다.

"형신을 이기지 못해 토설하였습니까?"

"아닙니다. 끝까지 버텼지요. 거듭 혼절했지만 끝내 죄를 자복하진 않았습니다. 추관들도 더 이상 형신을 하다가는 송장을 치겠다 생각했던지 사흘 동안 추국을 쉬었습니다. 특별히 죄수가 없는 옥에 홀로 감금되었지요. 저는 이틀 밤을 계속 의금옥에 머물렀습니다. 밤까지 살필 책임은 없었지만 청운몽을 두고 편히 잠들 수 없었습니다. 사흘째 밤에 청운몽이 제게 청하더군요."

"무엇을 말인가요?"

유득공이 궁금증을 참지 못하겠다는 듯 바짝 다가앉으면서 물었다.

"살인 현장에 있던 작품들을 보여 달라고 하였습니다. 판의금부사 허락 없이는 사사로이 증거물을 죄인에게 보여 줄 수 없습니다. 그랬다가 발각 나기라도 하면 저 역시 청운몽과 나란히 감옥에 갇히는 신세가 될 것이었습니다만, 그 깊고 아득한 눈망울을 피할 수 없었습니다. 소설을 보여 주면 무엇인가 전혀 다른 일이 벌어질지도 모른다는 생각이 들기도 했습니다. 서책들을 가져오는 것은 힘들지 않았습니다. 서목을 작성한 장본인이 저였으니까요. 소설 다섯 권을 몸에 두르고 가 은밀히 청운몽에게 보였습니다. 뚫어져라 소설을 살핀 후 스스로 말하더군요. 자신이 아홉 사람을 모두 죽였다고."

"종실직고(從實直告, 사실대로 말함)를 했다 그 말입니까?"

유득공의 콧김이 얼굴에 닿을 정도였지만 나는 한 치도 물러서지 않았다.

"그렇습니다. 처음부터 끝까지, 하나도 빼놓지 않고 모든 걸 고두복죄(叩頭服罪, 머리를 조아리고 죄를 시인함)했습니다. 범행 장소로 어떻게 들어갔고 어떻게 희생자들을 목졸랐는지 상세히 말했습니다. 여러분이 그 재능을 아끼는 것은 이해가 되고도 남음이 있습니다. 저도 이 일이 있기 전까지는 청운몽이야말로 서포 이후 조선 제일의 매설가라고 생각했지요. 하지만 그자는 살인마가 분명합니다. 처형당한 죄인을 기리며 초상화를 나누어 갖는 것은 국법을 어기는 일임을 헤아려 주십시오. 그간의 사정을 다 말씀드렸으니 이만 물러날까 합니다."

침묵 속에 방을 나섰다. 신을 신고 마당으로 내려서려는

데 박제가의 맑은 음성이 뒷목을 잡아당겼다.

"잠시만!"

박제가는 벌써 신을 신었고 백동수는 마루에 서 있었다. 닫힌 방문 틈으로 구슬픈 가야금 가락이 흘러나오기 시작했다. 젊은 시절부터 가야금을 등에 지고 천하를 누비며 뭇 여인들과 사랑을 나눈 홍대용의 솜씨였다.

"왜 그러십니까? 다툴 것이 더 남았습니까?"

박제가가 작은 눈을 크게 뜨며 말했다.

"이 도사 말씀엔 전혀 빈틈이 없습니다. 제가 이 도사라고 해도 청운몽을 잡아들여 문초하고 또 그 자복에 기대어 죄인을 죽음의 구렁텅이로 몰아갔을 겁니다."

죽음의 구렁텅이? 아직도 내 말을 믿지 못하는 것이다.

"……무슨 일로?"

"지나치게 완벽하다고는 생각지 않습니까? 왜 전적으로 부인하다가 그렇게 단번에 모든 걸 시인했을까요?"

"거짓으로 꾸며 대기라도 했다는 겁니까?"

분위기가 싸늘해지자 백동수가 끼어들었다.

"자자, 건넌방으로 가세. 술이라도 한잔 하고 가야지. 이대로 돌아가는 건 예의가 아닐 듯싶으이. 자네에게 꼭 소개하고 싶은 이가 있는데 아직 오지도 않았고."

"돌아가고 싶습니다. 내일 새벽에 처결할 일도 있고요."

백동수가 장난치듯 내 어깨를 감싸며 말했다.

"기분이 좋지 않다는 건 아네. 하지만 그럴 땐 그때그때 풀어야 병이 되지 않는 법이야. 딱 한 잔만 하세."

나는 슬쩍 몸을 빼며 박제가에게 물었다.

"사건 전모를 밝혔는데도 청운몽이 무죄라고 생각합니까?"

박제가가 피하지 않고 답했다.

"어떤 일은 머리가 아니라 가슴으로 알지요."

"그 가슴을 제게 열어 보일 수 있습니까?"

박제가가 답했다.

"술잔을 기울이며 잠시만 기다리면, 백탑 서생들 모두의 가슴에서 흘러나오는 말을 전할 이가 올 겁니다."

나는 못 이기는 척하고 백동수에게 이끌려 건넌방으로 갔다. 그 가슴의 말이 무엇인지 듣고 싶었다. 어둠이 도성 거리를 성큼성큼 밟아 들고 있었다.

4장

첫인사 그리고 재회

　동국(東國)의 예악문물을 비록 '작은 중화(小中華)'로 일컫지만 백 리가 열린 들이 없고 천 리를 흐르는 강이 없으니 강토가 좁으면서 산천이 막혀 중국의 한 고을에도 비교할 것이 못 된다. 더군다나 사람들은 이런 가운데 살면서도 눈을 부릅뜨며 구차스럽게 영리를 도모하고, 거만하게 팔을 걷어붙이면서 사소한 득실을 다툰다. 그러면서 그 스스로 만족하게 여기는 기색이며 악착스러운 말과 글로 세상 밖에 큰 일이 있고 천하에 큰 땅이 있는 줄을 알지 못하니, 어찌 가련하지 않겠는가?

— 홍대용, 「을병연행록(乙丙燕行錄)」

박제가와 백동수의 만류를 뿌리치고, 그 밤에 혼자 거리로 나섰다면 어찌 되었을까?

세상에서 가장 친한 벗을 얻는 기쁨도, 첫사랑에서 오는 아픔도 맛보지 않았으리라. 흐린 눈을 닦아 가며 지난 시절의 모험담을 추억하는 일도 없을 것이다. 기대나 고민 없이 끼어든 순간이 삶 전체를 흔들기도 한다. 내게는 그 밤이 그랬다.

두 사람에게 이끌려 건넌방으로 갔다. 홍대용의 가야금 가락이 멋진 탓도 있었고 저 방에 모인 사람 외에도 내게 소개할 사람이 또 누굴까 궁금하기도 했다. 백동수가 칭찬할 정도라면 만나 볼 가치는 충분한 것이다.

박제가가 이강고(梨薑膏, 소주에 배즙과 생강즙, 꿀을 넣고 중

탕한 술)를 곁들여 주안상을 내오겠다며 자리를 비운 틈을 타서 백동수에게 물었다.

"저 초정이란 서생은 어떤 사람입니까?"

백동수가 짐짓 음률을 타듯 몸을 좌우로 흔들며 답했다.

"건륭(乾隆, 청나라의 연호) 15년(1750년)에 태어났으니 나보다 일곱 살 아래라네. 그런데도 언제나 내 잘못을 짚으며 형 노릇을 하려 들지. 「대학」에서 뜻을 취하여 제가(齊家)라 이름하였고 「이소(離騷)」의 노래에 뜻을 붙여 초정(楚亭)이란 호를 지었네. 생김새는 또 얼마나 기이한가. 물소 이마에 칼날 같은 눈썹이여! 눈동자는 그믐 하늘보다 검고 귀는 한겨울 눈발보다도 희다네. 고독하고 고매한 사람만을 골라 벗으로 삼고 권세 많고 부유한 이들은 가까이하지 않지. 백 세대 이전 인물에게나 흉금을 터놓고 만 리 밖 먼 땅에나 가서 활개를 친다네. 경세(經世)의 큰 꿈을 가슴에 품고 오늘도 홀로 천하 이치를 깨닫기 위해 노력하는 사람, 그 사람이 바로 제가렷다!"

박제가가 주안상을 내려놓은 후 백동수를 말렸다.

"형님! 그만 좀 하세요. 이 도사가 우릴 어찌 보겠습니까?"

백동수가 답했다.

"어찌 보다니? 때를 기다리며 잔뜩 웅크린 강태공 무리

쯤으로 볼까? 조정 일이라면 하나도 마음에 들어 하지 않는, 그래서 곧 구중궁궐로 쳐들어가 세상을 바꾸고 싶은 경세가들 모꼬지쯤으로 볼까? 고려 말 삼은(三隱, 정몽주, 이숭인, 길재)은 또 어떨까? 잘하면 협객, 못하면 무뢰배겠지. 능지처참한 살인마 매설가를 그리워하며 청승맞게 가야금이나 뜯는 집단도 좋고."

잠시 침묵이 흘렀다. 가야금 가락이 더욱 느리고 유장했다. 나는 박제가의 잔에 술을 따른 후 말했다.

"전부터 담헌 선생과 연암 선생의 명성을 익히 들어 알고 있었습니다. 또한 백탑의 젊은 학인들이 두 분 학통을 이어받기 위해 노력하고 있다는 것도. 오늘 야뇌 형님 덕분에 그분들을 뵙게 된 것은 무한한 영행(榮幸, 영광과 행운)입니다. 무엇인가 살아 꿈틀대는 기운을 느꼈습니다. 하지만 그 꿈틀거림에 놀라면서도 마음이 상쾌하지만은 않습니다. 물론 「주자어류(朱子語類)」에도 타인의 옳고 그름을 재는 것이 배우는 사람의 가장 큰 병이라고 하였지요. 옳은 것은 그 사람이 옳은 것이고 잘못된 것은 그 사람이 잘못된 것이니, 우선 자신부터 살피라는 겁니다. 이렇듯 부족한 제가 감히 몇 말씀 여쭈어도 되겠습니까?"

"얼마든지."

박제가가 어깨를 으쓱 들었다 내렸다. 나는 연경의 찬란

한 풍광에 경탄하는 서생들을 대한 불편한 심기를 털어놓기 시작했다. 코끼리 이야기가 나왔을 때부터 끼어들고 싶었으나 처음이라 참았고, 그다음은 청운몽 사건을 의론하느라 이 문제를 꺼낼 기회가 없었다.

"먼저 제가 병법서를 가까이하고 검을 들게 된 이유를 간략히 밝히겠습니다. 저는 어려서부터 임경업 장군과 이완 대장을 존경하며 흠모했습니다. 그분들이 염원한 북벌을 완성한 후 개가(凱歌, 전투에서 승리하고 부르는 노래나 함성)를 부르고 싶었지요. 무과에 급제하여 장수가 되면 그분들이 못다 이룬 꿈을 실현하리라 결심했습니다. 동쪽 바다의 큰 고래(長鯨, 왜국)와 서쪽 변방의 흉악한 맷돼지(封豕, 청나라)를 몰아내는 꿈! 군대는 흉기이고 전쟁은 불행이라지만, 제갈공명이 연거푸 출사표를 짓고 원정을 떠났듯이, 올바름을 위해 반드시 싸워야 하는 일도 있는 법입니다. 후대인들이 제갈공명을 떠받드는 것은 탁월한 지혜와 신묘한 병법 때문이기도 하지만 무엇보다도 의리와 명분을 중히 여기며 끝까지 올바름을 추구하였기 때문입니다. 그 결과가 고작 오장원의 때 이른 죽음이냐고 힐난하는 이도 있지만, 저는 그 죽음이 곧 패배를 뜻한다고는 보지 않습니다. 출사표를 올리지 않고 좁은 촉나라에서 호의호식하는 것이 도리어 패배라면 패배겠지요. 오늘 백탑 아래 모인 서생들 대화를 듣고 있자니 북벌은 개 짖는 소리로 취급받고 오직 압록강 북쪽 학문을 배우고 익혀야 한다는 목소리만 높았습니다. 그럴 바에야 차라리 조선을 떠나 그곳으로 들어가는 것이 좋지 않겠습니까?"

박제가가 백동수와 눈을 맞춘 후 답했다.

"임 장군이나 이 대장을 존경하는 것은 여기 계신 야뇌 형님이나 저도 마찬가지입니다. 병자년에 당한 치욕을 씻고 나라다운 나라를 만들겠다는 두 분 바람은 맑고 숭고한 것이었습니다. 백탑 서생 중에서 그 누구도 제갈공명의 출정을 욕하지 않습니다. 유려한 문장만큼이나 정의로운 결단이었으니까요. 임 장군이나 이 대장의 심정도 출사표를 바치던 제갈공명과 크게 다르지 않았을 겁니다. 그런 두 장수를 귀감으로 삼아 무과에 나아오셨다니 앞으로 하실 일이 참으로 많겠습니다."

잠시 말을 끊고 왼손으로 코와 입술을 가렸다. 생각을 어디까지 밝힐 것인지 잠시 고민하는 듯했다.

"언젠가 연암 선생께서 백호(白湖, 임제의 호) 선생의 일화를 하나 들려주셨습니다. 술에 만취한 백호 선생이 말에 오르려는데 하인이 만류했다는군요. 오른발에는 가죽신, 왼발에는 나막신을 신었기 때문입니다. 그때 선생은 하인을 꾸짖으며 이렇게 말씀하셨습니다. '길 오른쪽에 있는 사람은 내가 가죽신을 신었다고 할 것이고, 길 왼쪽에 있는 사람은 내가 나막신을 신었다고 할 것이니, 아무런 문제가 없다.' 서생들 대부분이 북벌과 북학 중에서 어느 하나는 옳고 어느 하나는 그르다고 합니다. 둘 중 하나를 택해 반대편에 선 자를 헐뜯고 비난하며 심지어 주먹다짐까지 벌입니다. 연암 선생이 왜 백호 선생의 일화를 우리에게 들려주셨을까요? 그 발에 나막신이 신겨 있느냐 가죽신이 신겨 있느냐만을 보지 말라고 말씀하신 겁니다. 발만 보면 둘은 영원히 대립하며 하나는 옳고 하나는 반드시 그른 형국으로 가게 되니까요. 그 사이(間)를 살펴야 전체를 볼 수 있습니다."

"사이를 살펴야 한다 이 말씀입니까? 북학과 북벌이 만날 수 있다는 건가요? 어찌 이것이 가능합니까? 가죽신은 가죽신이고 나막신은 나막신일 뿐입니다."

박제가의 예리한 물음이 시작되었다.

"이완 대장께서 구상하신 대로 장졸을 모아 조련하였다고 칩시다. 휘하 장수들이 예장(禮將), 역장(力將), 지욕장(止欲將)의 경지에 오른 다음엔 어찌해야 하겠습니까?"

백동수가 끼어들었다.

"언제 「용도(龍韜)」는 읽었는가?"

박제가가 웃으며 답했다.

"형님의 아우 노릇을 하려면 「육도삼략(六韜三略, 병법서. 용도는 육도 중 하나)」 정도는 외워야 하지 않겠습니까?"

따라 웃었지만 머릿속이 복잡했다. 예장이란 무엇인가? 겨울에도 갖옷(짐승의 털가죽으로 안을 댄 옷)을 입지 않고 여름에도 부채를 잡지 않으며 비가 내려도 덮개를 펴지 않는 장수이다. 역장이란 무엇인가? 좁고 험한 길을 가거나 진창길로 들어설 때 가장 먼저 내려가는 장수이다. 지욕장이란 무엇인가? 군사가 머물 곳을 정한 후에야 숙사에 들고, 군사의 식사가 준비된 다음에야 식사를 하며, 군사가 불을 켜지 않으면 어둠 속에 머무르는 장수이다. 장수들이 예장, 역장, 지욕장의 경지에 오르면 무조건 승리한다고 하지 않는가. 나는 두 눈을 크게 뜨고 답했다.

"압록강을 건너야지요."

"그다음엔 어찌합니까?"

"산해관까지 밀고 가서 옛 고구려 땅을 되찾는 겁니다."

"고구려 땅을 되찾은 다음에는 어찌합니까? 산해관을 뚫고 들어갑니까?"

"그거야……."

즉답을 못했다. 장졸을 길러 압록강을 넘고 옛 고구려 땅을 되찾을 생각만 했을 뿐 산해관을 뚫고 들어가는 것까지는 상상하지 못했던 것이다. 박제가가 다시 밀어붙였다.

"조선이 대군을 이끌고 압록강을 건너는 것은 곧 청나라와 정면으로 맞서는 겁니다. 조선이 산해관 동쪽과 북쪽을 차지한다면 청나라가 가만히 있겠습니까? 틀림없이 대군을 이끌고 나올 겁니다. 조선이 망하든 청나라가 망하든 둘 중 하나가 될 것이라 이 말입니다. 과연 지금 조선이 청나라를 망하게 할 만큼 힘을 키웠습니까?"

청나라를 망하게 할 힘이 있는가? 낯선 물음이다. 지금까지 나는 북벌을 병자년에 당한 치욕을 씻는 것으로만 받아들였다. 박제가는 훨씬 세밀하게 북벌을 따지고 있는 것이다. 압록강을 건너자마자 청나라 군사와 맞닥뜨릴 것이니, 옛 고구려 땅을 되찾으려면 곧 청나라 군사를 물리쳐야만 한다. 청나라가 패배를 순순히 받아들일까? 어림없는 소리다. 세상의 주인인 그자들이 물러날 리 없다. 대군을 이끌고 조선으로 쳐들어올 것이 분명하다. 일이 그렇게 된다면? 조선은 어찌 되고 북벌에 나섰던 장졸들은 또 어찌되는가?

"지나치게 겁을 먹는 건 아닙니까? 산해관까지 저들을 몰아붙인다면 적당히 타협할 수도 있을 겁니다."

박제가가 내 말을 되씹었다.

"타협한다? 희박하지만 그럴 수도 있겠지요. 하지만 그땐 누가 타협을 보러 나가게 될까요? 북벌을 주장하는 이들은 청나라를 미개한 오랑캐로만 보고 마주 앉아 말을 섞는 것조차도 치욕으로 느낍니다. 북벌이 목소리를 높이는 상황에서 과연 누가 서애(西厓, 유성룡의 호) 대감이나 지천(遲川, 최명길의 호) 대감처럼 타협의 묘미를 살리겠습니까?"

이대로 물러서기 싫었다.

"북벌이 어렵다 해서 곧바로 북학을 장려해야 하는 건 아닙니다. 근묵자흑이라 하였습니다. 연경의 풍광과 물품에 맛을 들이면 그 품에서 벗어나지 못할 겁니다. 북학으로 북벌을 준비함은 도달하기 힘든 꿈에 지나지 않습니다. 청나라가 아무리 오랑캐라고 해도 어찌 자신들을 정벌할 지식과 힘을 조선에 전한단 말입니까? 설령 그런 지식과 힘이 있다고 해도 아주 조금만 조선에 보여 줄 뿐입니다."

박제가가 약간 여유를 부리듯 허리를 젖히며 답했다.

"물론 충분히 그럴 위험은 있습니다. 두 사람이 들기에도 무거운, 도철(饕餮, 사람을 잡아먹는 짐승)을 새긴 종정(鐘鼎)을 대국에서 몰래 들여와 방 하나를 가득 메우고, 와당(瓦堂, 기와 마구리)과 연갑(硯匣, 벼룻집)을 자랑하는 이들이 도성에도 꽤 많으니까요. 그렇다고 이 나라를 부강하게 하고 백성들 고통을 덜어 줄 새로운 학문을 익히는 것을 두려워해서는 아니 됩니다. 배우되 무조건 옳다고 믿지 않고 가려서 살핀다면 많은 이로움이 있겠지요. 청나라는 땅이 넓고 오가는 사람들이 많은 탓에 나고 드는 지식과 힘을 일일이 챙길 수 없습니다. 우리로서는 좋은 기회입니다. 북학을 주창하시는 연암 선생이 젊은 시절 북벌의 뜻을 펴셨고 지금도 그 둘을 함께 가져가는 까닭이 여기에 있습니다. 호랑이를 잡으려면 호랑이 굴로 들어가야 한다는 속언도 있지 않습니까?"

"호랑이 굴에 들어갔던 짐승들 중에서 호랑이를 잡은 경우가 몇이나 될까요? 대부분 하룻밤 먹이로 전락할 따름입니다. 탁월한 문재를 지닌 백탑 서생들이 조선의 풍습과 학문을 청나라 풍습과 학문으로 바꾸지나 않을까 걱정입니다. 원나라에 볼모로 갔던 고려 왕자들은 귀국하여 왕위에 오른 후 대부분 원의 관습을 따랐습니다. 원에서 청으로 오랑캐 이름이 바뀌었을 뿐 달라진 건 아무것도 없소이다."

"그럴 리가 있나요. 우리는 오로지 조선을 위해 청나라를 조심스럽게 배우는 것뿐입니다. 중이 밉더라도 가사(袈裟)까지 미워할 필요는 없겠지요. 청나라가 밉기 때문에 그 나라로 들어온 새로운 문물까지 꺼리는 것은 어리석은 일입니다. 물론 조선을 부강하게 하는 길이 아니라면 아무리 아름답고 값비싼 문물이라 하더라도 물리칠 겁니다. 원나라에 볼모로 갔던 왕자들은 너무 어린 나이에 압록강을 건넜기에 그런 한심한 모습들을 보였으나, 우린 이미 충분히 학문을 닦아 사물을 판별하고 일의 전후를 따질 수 있습니다. 이 도사도 꼭 한번 연경에 다녀오십시오. 세상이 달라 보일 겁니다."

박제가가 단정하게 이야기를 끝맺었다. 그 은은한 웃음을 보며 지나치게 몰아세우지 않았는지 걱정했다. 북학을 탐탁지 않게 여기기는 하지만, 백탑파의 시는 그런 불쾌감을 지울 만큼 충분히 새롭고 날카로우며 곡진한 심정을 담고 있었다. 나는 슬며시 그쪽으로 말머리를 돌렸다.

"『한객건연집』에 담긴 시인들의 얼굴과 목소리를 들었으니 오늘은 제 인생에서 꼭 기억할 날입니다."

"그 시집을 읽으셨습니까?"

백동수가 끼어들었다.

"내 빌려주었지. 이 도사는 무인이면서도 늘 시와 문을 가까이한다네. 특히 당시와 송시에 조예가 깊으이. 넷 중에서 자네 시를 최고로 꼽았다네."

박제가가 까만 눈동자를 아래로 내리며 입가에 옅은 미소를 띠었다.

"다른 세 분이 더 뛰어나지요. 저는 그저 형암 형님을 따라서 몇 편 지어 넣었을 따름입니다."

내 호감을 드러내고 싶었다.

"초정의 시는 빠르고 날카로우며 경쾌하고 독특합니다.

꽁꽁 언 한강을 쩡쩡 때리며 튀어 오르는 돌멩이 같다고나 할까요?"

쩡쩡 때리며 튀어 오르는 돌멩이!

그 표현이 마음에 든 듯 박제가가 다시 술을 권했고 나는 빠르게 취해 갔다.

"아뇌 형님만이 우리들을 아끼시는 줄 알았는데 오늘 이렇게 백탑에 모인 우리의 시를 잘 읽어 주시는 분을 만나 뵈니 참으로 기쁩니다. 과연 그렇습니다. 우리는 산이나 강에 기대어 달관을 노래하는 만당(晚唐) 시풍으로부터 벗어나 지금 여기의 풍광과 시정을 담아내려고 노력하고 있습니다. 고고하게 늙어 가는 학이 아니라 이 나라 심장을 때릴 돌멩이가 되고픈 것이지요. 참으로 잘 오셨습니다. 청운몽 일 때문에 자리가 편치 않으셨을 텐데, 다음엔 먼저 청하여 세상과 시를 논했으면 합니다."

"불러만 주신다면 언제든지 오겠습니다. 다시 한 번 말씀드리지만 그 일에는 그 어떤 사사로움도 들어 있지 않습니다. 살인마를 하루빨리 잡아 도성 안 백성들이 편히 쉴 수 있도록 해야 한다는 뜻으로……."

박제가가 말허리를 잘랐다.

"압니다. 우리 중 그 누구도 이 도사를 의심하거나 원망하지 않습니다. 워낙 착하고 또 재주가 뛰어났던 매설가였

던지라…… 안타까움이 큰 것이지요. 몇 년 동안 기러기발을 전혀 맞추지 않던 담헌 선생이 저렇듯 가락을 만드시는 것도 그이와 맺었던 지난날들을 어루만지는 겁니다. 이것까지 막지는 않으시겠지요?"

박제가는 답을 기다리지 않고 김홍도로부터 받은 「금강유람도」를 품에서 꺼냈다. 내가 중간에 끼어드는 바람에 완성하지 못한 그림이었다.

"이 도사는 지금이라도 의금부 관원들을 대동하고 와서 오늘 단원이 그린 그림들을 모두 빼앗을 수 있습니다."

갑자기 그림을 반으로 찢었다. 나보다 먼저 백동수가 소리쳤다.

"아니, 초정! 무슨 짓을 하는 겐가?"

박제가는 다시 종이를 반으로 접어 이번에는 횡으로 찢었다.

"이렇게 모두 거두어 찢을 힘이 의금부 도사에게 있습니다."

찢어진 종이를 공처럼 말아 꾹꾹 누른 다음 내게 보였다.

"자, 이처럼 찢어 뭉치면 그 관옥(冠玉) 같은 얼굴은 다시 볼 수 없지만 이 가슴에 남은 애틋한 정은 영원히 사라지지 않을 겁니다."

갑자기 종이 뭉치를 입안으로 털어 넣었다. 술잔까지 비운 다음 목을 크게 뽑아 종이를 삼키는 시늉을 한 후 갑자기 앉은자리에서 한 바퀴 맴을 돌더니 입을 쩍 벌렸다. 입 안에는 아무것도 남아 있지 않았다. 백동수가 혀를 끌끌 찼다.

"아까운 그림만 버렸구먼. 단원 그림 한 장이 얼마나 후한 값을 받는지는 자네도 알지 않나?"

"버리다니요? 저는 단원에게 받은 「금강유람도」를 이 품 안에 고이 간직하고 있답니다."

"마음에 말인가?"

"아닙니다. 보시겠습니까?"

박제가가 다시 품에서 그림 한 장을 끄집어냈고, 백동수가 황급히 받아서 폈다. 과연 「금강유람도」였다.

"이럴 수가. 분명 찢지 않았는가? 처음부터 두 장이 있었던가?"

"아닙니다. 단원이 어디 같은 그림을 두 장이나 그려 준 적이 있나요?"

내가 끼어들었다.

"하지만 분명 그림을 찢지 않았습니까? 그런데 이렇듯 찢긴 곳이 한 군데도 없는 그림을 다시 내놓다니…… 믿을 수가 없습니다."

박제가가 빙긋 웃으며 답했다.

"연경에 가면 이보다 더한 편자회(騙子戲, 마술 쇼)가 저잣거리에서 버젓이 공연됩니다. 이치를 알고 나면 대단한 재주도 아닙니다. 가벼운 눈속임이지요. 청운몽을 그리는 마음을 좀 더 드러내 보이려고 잠시 희작을 부려 본 것뿐입니다. 널리 용서하십시오."

"아닙니다. 참으로 좋은 구경을 했습니다. 도성에서도 편자회를 하는 이들이 몇 명 있지만 이렇듯 신기하고 감쪽같은 재주는 처음 보았습니다. 다음에 만났을 때도 더 구경할 수 있을까요?"

"허허, 그러지요. 그러나 환술(幻術)은 한낱 환술일 따름입니다. 중요한 것은 진심입니다. 사람에 대한 진심, 시와 문에 대한 진심, 세상에 대한 진심 말입니다."

'진심'이란 두 글자가 가슴을 쳤다.

"연경에는 코끼리 외에도 기이한 짐승이 많습니까?"

"물론입니다. 수수께끼를 하나 낼 테니 맞혀 보시렵니까? 꼬리와 발은 소 같고 목은 오리와 흡사하며 툭 튀어나온 머리는 뱀을 닮은 짐승은 무엇이겠습니까?"

"소의 발, 오리의 목, 뱀의 머리라고요?"

머릿속으로 그려 보았지만 상상이 되지 않았다. 코끼리보다도 더 이상한 놈이 있다는 말인가? 『산해경』에 나오는 기묘한 짐승들처럼 꾸며 만든 것은 아닐까? 박제가가 미소를 지으며 다시 덧붙였다.

"그 등이 특이합니다. 등에 떼살이 있어 이것이 그냥 안장 노릇을 합니다. 두 개 있는 놈도 있고 하나 있는 놈도 있지요. 안장도 없이 짐을 실을 수 있으니 이보다 더 편한 짐승이 어디 있겠습니까? 사막에서는 특히 이 짐승이 꼭 필요하다더군요. 물 한 모금 먹지 않고도 열흘은 거뜬하답니다."

"모르겠습니다. 세상에 그런 짐승도 있습니까?"

박제가 선선히 답했다.

"낙타라는 짐승입니다. 다리가 긴 반면 몸은 작고 가늘어 호박을 닮았지요. 청나라는 큰 나라입니다. 짐승뿐이겠습니까? 우리가 알지 못하는 풍물과 사람들이 그득하답니다. 배워야지요. 큰 세상을 바로 안 연후에야 조선의 사정을 치우침이나 모자람 없이 살필 수 있을 겁니다."

다시 술잔을 비웠다. 가야금 가락이 끊어질 듯 말 듯 작아지고 있었다. 취기가 등을 타고 뒷목을 지나 정수리로 올라왔다. 청학동으로 흘러드는 차디찬 계곡물이 떠올랐다. 그곳은 「창선감의록(彰善感義錄)」을 지은 졸수재 조성기가 평생을 의탁한 동네이다. 걸작이 만들어진 곳에 호기심을 느껴 그 계곡에 서너 차례 발을 담그기도 했다. 불어난 계곡물이 흰 몸을 뒤채며 바위에 부딪혔다. 철써덕. 그

물에 무엇인가가 빠지는 소리가 들렸다. 황소 다섯 마리가 차례차례 뛰어들고 있었다. 녀석들은 계속 나에게 눈을 끔벅거렸다. 나는 그놈들을 알고 있다. 어제, 신문 안 저잣거리에서 청운몽의 몸을 갈가리 찢은 황소들이다. 아니다. 이건 꿈이다. 황소들이 깊디깊은 산으로 올 까닭이 없다. 황소들 발이 모두 물속으로 잠겨 드는 순간 하늘에서 천둥이 울고 날벼락이 쳤다. 황소들 목이 댕강댕강 잘려 나갔다. 눈을 떴다.

"왔나 보군."

백동수가 두 주먹을 툭툭 마주 치며 말했다. 축축 처지던 홍대용의 가락 위로 현란한 손놀림이 덧붙었다. 홍대용의 가야금 소리가 저물녘 들판이라면 새로운 소리는 칼이나 창이었다. 누가 감히 담헌 선생의 소리에 자신의 가락을 덧붙이는가? 박제가가 자리에서 일어섰다.

"잠시만 계십시오. 이 친구를 데리고 오겠습니다."

술을 두 잔이나 더 마셨지만 가야금은 그치지 않았다. 아니다. 자세히 들으니 새로 덧붙은 소리는 가야금이 아니다. 지금까지 듣던 것과는 완전히 다른 낯선 소리다. 나는 이미 말술에 젖은 백동수에게 물었다.

"저 소리는 가야금이 아닌 듯합니다만……."

"자네도 제법 아는구먼. 옳게 들었네. 저건 동현금(銅絃

琴)이라네."

"동현금이 무엇입니까?"

"담헌 형님이 연경에서 배워 온 게지. 가야금과 비슷한
양이 악기야. 담헌 형님 댁에 가면 형님이 직접 만든 동현
금이 다섯 개도 넘게 있다네. 형님께 동현금을 배운 이들
중에서 두 사람 솜씨가 유독 빼어났지. 나도 몇 번 그 모
꼬지에 참석했지만 그 솜씨에 경탄만 하였으이. 한 사람은
자네도 그 명성을 들었을 걸세. 풍무자(風舞子)를 아는가?"

"풍무자라면…… 가야금의 달인 풍무자 김억(金檍)을 이
르시는 겁니까? 그이가 담헌 선생께 동현금을 배웠다 이
말씀이신가요?"

"그렇다네. 현(絃)을 퉁기는 것이라면 천하의 그 어떤 악
공과 겨루어도 뒤지지 않지. 지금 저 소린 풍무자의 소리
는 아닌 듯하이. 풍무자의 소리는 훨씬 더 무겁고 어둡다
네. 저 소리에도 슬픔이 묻어나지만 앞뒤에 화려함을 숨겨
두었지 않은가? 재주를 드러내지 않고서는 견딜 수 없다는
듯이."

"도대체 저 소리의 주인은 누굽니까?"

"대단한 걸물이지. 올해 열아홉 살이니 자네보다 딱 한
살 적군그래. 담헌과 연암의 제자이자 형암과 초정의 의형
제라네."

홍대용과 박지원의 제자이자 이덕무와 박제가의 의형제? 더구나 나보다도 한 살이 어리다? 술이 확 깼다.

"과거에 급제하였습니까?"

"아직이라네. 시장(試場, 과거 시험장)에 나갈 수만 있다면야 열여덟 살에 장원 급제한 장풍운이 부러울까. 자네, 풍운이 과거에 급제하는 그 대목을 아직도 외우고 있나? 어디 한 번 읊어 보게. 오랜만에 들어 보세."

과거를 준비하는 사람치고 장원을 꿈꾸지 않는 이가 있으랴. 나 역시 그런 영광을 바라며 「장풍운전(張豊雲傳)」의 주인공인 장풍운이 급제하는 대목을 주문처럼 외우고 다녔다.

"이때에 상(上)이 친히 글을 고르실새 한 글을 보시니 문채찬란(文彩燦爛)하며 자자주옥(字字珠玉)이라. 장원을 하시고 피봉(皮封, 겉봉)을 뜯어 보시니 금릉 땅 장풍운이라 하였고 나이 십팔 세라."

"지화자, 좋을시고!"

백동수가 무릎을 치며 흥을 맞추었다.

"그런데 그 사람은 왜 시장에 나가지 못하는 겁니까?"

술잔을 비운 후 답했다.

"김진 그이도 형암과 초정, 그리고 청운몽이나 나와 같은 서얼일세."

박지원이 젊은 시절 스스로 과거를 보지 않았다는 사실은 너무나도 유명했다. 어떤 이는 그 일을 하룻강아지의 오만방자함으로 깎아내렸지만, 그 결단을 흠모하고 칭송하는 이도 적지 않았다. 세상이 어지럽고 혼탁할 때는 물러나 기다리는 것이 군자의 도리였다.

박지원의 학통을 이어받으려는 이덕무나 박제가, 그리고 백동수는 모두 서자였다. 선왕(先王, 영조 대왕)께서 아무리 서얼 허통을 천명하셨어도 이들의 출세는 엄격히 제한되었다.

"그이가 지은 시를 본 적이 있으신가요?"

"아닐세. 워낙 조용하고 속을 알 수 없는 친구인지라 다섯 해도 넘게 만났네만 시든 문이든 나는 본 적이 없으이. 그 배움은 매우 깊고 두텁지. 박람강기(博覽強記, 널리 읽고 잘 기억함)는 그 사람을 두고 하는 말일세. 형암도 모르는 고사를 고증하는 걸 네 번이나 보았다네."

소리가 멎었다.

문이 열리고 박제가를 따라서 한 사내가 들어왔다. 첫인상은 잔골(孱骨, 몸이 약한 사람)에 가까웠다. 너무 마르고 얼굴이 흰 탓이다. 두 눈이 시뻘겋고 양손이 창백한 것도 병색을 뒷받침했다. 전혀 미소를 지을 상황이 아닌데도 입꼬리가 자꾸 올라갔다. 바깥의 자극에 답하는 것이 아니라 자기 내부로부터 만들어 내는 웃음이었다. 자기만의 시간, 자기만의 공간을 지닌 자의 엉뚱함이라고나 할까. 자신의 고민과 맞닿지 않는 경우에는 도톰한 입술을 여는 법이 없었다. 반쯤 눈꺼풀을 내리고 고개를 숙일 때는 귀머거리, 당달봉사가 되어 자신만의 세계로 들어가 버린 듯했다. 잠잠히 머물다가도 흥밋거리를 발견하면 당장 눈을 크게 뜨고 이야기를 시작했다. 무심코 던진 몇 마디 말 때문에 마주 앉아 밤을 지새운 적도 많았다. 아니다. 처음에는 대화를 주고받다가 어느새 김진은 말하고 나는 감탄하는 관계로 바뀌었다. 그러나 이런 깨달음은 훨씬 훗날의 일이다. 그 밤에는, 문(文)과 예(藝)에 재주가 있는지 몰라도 무(武) 근처에는 가지도 않았겠군 하는 선입견을 지닌 채 인사를 나누었을 뿐이다.

"이명방이라고 하오."

"김진입니다."

양손으로 잔을 받아 입을 가린 채 술을 마시는 모습이 부끄러움을 많이 타는 새끼 기생을 닮았다.

"참으로 소리가 좋습니다. 우륵이 환생해도 감탄을 절로 쏟겠습니다."

김진이 겸손하게 말했다.

"아닙니다. 스승님에 비하면 아직 멀었지요. 스승님은

천하의 악기를 모두 다루시는 분입니다."

천하의 악기를 모두 다룬다? 과장이 너무 심하군. 연경에서 양이의 악기 몇 가지를 배워 왔다고 한들 어찌 천하의 악기를 모두 다룰 수 있으랴. 먼저 보고 배웠다 하여 목소리를 높이는 것은 군자답지 못하다. 이런 자와 말을 섞느니 얼음물을 한 그릇 마시는 편이 더 낫지 않을까.

"참으로 대단한 분이시군요. 그대도 곧 그와 같이 되겠지요?"

김진이 불편한 내 마음을 헤아리기라도 하듯 잠시 침묵을 지켰다가 입을 열었다.

"소생은 스승님 발꿈치에도 미치지 못합니다. 스승님께서 천하의 악기를 다 다루신다는 건 악기가 소리를 만드는 이치를 철저하게 따져 파악하고 계신다는 뜻입니다. 물론 천하의 악기를 모두 본 적도 없고 또 볼 수도 없겠지만, 소리를 만들어 내는 이치만 알면 어떤 악기를 처음 접하더라도 곧 연주할 수 있고 나아가 그 악기를 만들 수 있습니다. 소생이 방금 연주한 동현금의 경우도, 스승님께서는 연경에서 본 것과 똑같은 것을 만드셨을 뿐만 아니라 그보다 울림이 크고 깊은 악기로 바꾸기까지 하셨습니다. 조선의 것도 아니고 양이의 것도 아니며 청나라의 것은 더더욱 아닌, 각국 악기의 장점이 골고루 녹아든 새로운 악기가 스승님 손끝에서 만들어졌지요."

믿기 힘든 설명이었다. 처음 본 악기를 즉석에서 연주하는 것이 가능할까. 김진이라는 이 서생은 과장과 감언이설로 세상을 현혹시키는 경박자(輕薄子, 말이나 몸가짐이 가벼워 독실하지 못한 사람)가 아닐까. 점점 더 의심스러웠다.

"이 향기는 무엇입니까?"

김진이 방으로 들어설 때부터 맑은 향기가 코를 찔렀다.

"담복(薝蔔)이로구먼."

백동수가 알은체를 했다. 박제가가 고개를 저으며 말했다.

"아닙니다. 이건 월도(越桃) 향기입니다."

"담복이라니까."

"월도입니다. 형님께서 착각을 하신 것 같습니다."

백동수 얼굴이 벌겋게 달아올랐다. 박제가가 아니었다면 당장 멱살잡이를 했으리라. 김진이 웃으며 둘 사이에 끼어들었다.

"이건 담복 향기입니다."

"그렇지!"

백동수가 박제가를 노려보며 맞장구를 쳤다.

"이것은 또한 월도 향기이기도 합니다."

내가 박제가보다 먼저 물었다.

"담복 향기도 맞고 월도 향기도 맞다 이 말이오? 어찌하여 그런 답이 나올 수 있소이까?"

김진이 웃으며 답했다.

"『화훼명품(花卉名品)』을 보면 이 꽃나무를 담복이라 하고, 『본초』에는 목단(木丹) 혹은 월도라고 합니다. 그러니 모두 옳을 수밖에요. 다시 말하자면 이 향기는 치자꽃 향기입니다. 『유마경』을 보면 한번 담복 숲에 들어간 사람은 다른 향기를 전혀 맡을 수 없다 합니다. 그만큼 치자꽃 향기가 진하여 멀리까지 퍼진다는 증거겠지요. 꽃잎이 여섯 개인 치자는 다른 꽃나무에는 없는 아름다움이 넷이나 됩니다. 우선 꽃 색깔이 눈처럼 희고 기름집니다. 둘은 방금 이야기했듯이 그 향기가 매우 맑고 숲 하나를 온통 덮을 만큼 풍족함입니다. 셋은 겨울에도 그 싱싱한 잎이 하나도 변색되거나 떨어지지 않음이요, 넷은 그 열매를 모아 황색 물을 들일 수 있다는 겁니다. 햇빛을 싫어하니 응달에서 키우고 물을 충분히 뿌려 주어 땅이 마르지 않게 해야 합니다."

제법이군! 하지만 치자꽃 향기를 준비할 때부터 미리 이런 답을 외고 있었는지도 모른다. 이 겨울에 꽃향기를 맡는다면, 누구라도 그 이름을 물을 테니까. 참으로 뱀처럼 용의주도한 사내가 아닌가.

"대단합니다. 그런데 치자는 9월이면 열매를 거두어 햇

볕에 말리지 않소이까? 이 겨울까지 치자꽃 향기를 뿜을 수 있는 비결은 무엇이오?"

김진이 소매에서 작은 보자기 하나를 꺼내 네 귀를 폈다. 그 안에는 아직 채 마르지 않은 치자 꽃잎이 스무 개 남짓 있었다.

"마르지 않은 치자꽃을 이 겨울까지 어떻게 지닐 수 있습니까?"

김진이 다시 보자기를 접어 소매에 넣으며 답했다.

"비법이 있는 건 아닙니다. 꽃잎에서 물이 빠져나가는 것을 잠시 막으면 되지요."

하찮은 지식을 자랑하기 위해 치자 꽃잎을 지니고 다니는 것이 틀림없다. 치졸한 방법이로다. 설만(褻慢, 행동이 거만하고 무례함)한 태도를 은근히 꼬집었다.

"꽃은 겨울이 오기 전에 져서 흙으로 돌아가는 것이 자연의 이치가 아니오? 억지로 꽃잎을 마르지 않게 하는 것은 자연스럽지 못한 일이라 생각되오만……."

김진이 미소를 머금은 채 답했다.

"겨울이라고 해서 모든 꽃이 다 지는 것은 아닙니다. 사계(四季)라는 꽃은 이름 그대로 봄, 여름, 가을, 겨울 네 계절 동안 계속 꽃을 피우지요. 3월, 6월, 9월, 12월에 향기를 퍼뜨리는 겁니다. 춥고 덥고 서늘하고 따뜻한 것은 문제가 되지 않습니다. 너무 자주 꽃이 피어서 귀하게 여기지 않는 이도 있지만, 꽃을 피우려는 노력을 생각한다면 충분히 칭송할 만하지요. 혹시 보지 못하셨다면 저와 함께 사계화 구경 가시렵니까?"

사계화? 그런 꽃도 있는가?

꽃향기를 피워 이야기를 꽃으로 몰고 간 것부터 김진이 친 거미줄에 걸린 듯했다. 악기에 능하고 꽃 지식이 많은 서생! 이것만으로도 만나기 힘든 사람임에는 틀림없지만 쉽게 그 재능을 인정할 수 없었다. 아니, 인정하기 싫었다. 비슷한 연배에 대한 대결 의식과 함께 백탑 서생들이 김진을 매우 아낀다는 사실이 부러웠다. 김진은 연이어 날아든 질문을 슬쩍슬쩍 잘도 피했다. 맞대응을 않으면서도 할 말은 다 하는, 다루기 힘든 사내였다.

좀 더 사람됨을 살피려는데 마당이 소란스러웠다. 노파의 긴 곡소리가 나는 듯하더니 방문을 뚫고 날아든 돌멩이가 술잔을 깼다. 박제가는 재빨리 일어나서 방문 옆에 등을 붙였고 김진과 나는 허리를 젖혀 또 다른 돌멩이를 피했다. 술에 취한 백동수는 콧잔등을 정통으로 맞고 뒤로 벌렁 쓰러졌다.

"어이쿠!"

우리는 동시에 방문을 열고 마루로 나섰다.

"아이고 아이고 아이고!"

백발을 풀어 헤친 노파가 돌멩이를 양손에 쥔 채 주저앉아 통곡하고 있었다. 버선도 신지 않은 맨발이었고 앞가슴과 양팔엔 진흙이 잔뜩 묻었다. 갈라진 손등에서 붉은 피가 흘러내렸다. 움푹 팬 눈과 볼 사이 튀어나온 광대뼈는 금방이라도 저승사자를 불러올 듯했다.

"어머니! 이러지 마세요. 어머니! 형님을 생각해서라도……. 형님의 가까운 벗들이 아닙니까? 제발!"

아들딸인 듯싶은 스무 살 이쪽저쪽의 남녀가 노파를 만류했다.

만화여쟁(萬花如爭, 온갖 꽃이 다투는 것 같은 아름다움)이로다!

나는 곧 처녀 얼굴을 기억해 냈다.

신문으로 향하는 큰길 은행나무 아래에서, 능지처참 형장에서, 참고 참은 눈물이 뺨을 타고 흘러내릴 때 옷고름으로 조용히 슬픔의 길을 닦아 내던 사람. 고개를 들어 하늘을 볼 때는 이런 날을 인정하기 힘든 듯 어깨가 떨렸지. 아랫입술을 물고도 견디기 힘든 고통이 찾아들면 쓰개치마를 고쳐 쓰는 시늉을 하며 돌아섰고, 다시 얼굴을 돌릴 때는 희미한 미소가 얼핏 맺혔다 사라지는 듯도 했지. 그웃음은 누구를 향한 것이었을까. 곧 죽을 자를 위한 마지막 위로였을까.

청운몽의 맑은 얼굴이 그 이상한 미소 안에 고스란히 담겨 있었다. 가슴이 쿵쿵쿵 뛰기 시작했다. 숨이 막힐 만큼.

허리가 굽은 노파는 땅바닥에 이마를 찧을 정도로 엉덩이를 치켜들고 곡을 이어 갔다. 사람 목에서 나는 소리가 아니었다. 추위에 새끼들을 떼로 잃은 어미 늑대의 울음 같기도 했고, 달아난 송아지를 기다리다 지쳐 식음을 전폐한 어미 소의 신음 같기도 했다. 안방에 있던 박지원과 홍대용도 마루로 나왔다. 노파의 오른팔을 꽉 잡은 채 청년이 넙죽 고개를 숙였다.

"용서하십시오. 재작년부터 종종 정신을 놓고 딴사람처럼 행동하는 경우가 잦으십니다. 어제 형님을 잃고서 더욱 병환이 악화되신 듯합니다."

박제가가 마당으로 내려섰다.

"아! 그대는 청운몽의 아우가 아닌가?"

청년이 박제가에게 반절을 했다.

"그렇습니다. 가형(家兄, 남 앞에서 자기 친형을 일컫는 말) 서재에서 뵌 적이 있지요. 청운병(靑雲秉)이라 합니다. 죄송합니다. 야심한 밤에 이런 소란을 피워서……. 이 아이는 동생 미령입니다."

피곤에 찌든 청미령(靑美玲)이 애써 웃음을 띠며 박제가에게 인사했다. 박제가는 미안한 표정을 짓고 선 청운병에게 위로를 건넸다.

"그런 소리 말게. 소란이라니, 당치도 않으이! 자당은 곧 여기 서생들 모두의 어머닐세. 아들을 잃은 충격이 얼마나 크시겠는가. 이 겨울에 혹여 건강이라도 해치실까 걱정이군."

청운병이 답했다.

"구곡간장(九曲肝腸, 꼬불꼬불한 창자와 간. 애타는 마음) 다 녹는다고…… 설원(雪冤, 원통함을 풂)해야 한다고…… 한사코 이곳에 들러 형님 일을 의논드리겠다 하셔서 왔습니다. 대문 앞까지는 정신이 맑으셨는데 마당에서 발을 헛디뎌 넘어지시더니 갑자기 돌멩이를 던지셨습니다. 사죄드립니다. 용서하십시오."

그 순간 노파가 또다시 양손에 든 돌멩이를 마루로 냅다 던졌다. 그중 하나가 내 발목을 아슬아슬하게 스치고 지나갔다. 백동수가 왼쪽으로 기우뚱하는 나를 붙잡고 물었다.

"괜찮은가?"

"걱정 마십시오."

백동수가 귓속말로 물었다.

"아무래도 자넬 너무 빨리 데려온 것 같으이. 청운몽의 가솔까지 올 줄은 몰랐네. 지금이라도 빠져나가는 게 어떻겠는가? 낭패를 볼지도 모르네."

고개를 저었다. 청운몽의 가솔이 왔으니 더더욱 이 자리를 피할 수 없었다. 나는 눈을 더 크게 뜨고 귀를 더 쫑긋 세웠다. 저들이 왜 백탑 서생들을 만나려고 하는 것인가? 청운몽의 초상을 나눠 가진 이들이 또 무슨 다른 일을 꾸미는 것은 아닐까?

"내 아들! 착하디착한…… 착하디착한…… 착하디착한……. 얘야! 어디 있느냐? 어미다 어미……. 썩 나오지 못해. 이놈아!"

노파는 박제가를 와락 껴안으며 볼을 비벼 댔다. 그 음성이 갑자기 어린 아들을 달래는 젊은 아낙의 목소리로 바뀌었다.

"아이고, 잡았다! 여기 있었구나. 그러니까 동네 밖까지 놀러 가지 말라고 하지 않았니? 세책방에 숨어서 뭐하는 짓이야? 자, 어서 가자. 저녁밥 먹어야지. 네가 좋아하는 미역냉국 해 놨다. 어서 가! 소설 한 권만 더 보고 가겠다고? 그만둬라! 그깟 거짓부렁 너무 많이 보면 못써."

"어머니! 제발 그만하세요."

청운병이 손을 잡아끌었으나 노파는 매미처럼 더욱 박제가에게 붙었다. 휘휘 도는 눈망울이 심하게 흔들렸다.

"그 아일 데려가지 마세요. 차라리 날 잡아가요. 내가 소설 지으라고 시켰어요. 과거에 나갈 수도 없으니 소설로 소일이라도 하라고……. 그 착한 아인…… 어미 말을 들은 죄밖에 없어요. 날 잡아가요. 어서요!"

백동수가 끼어들어서야 겨우 두 사람을 떼어 놓을 수 있었다. 청운병이 등뒤에서 노파의 오른쪽 어깨를 감싸 안은 채 백동수에게 말했다.

"생전에 형님은 백탑 아래 모인 여러 문인과 협객을 끔찍이 아끼셨지요. 그 사람들에게 가면 짓지 못할 시가 없고 풀지 못할 문제가 없다 하셨습니다. 도와주십시오. 형님은 죄가 없습니다. 살인자가 아니십니다."

괘씸한 놈이로구나.

더 이상 보고 있을 수 없었다. 청운몽의 초상을 몰래 간직하는 것도 문제지만, 가솔이 무죄를 탄원하고 다니는 것은 지엄한 나랏법을 깔아뭉개는 짓이다. 나는 성큼 마루에서 내려서며 엄하게 꾸짖기 시작했다.

"닥쳐라. 어디서 감히 죄가 있고 없음을 논하는고? 죄인은 이미 범행을 자복하고 합당한 벌을 받았느니라. 썩 돌아가렷다. 의금옥에 갇혀야 정신을 차리겠느냐?"

갑작스러운 꾸짖음에 경혹(驚惑, 놀라고 당황함)한 듯 청운병과 청미령이 두어 걸음 뒤로 물러섰다. 내가 백탑 아래에서 청운몽과 노닐던 묵객이 아님을 알아차린 것이다.

"나는 의금부 도사 이명방이니라. 너희들이 의금부를 우롱하고도 살아남을 줄 알았더냐? 이제 겨우 살인마를 벌하여 천하의 민심을 되돌렸거늘 어디서 또 이런 해괴한 일을 벌이는고? 청운몽은 만번주(萬番誅, 만 번이나 목을 벰. 그만큼 죄가 크다는 뜻)를 당하고도 남을 만큼 큰 죄를 지었다. 너희들은 도성을 떠나 조용히 숨어 지내는 것이 마땅한 도리이거늘 어찌 백탑 아래에서 눈물 쏟으며 억울함을 호소하는고? 썩 물러가지 못할까?"

청운병이 털썩 무릎을 꿇었다.

"의금부를 우롱하다니요? 천부당만부당한 말씀이십니다. 어머니는 다만 법 없이도 살 형님이 그 많은 사람들을 죽였다는 걸 믿을 수 없어서…… 이미 형님은 돌아가셨지만, 원과 한이라도 풀어 드리고자…… 형님과 각별히 지내셨던 분들을 뵈려고 온 것입니다."

"닥쳐라, 이놈! 아직도 정신을 못 차렸구나. 원과 한이라니? 의금부가 너희들에게 원과 한을 주었단 말이냐? 나라님을 원망한다 이 말이더냐?"

호통을 치면서도, 청운병의 곁에 고목처럼 서 있는 청미령에게 자꾸 눈이 갔다. 어깨가 가늘게 떨리는 것을 보니 또 우는 것이 분명했다.

나를 원망하겠지? 이 슬픔이 모두 나에게서 비롯했다고 믿겠지?

더욱 엄하게 목소리를 높였다.

"당장 집으로 돌아가서 근신하고 있으렷다. 적어도 한 달은 대문 출입을 해서는 아니 될 것이야. 다시 저잣거리로 나왔다가는 그 즉시 잡아들이겠다. 알겠느냐?"

청운병이 흐느끼는 청미령의 어깨를 가볍게 짚었다. 남매는 치매에 걸린 노파를 부축해 일으켰다. 나는 의금부 도사로서 할 일을 했다. 청운몽은 범행을 전부 자복하고 합당한 벌을 받았다. 그 죄는 만사무석(萬死無惜, 만 번 죽어도 아까울 것이 없을 정도로 죄가 무거움)이었다. 어떤 자리에서도 떳떳하게 이 일의 전말을 밝힐 수 있다고 믿었다. 그러나 고생고생하며 붙잡아 참형에 처한 죄인의 가족이 저렇듯 고통스러워할 줄은 몰랐다. 혈육을 잃은 슬픔이 있겠거니 예상은 했지만 그 어미가 미쳐 울부짖는 모습은 상상하지 않았다. 그 사람들을 꾸짖으면서도 가슴 한쪽이 바늘로 콕콕 찌르는 것처럼 아렸다. 그 고통을 감추기 위해 더욱 엄한 표정을 지어야만 했다.

갑자기 노파가 굽은 허리를 펴고 내게 삿대질을 하면서 소리쳤다.

"온다! 불벼락이다. 하늘이 네게 불벼락을 안길 것이야. 온다! 온다!"

순간 의금부 나장이 붉은 깃발을 등에 꽂은 채 대문을

박차고 들어왔다. 앞발을 들고 뛰어오르려는 호랑이가 그려진 붉은 깃발은 의금부 관원들을 모두 소집할 때 쓰는 것이다. 이마에 송골송골 맺힌 구슬땀을 보니 나를 찾기 위해 여러 곳을 수소문한 듯했다. 사람들 시선이 일제히 나장에게 쏠렸다.

"무슨 일이냐?"

왼 무릎을 꿇은 나장이 큰 소리로 아뢰었다.

"속히 따르십시오. 남산동으로 가셔야겠습니다."

"남산동?"

"은향이라는 기생이 살해되었습니다. 그 어미가 방금 관아에 신고를 해 왔습니다."

"뭐, 뭐야?"

불벼락을 맞은 것처럼 눈앞이 아찔했다. 불길한 예감이 온몸을 휘감았다. 침착함을 잃지 않으려고 주먹을 꽉 쥐며 물었다.

"도성에서 사람이 살해되는 일이 어디 한두 번이냐? 왜 이리 호들갑인고?"

김진이 나장보다 먼저 답했다.

"아마도 그 살해 수법이 청운몽이 죽기 전에 난 살인 사건 아홉 건과 동일한가 봅니다. 그러니 여기까지 찾아온 것이겠지요."

나장이 큰 눈으로 김진을 살핀 후 내게 말했다.

"그렇습니다. 동지사 대감께서 급히 사건 현장으로 가라셨습니다. 서두르시지요."

"알겠다니까."

김진의 추측에 불쾌한 마음을 감출 수 없었다. 이런 일이 터지기를 기다리기라도 했는가. 상황이 급박했으므로 서둘러 대문을 나섰다. 박제가와 백동수, 김진이 뒤를 따랐다. 걸음을 멈추고 세 사람에게 말했다.

"이건 제 일입니다. 돌아가셔서 시문이나 논하고 계십시오."

백동수가 말했다.

"같이 가고 싶네. 자넬 돕고 싶어."

"안 됩니다, 형님!"

"은향이란 이름을 아네. 도성에서 다섯 손가락 안에 꼽힐 만큼 재능이 뛰어난 시기(詩妓, 시를 잘 짓는 기생)야. 매창(梅窓)이나 진이(眞伊)의 환생이라는 칭찬을 들을 정도지. 시뿐만 아니라 문(文)도 깔끔하고 청초하며 소품(小品)을 특히 즐긴다네. 세책방에 날짜를 정해 놓고 들를 만큼 소설에도 푹욱 빠져 있었네. 눈을 감고 「서상기(西廂記)」를 몽땅 외울 정도였지. 내가 아끼던 그 아이인지 확인해 보고 싶으이. 얼굴만이라도 보여 주게."

살해된 기생과 친분이 있다는 말에 나는 잠시 주춤했다. 은향이 정말 백동수가 아는 기생이라면 그로부터 많은 이야기를 얻어들을 수 있다. 병법에 밝고 무예에도 능하니 은향이 어떤 무기에 어떻게 살해되었는지를 추정하는 데도 도움이 될 것이다. 박제가와 김진에게는 관재로 돌아갈 것을 권했다.

"두 분은 들어가십시오. 흉한 모습을 보여드리고 싶지 않습니다. 아뇌 형님! 가시죠."

김진이 내 앞을 막아섰다.

"백탑 서생들이 청운몽을 그리워하고 또 그이가 진범이라 믿지 않음을 이 도사도 잘 아실 겁니다. 어려운 자리에서 당당하게 청운몽이 범인인 이유를 밝힌 것은 참으로 큰 용기지요. 하지만 아직 해결된 것은 하나도 없고 또 이렇게 살인 사건이 터졌습니다. 청운몽이 진범임을 알리고 싶으시다면 한 번만이라도 그 현장을 보일 수는 없는지요? 의금부가 숨기고 감출수록 의혹의 그림자는 짙어지게 마련입니다."

끝까지 잘난 체로군. 더 확실히 거절할 필요가 있었다.

"서생에게는 서생의 일이 있고 의금부 도사에게는 의금부 도사의 일이 있는 법이오. 살인 사건을 조사하는 것은 서생의 일이 아니라 의금부 도사의 일입니다. 살인 현장을 아무에게나 보여 줄 수도 없는 일이고……."

이번에는 박제가가 청이불문(聽而不聞, 듣고도 못 들은 체함)하고 부탁했다.

"우선 은향의 집까지 동행합시다. 이것까지 막지는 않으시겠죠? 거기서 정말 출입을 금한다면 그땐 순순히 돌아오겠습니다."

더 이상 만류할 수 없었다. 어차피 살인 현장에는 못 들어갈 테니까 선심 쓰듯 짧게 답했다.

"좋을 대로 하십시오. 하지만 이건 어디까지나 제 일입니다. 그 점 다시 한 번 명심해 주십시오."

5장

미로

　시체가 백 번 썩어도 머리털만 남아 있다면, 이 머리털을 증거 삼아 이 사건을 판결할 수 있습니다. 그런데 사건을 신중하게 처리한다면서 겉으로 드러난 자취만으로 죄를 논하여, 장수원의 자백만을 듣고 그저 죽은 한조롱을 협박했다는 죄목에서 그친다면, 어떻게 죽은 사람의 원통한 마음을 조금이나마 풀어줄 수가 있겠습니까?

　　— 박지원, 「함양 장수원 사건의 의혹을 적은 편지에 답함(答巡使咸陽張水元疑獄書)」

"야뇌 아닌가? 허허허, 자네 한양에 있었는가? 도성을 떠났다는 소문을 들었네만. 농사도 짓고 소도 기르고 그렇게 신선놀음을 한다더니 아니었나? 하긴, 자네처럼 피 뜨거운 사내가 술도 없고 계집도 없고 재미난 이야기도 없는 심심산천에서 무얼 하겠는가? 잘 왔으이. 한턱 거하게 내겠네. 괜찮아. 들여보내. 지난번 황해도 범 산영(山營, 사냥)에서 내 목숨을 구해 준 은인이야. 너희들은 야뇌 백동수란 이름도 들어 보지 못했느냐? 마상에서 오십 보 밖 기생 손에 들린 부채에 화살 구멍을 뚫는 명궁이니라."

　의금부 도사(종육품, 의금부에는 종육품 도사 다섯과 종구품 도사 다섯을 두었다. 이명방은 종구품 도사이고 박헌은 종육품 도사이다.) 박헌(朴憲)의 도움으로 일이 엉뚱하게 풀렸다.

살인 사건 현장은 엄격히 통제되게 마련이다. 나는 이들이 제풀에 꺾여 돌아가기를 바랐지만 우리가 도착하자마자 횃불 아래로 박헌이 나타난 것이다. 판의금부사의 명을 받들어 사건 현장을 지휘하는 중이었다.

박헌은 의금부에서 만난 여러 무장 중에서 검술이 뛰어나고 호탕하며 언제 늑줄(아랫사람을 엄하게 다잡다가 조금 자유롭게 늦추는 일)을 주고 언제 다잡이(늑줄 주었던 것을 바싹 잡죄는 일)를 해야 하는가를 아는 사람이었다. 그 휘하로 들어가는 순간부터 밤낮없이 검술을 익히는 것이 고달프긴 해도 배불리 먹고 잡무에서 풀려나는 기쁨은 매우 컸다. 맹수가 제 새끼를 돌보듯 휘하 장졸을 확실하게 챙겼다. 주어진 공무 외에 다른 일로 차출하지 못하도록 철저하게 막았던 것이다. 술을 지나치게 좋아하여 언제나 개발코(개의 발처럼 너부죽하고 뭉툭한 코)가 빨갰고 양 볼에도 검은 점이 덕지덕지 났다. 목이 짧은 반면 턱이 유난히 길어 멀리서 보면 턱과 가슴이 바로 붙은 것 같았다. 양미간이 보통 사람보다 두 배나 넓은 덕분에 좌우에서 덤벼드는 적을 네 명은 더 볼 수 있다고 자랑을 늘어놓곤 했다. 병법서 읽는 것을 끔찍이 싫어하는 것만 제외하면 나무랄 데가 없었다. 마당을 가로지르며 백동수가 말했다.

"춘강(春江, 박헌의 호)! 괜한 소리 말게. 나야 명효(鳴驍,

소리나는 화살) 몇 발로 범을 유인했을 뿐일세. 정작 범을 잡은 건 자네 장검이 아닌가?"

"허허허. 아니야. 그때 자네가 명효를 쏘지 않았다면 범의 앞발에 갈비뼈가 부서졌을 걸세. 명효가 천아성(天鵝聲, 군사를 모으는 나팔 소리)처럼 장졸들을 불러 모아 범을 쫓을 수 있었다네. 그런데 자네가 여긴 웬일인가? 나는 이 도사를 찾았을 뿐인데?"

백동수가 내 어깨에 손을 얹으며 답했다.

"의금부 도사 이명방, 이이가 내 의형제 아우라네."

박헌이 더욱 밝은 목소리로 되물었다.

"그랬는가? 어쩐지 어린 나이에도 말을 다루는 솜씨와 궁체(弓體, 활을 쏠 때 취하는 자세)가 탁월하다 했지. 표창 던지는 실력은 의금부에서 제일이라네. 어디서 저렇듯 뛰어난 무공을 익혔을까 궁금했는데, 야뇌의 아우라니 이해가 되는구먼. 암! 야뇌의 아우 정도는 되어야 그와 같은 재주를 뽐낼 수 있지. 그런데 이분들은?"

이제부터 확실히 자넬 챙기겠으이.

박헌은 찡긋 눈짓을 했다. 그런 배려가 싫지만은 않았다. 야뇌 형님과 친한 벗이라면 마음을 열어도 될 듯했다.

"연암과 담헌, 두 분의 제자들일세. 나와는 피를 나눈 형제와도 같지. 자네만 괘념치 않는다면 우리가 힘닿는 데까지 돕고 싶네만……."

나는 박헌이 단호하게 거절하기를 바랐다. 법에 따르자
면 외인 출입은 통제해야 마땅하다. 박헌이 댓돌 아래에서
걸음을 멈추고 답했다.

"여전하구먼. 우리 같은 무장들이야 산영이나 다니고 박
주(薄酒, 맛이 좋지 않은 술)나 마시는 것이 전부지만, 야뇌 자
네는 시문으로 이름 높은 경화자제(京華子弟, 서울에 사는 고
관대작의 아들)는 물론 서얼, 중인들과도 두루 친교를 나눈
다 들었으이. 자네와 자네 아우들이 돕는다면야 나로서는
대환영일세."

그러곤 목소리를 낮추었다.

"탑전에서 자넬 특별히 아끼신다는 이야길 들었다네."

"허어! 그 무슨 쓸데없는 소리!"

백동수가 혀를 차며 눈을 부라리자 박헌이 손을 휘휘 내
저었다.

"알겠네. 비밀로 해 두지. 자, 난 의금부에 다녀와야겠
네. 판의금부사께서 급히 찾으신다는군. 다시 입궐하시기
전에 여기 상황을 소상히 알려 드리고 오겠네. 이 도사!"

"예."

"여기는 자네가 지키도록 하게. 샅샅이 뒤져 봐. 틀림없
이 뭔가 있을 테니. 조금이라도 단서를 찾으면 지체 없이

알리도록 하고."

"알겠습니다."

엉겁결에 사건 현장을 책임지게 된 것이다.

"곧 의원이 당도하거든 초검(初檢, 첫 번째 검시)을 실시하게. 사건이 워낙 중대해서 한성부에 맡기지 않고 의금부에서 직접 검시를 하기로 했네."

"저 혼자 말입니까?"

덜컥 겁이 났다. 의금부에 들어온 후 시신을 본 적은 있지만 검시를 주관하는 건 처음이었다.

"자신이 없다면 내가 있어야겠군. 『무원록(無冤錄, 원나라의 법의학서)』에 근거하여 시신을 보는 건 의원이 할 테고 자넨 그 결과만 상세히 기록하여 검시장(檢屍狀, 검시 결과를 기록한 문서)을 제출하면 되는 걸세. 특별히 내의원(內醫院, 왕의 약을 조제하던 관청)에서 경험 많은 이가 오기로 하였다니 자넨 거의 할 일이 없을 걸세. 종구품 의금부 도사에게 검관(檢官, 변사자의 시체를 검사하는 관원)을 맡기는 건 드문 일이야. 자네가 워낙 의금부 당상관들의 신망을 얻었고 또 아홉 희생자들을 자네만큼 소상히 아는 이도 없으니, 특별히 이 일이 내려온 걸세."

박헌이 미간을 찡그렸다가 폈다. 내게 검관 자리를 넘겨주는 이유가 의금부로 급히 가야 하기 때문만은 아니라는 뜻이다. 절로 마른침이 넘어갔다.

"내의원에서 초검을 한단 말입니까?"

"나도 영문을 모르겠으이. 아무리 중대한 일이라고 해도 내의원에서 직접 사람이 나온 적은 없었다네. 그 때문에 초검이 늦어지고 있기도 하고. 조정에서 이 일에 관심이 높다는 것 아니겠는가? 할 수 있겠나?"

박헌이 다짐을 받듯 다시 물었다. 김진만 없었다면 어떻게든 박헌에게 초검을 양보했으리라. 입꼬리를 올리며 웃는 김진 앞에서 부족한 모습을 보이기 싫었다.

"알겠습니다. 제가 검관을 하겠습니다. 맡겨 주십시오."

"믿고 가겠네. 설령 초검에서 놓치는 것이 있더라도 복검(覆檢)에서 찾아낼 터이니 너무 걱정 말게. 그럼, 나는 가네."

박헌이 떠난 후 집을 한 바퀴 둘러보고 은향의 방으로 들어갔다. 칠보서안(七寶書案)과 연꽃 모양 촛대가 먼저 눈에 띄었다. 왼쪽 각계수리(서랍이 많이 달린 작은 궤) 위에는 미인도가 걸렸고 그 아래 비단 금침이 깔렸다. 서안 위에는 금사(金絲)오리(금으로 물들인 실로 만든 장난감 오리. 여자들의 노리개)와 서책이 놓였다. 청운몽의 『병자록(丙子錄)』이다.

시신은 머리를 북쪽 책장 쪽으로 하고 비스듬히 옆으로 누워 있었다. 두려움에 질린 눈동자는 나를 노려보는 듯했다. 턱 바로 아래에 도장을 찍듯 시커멓게 뭉친 피멍이 둘 있었다. 목을 조르려고 양손 엄지에 힘을 더한 것이다. 귀밑을 지나 뒷머리까지 갈라지듯 횡으로 뻗은 피멍은 나머지 손가락으로 목을 감쌌음을 의미했다. 연이어 살해된 희생자 아홉도 모두 목이 졸려 죽었다.

"은향아! 정말 너였구나."

백동수가 갑자기 털썩 엉덩방아를 찧으며 울음 섞인 목소리로 이름을 불렀다.

"사대에 서서 명중할 때마다 노랫가락을 펼쳐 보이던 아이라네. 겨울이 가고 새봄이 오면 인왕산으로 유산(遊山)을 떠나 나는 말을 달리고 저는 노래를 부르자 금석(金石)같이 약속했건만……."

백동수는 눈을 감고 잠시 고개를 들었다. 은향과 보낸 행복했던 날들을 떠올리는 것이다. 다시 눈을 뜬 백동수가 읊조렸다.

"역시, 청운몽은 아니었어. 청운몽이 그런 끔찍한 짓을 했을 리가 없지. 암, 그렇고말고."

"단정하긴 이릅니다. 누군가 청운몽을 흉내 냈을 수도 있습니다. 시신을 처음 발견한 자를 데려오너라."

은향의 어미 월진(月眞)이 겁을 잔뜩 집어먹은 채 끌려왔다. 손톱에 들인 꽃물과 입술의 붉은빛이 예순 살 이쪽저쪽인 나이와 어울리지 않았다. 양손으로 머리를 감싼 채 계속 흐느꼈다.

퇴기인 게지.

"언제 시신을 처음 발견했느냐?"

월진이 눈물을 훔치며 답했다.

"아, 아까 다 말씀드렸습니다."

내 목소리가 커졌다.

"그건 그거고……. 다시 묻겠다. 언제 처음 발견했지?"

"저물 무렵입지요. 저녁을 함께하자고 새벽에 연통이 왔습니다. 이것저것 밑반찬을 꾸려 왔더니 밥 짓는 흔적도 없고 방마다 찬바람이 일었어요. 그 아이 이름을 부르며 방문을 열었는데, 글쎄, 저, 저렇게…… 흐흑!"

박제가가 물었다.

"집에 아무도 없었다 이 말인가? 몸종과 부리는 하인들은 다 어디로 가고?"

"마침 내일이 이년의 육순 날인지라…… 이것저것 준비할 것이 있어 쉰네 집에 와 있었지요. 새벽에 연통을 전한 몸종도 돌아가지 않고 그때부터 부엌 허드렛일을 도왔고요. 어미를 위하는 마음만은 끔찍했는데, 이런 일을 당하고 나니 이년 때문에 죽은 것만 같습니다요."

백동수는 곡을 하는 월진을 물러가게 한 다음 말했다.

"그러니까 새벽까진 살아 있었다는 게로군. 새벽부터

저물 무렵, 그사이에 살해당했다는 말인데……. 대담한 놈이군."

박제가가 맞장구를 쳤다.

"그렇습니다. 청운몽을 처형한 다음 날 일을 저질렀군요. 어제의 능지처참이 잘못되었음을 지적이라도 하는 것처럼."

아랫입술을 짓깨물었다.

아니야! 그럴 리 없다. 청운몽은 자복하지 않았는가. 살해 수법까지 하나하나 설명하지 않았는가. 진범이 아니라면 어찌 그토록 자세하게 모든 걸 처음부터 끝까지 알 수 있으리. 이 사건은 청운몽의 살인을 흉내 낸 것이다.

연쇄 살인이 일어나는 동안 흉흉한 풍문이 도성을 떠돌았다. 아무리 입막음을 해도 살해된 자들이 맞은 비참한 최후가 바람에 실려 구름을 타고 퍼져나갔다. 주안상이 있는 곳에서는 으레 그 살인 방법이 소개되었고, 천장을 보고 누워 두런두런 이야기를 나누는 밤이면 살인범의 말과 행동을 상상으로 흉내 내며 깜짝깜짝 주위를 놀라게 했다. 이 넓은 세상에 살인마를 동경하고 흠모하는 녀석이 한둘 있을 수도 있지 않은가. 청운몽을 이용하여 자기 죄를 감추려는 놈의 소행인지도 모른다. 은향의 몸과 재물을 탐하여 죄를 저지르며 이미 죽고 없는 청운몽에게 덮어씌웠을 수도 있다. 청운몽이 자백한 살인 사건에서는 사라진 돈과 물품이 하나도 없었는데, 이번에는 돈은 물론 패물까지 없어졌지 않은가. 이건 흉내다. 청운몽 가면을 쓴 것이다.

"흉내라고 해도 범인을 잡아야지요. 살인자가 아닙니까?"

김진이 어두운 마루를 지나 방으로 들어섰다. 우리가 은향의 어미를 추궁하는 동안 잠시 자리를 피했던 모양이다.

"어딜 다녀오는 겐가?"

"뒤뜰을 둘러보았습니다."

김진이 짧게 답했다. 백동수가 박제가와 내 얼굴을 번갈아 쳐다보며 물었다.

"강적(强賊, 강도)이 아니었을까? 창으로 몰래 들어와서 목을 조르고 돈과 재물을 훔쳐 달아났을 수도 있고……."

어느 틈에 창을 살피며 책장까지 다가간 김진이 손바닥으로 서책들을 쓸었다. 나는 김진의 움직임을 눈으로 따라가며 자신 있게 답했다.

"몰래 들어온 건 아닙니다. 뒤뜰 창 아래에는 아무런 발자국도 없었으니까요. 범인은 은향의 환대를 받으며 마루를 지나 방으로 들어왔습니다."

백동수가 머리를 긁적거렸다.

"그런가? 자네도 화광처럼 뒤뜰을 살폈군그래."

김진은 시신의 입에 코를 갖다 대기도 하고 문고리를 검지로 걸어 잡아당기기도 했다. 서안 위 소설을 이리저리 펼치며 몇 줄 읽다가 고개를 끄덕이기도 했다. 백동수가 마른침을 삼킨 후 새로운 상상을 보탰다.

"하면 일단 은향이 범인을 청하여 방으로 들였다고 치세. 그 전에 은향은 소설을 읽고 있었겠군. 책장에 있는 서책들을 보게. 모두 언문 소설책이지 않은가? 말했지만 은향은 시뿐만 아니라 소설도 무척 좋아했어, 특히 청운몽의 소설을. 펼쳐 놓은 곳을 눈대중으로 보아도 반은 넘게 읽었군그래."

"저도 그렇게 생각합니다."

그런데 김진이 백동수와 나의 추정을 일축했다.

"아닙니다. 지금 펼쳐 놓은 부분은 은향이 읽던 대목이 아닙니다. 『병자록』의 경우 은향은 겨우 다섯 장 남짓 읽었을 뿐이지요."

김진을 노려보며 생각했다. 곁에서 지켜본 것도 아닌데, 죽은 은향이 소설을 다섯 장 읽었는지 열 장 읽었는지 어찌 알 수 있단 말인가? 백동수도 그런 의심을 품을 만하건만, 이내 어두운 표정으로 은향의 얼굴을 내려다보며 읊조렸다.

"목이 졸려 죽었으니…… 얼마나 무섭고 고통스러웠을꼬……?"

김진은 거기에도 다른 의견을 내놓았다.

　"먼저 정신이 혼미해졌기 때문에 두려움이나 고통은 크지 않았을 겁니다."

　더 이상 참을 수 없었다.

　"그 무슨 당치도 않은 주장입니까? 저 눈을 보세요. 두려움과 고통으로 가득 차 있지 않습니까? 은향은 정신이 또렷한 상태에서 목이 졸렸던 게 분명합니다."

　김진이 내 얼굴을 보며 미소를 지었다. 엷은 입술 사이로 흰 송곳니가 보일락 말락 했다.

　"목이 졸리는 것! 지독한 고통이겠지요. 하지만 이 세상에는 그보다 더 큰 고통도 많답니다. 청운몽이 자복한 살인 사건의 희생자들 대부분이 저렇듯 공포에 휩싸인 얼굴을 하였다고 들었습니다. 사실인지요?"

　"그렇소이다."

　"그 사람들 모두에게 목을 졸린 흔적이 남아 있고요."

　"그렇소. 그 때문에 의금부에서는 특별히 목을 졸라 사람을 죽이거나 다치게 했던 이들을 널리 조사하고 잡아들였던 게요."

　"그랬군요. 의금부에는 참으로 대단한 분들이 많은 듯하네요."

　비웃는 것이 분명했다. 김진은 시선을 키 작은 박제가에게 옮겼다.

"청운몽은 손아귀 힘이 세었습니까?"

박제가보다 백동수가 먼저 답했다.

"그 친군 활시위도 당기지 못할 만큼 약골이었다네. 그 몸으로 그 많은 소설을 써 내는 게 신기할 따름이지. 청운몽의 서재에 쌓여 있는 서책들도 사실 내가 정리해 준 거야. 그 친구는 서책을 네댓 권만 들어도 헉헉댔지."

"청운몽이 목을 졸라 사람을 죽일 수 있을까요? 그럴 힘이 있느냐 이 말씀입니다."

백동수가 오른손으로 입술을 훔치며 답했다.

"글쎄! 약골이긴 해도 아직 청춘이니…… 더군다나 급박한 순간에는 평소에 낼 수 없는 힘도 내는 법이고……. 속단하기 힘드네."

"그렇겠군요. 하면 청운몽이 왼손으로 글을 짓거나 그림을 그리는 걸 본 적은 있으신가요?"

"없으이. 이상한 것만 묻는군. 그 친구가 오른손잡이였다는 건 자네가 더 잘 알지 않나?"

김진이 주먹으로 이마를 두드리며 사람 좋은 웃음을 흘렸다.

"지금 말씀드릴 수 있는 건 두 가지입니다. 하나는 여기 누운 은향을 죽인 범인이 결코 청운몽은 아니란 겁니다.

그이는 벌써 저세상으로 갔으니까요. 그리고 은향을 죽인 범인은 왼손잡이입니다."

박제가가 말꼬리를 붙들고 늘어졌다.

"왼손잡이라고? 이유가 뭔가?"

내가 김진보다 먼저 답했다.

"여길 보십시오. 우선 은향의 목과 머리가 오른쪽으로 비스듬히 기울었습니다. 목을 조를 때 오른손보다 왼손에 더 힘이 들어갔다는 증거입니다. 또 이 상흔을 보십시오. 오른쪽보다 왼쪽에 남은 피멍이 훨씬 짙습니다. 그만큼 힘 껏 눌렀다는 뜻입니다. 아무리 노력해도 오른쪽과 왼쪽에 똑같이 힘을 주는 건 어렵습니다."

김진은 빙그레 웃었고 박제가와 백동수는 동시에 고개를 끄덕였다.

"과연 그렇군. 범인은 왼손잡이가 분명해. 하면 자네는 범인이 누구라고 생각하는가? 청운몽을 처형한 것은 성급 했다고 보는가?"

김진이 내 얼굴을 똑바로 쳐다보며 미소를 잃지 않았다. 아직 그 웃음에 익숙하기 전이었기에 더욱 기분이 상했다. 한 마리 능구렁이를 닮았다는 생각까지 들었다. 새로운 단 서를 발견하고서도 혼자만 꼭꼭 숨긴 채 비웃음만 뱉는 것 은 아닐까? 알면 알고 모르면 모른다고 할 일이지 저 야릇

한 웃음은 또 뭔가? 나는 오늘 초면이기에 상관없지만, 박제가와 백동수는 누구보다 저를 아끼고 위하는 이들이 아닌가? 어떤 생각이 떠오르더라도 안으로 한 번 더 되새김하는 김진의 버릇을 그때는 몰랐던 것이다. 김진은 반쯤 내렸던 눈꺼풀을 다시 올린 후 답했다.

"그건 차차 말씀드리지요. 아무래도 이 일 때문에 자주 이 도사를 찾아뵈어야 할 듯합니다. 이런 일로 만나는 것은 이번이 끝이면 좋겠습니다만."

나장 하나가 급히 와 마당에서 아뢰었다.

"초검에 참여할 의원이 도착하였습니다."

"잠시 별채에서 기다리시라 하여라."

나는 백동수와 박제가, 김진과 차례차례 눈을 맞춘 후 물었다.

"어찌하시렵니까? 검시까지 보시렵니까?"

백동수가 먼저 고개를 저었다.

"나는 그만 돌아가야겠으이. 이제야 취기가 올라오는군. 목이 졸려 죽은 게 확실하니 검시는 보나마나일 거야. 초정! 자넨 어찌하려는가?"

박제가가 답했다.

"저도 그만 관재로 가야 할 듯합니다. 내일 새벽 도성을 떠날 담헌, 연암 두 분 선생과 의논할 일이 남았습니다."

김진은 두 사람과 뜻이 달랐다.

"서책으로만 접하던 검시를 처음 참관할 기회가 왔으니 놓치고 싶지 않습니다. 이 도사께서 허락만 하신다면 끝까지 자리를 지킬까 합니다."

나는 잠시 머뭇거렸다. 개입을 막으려면 지금이 기회였다.

"방해가 되나요? 하면 물러갈 수도……."

정정당당하게 승부하는 쪽을 택했다.

"아니오. 함께 갑시다. 놀라지나 마오. 검시를 참관하면 적어도 열흘은 끼니를 제대로 잇지 못한다고 합니다. 약을 지어 먹는 이도 있다오. 마음을 단단히 먹는 게 좋을 게요. 혹시 의원에게 의심을 살 수도 있으니 나처럼 의금부에서 일하는 도사라고 해 둡시다."

백동수와 박제가를 배웅하고 곡병(曲屛, 여러 폭으로 접을 수 있게 만든 병풍)을 펴 은향의 시신을 가린 다음 의원을 청했다. 두루마리 차림의 사내가 두 눈을 굴리며 들어왔다. 입이 툭 튀어나온 것이 불만에 가득찬 얼굴이었다. 먼저 인사부터 했다.

"어서 오십시오. 의금부 도사 이명방입니다."

내 말이 끝나기도 전에 김진도 슬쩍 끼어들었다.

"의금부 도사 박헌입니다."

본명 대신 자리를 비운 박헌 이름을 갖다 댄 것이다. 서

른 살 이쪽저쪽의 사내는 소매에서 구리로 만든 검시척(檢
屍尺, 검시에 필요한 자)과 은비녀를 꺼내며 고개를 숙인 채
답했다.

"내의원 직장(直長, 내의원의 종칠품 벼슬로 셋을 두었음) 윤
성진이라고 합니다. 판의금부사 대감의 특별한 요청을 받
고 왔소만, 사사로운 기생의 죽음에 왜 내의원 직장이 움
직여야 하는지 모르겠소이다. 모처럼 하루 여가를 얻어 집
에서 쉬는 사람을 이렇듯 불러내니 아무리 의금부 힘이 막
강하다 하여도 좀 과한 듯합니다. 더구나 다른 사람 눈에
띄지 않게 미복(微服, 남의 눈을 피하기 위해 일부러 입는 남루한
옷차림)으로 오라는 건 어인 이유입니까?"

김진이 밝은 얼굴로 윤성진을 달랬다.

"아, 윤 의원이시로군요. 명의 화타보다도 더 의술이 뛰
어나다는 풍문을 들었는데 이제야 뵙네요. 내의원으로 들
어간 뒤로는 다른 환자들을 보시지 않는다 들었습니다
만……."

윤성진의 표정이 조금 나아졌다.

"내의원이란 곳이 원래 일이 많습니다. 판관(判官, 내의원
의 종오품 벼슬로 한 명을 둠)이나 주부(主簿, 내의원의 종육품 벼
슬로 한 명을 둠)가 할 일까지 맡고 있어서 대궐 밖을 나갈
틈이 없습니다. 정신없이 지내다 보니 벌써 삼 년이나 지

났네요."

김진이 좋은 말로 다시 물었다.

"그래도 예전 솜씨야 어디 가겠습니까? 듣자 하니 검시도 치밀하고 꼼꼼하기로 유명하더군요. 지금까지 모두⋯⋯."

"쉰 번 정도는 했습니다."

"그래요. 반백 번 넘게 시신을 보셨으니, 판의금부사께서도 특별히 윤 의원을 청한 겁니다. 도성에 여러 의원이 있지만 시신을 보기만 해도 까무러치는 이들이 적지 않으니까요. 잘 부탁드립니다."

윤성진이 활짝 웃으며 내게 물었다.

"검시할 시신은 어디 있소이까?"

병풍을 걷으며 답했다.

"여깁니다."

윤성진은 맛있는 음식을 발견한 개구쟁이처럼 은향의 시신 앞으로 달려가서 왼 무릎을 꿇었다.

"호오! 참으로 운빈화안(雲鬢花顔, 머리가 탐스럽고 얼굴이 아름다운 여자)이로세. 은초롱꽃보다도 곱고 암향(暗香, 매화)보다도 맑구나. 홍안박명(紅顔薄命, 아름다운 여자는 운명이 기박하거나 수명이 짧은 경우가 많음)이라더니 어찌 이런 끔찍한 일을 당했을꼬."

고개를 돌려 마당을 향해 외쳤다.

"준비는 다 되었느냐?"

"예이!"

검시를 위해 윤성진이 데려온 노복들이었다. 윤성진이
우리 얼굴을 번갈아 쳐다보며 물었다.

"이제 시작해도 되겠습니까?"

"잠시 밖에 나가서 한 번만 더 응용법물(應用法物, 검시용
재료)들을 점검해 주시겠습니까? 워낙 중요한 일이라 신중
을 기했으면 합니다."

"알겠소이다."

김진이 윤성진을 제지한 다음 내게 귓속말을 했다.

"시장(屍帳, 시신의 상태를 기록한 것. 검안에 부록하거나 따로
묶어 보고하였음)에는 시체가 발견된 장소에 대하여도 상세
히 기록하는 법입니다. 또한 시신이 입은 옷과 머리 모양,
손과 발의 위치 등도 아울러 적어야 합니다. 검시를 시작
하면 여러 사람이 분주하게 오갈 터이니 따로 그런 부분을
기록할 시간이 없습니다. 서두르시지요?"

그제야 나는 문방사우를 바삐 놀렸다. 문장을 다듬는 일
은 나중에 한다고 해도 중요한 사안들은 자세히 적어 둘
필요가 있었다. 김진은 처음 검시에 참여하는 사람답지 않
게 시장을 기록하는 절차를 상세히 알았다.

은향의 방부터 다시 살폈다. 방은 혼자 생활하기에는 큰 편이다. 마음 맞는 서생이 찾아오면 연주하던 가야금 네 개가 각기 다른 크기로 오른쪽 벽에 나란히 걸려 있다. 옷과 이불은 건넌방에 따로 두는지 보이지 않는다. 왼쪽 벽에는 방문 쪽으로 치우쳐 미인도 한 점이 걸렸다. 왼손에 소담한 꽃을 들었고 은빛 저고리에 흰 치마가 곱다. 짙은 눈썹과 가느다란 턱 선으로 보건대 은향 자신이 분명하다. 낙관을 보니 '단원'이다. 김홍도의 그림인 것이다. 백동수와 인연이 깊은 기생이 김홍도와 어울렸다 하여 이상할 까닭이 없다. 김진이 어느새 그 미인의 왼손을 가리키며 말했다.

"저건 붓꽃입니다. 땅속으로 줄기가 뻗어 질기게 삶을 이어 가는 풀이지요. 봄에 나는 잎사귀는 시원한 난초 잎 같고 초여름에 자주 보이는 꽃은 꽃잎이 모두 여섯 장이랍니다. 바깥쪽 꽃잎 석 장에는 호랑이 무늬 같은 얼룩이 있지요. 추위를 타지 않고 물이 적은 곳에서도 잘 자랍니다. 조선의 언덕 어디에서나 구경할 수 있지요. 풍랑뇌전(風浪雷電, 풍랑이나 우레나 번개같이 거세고 힘참)한 글씨는 아뇌 형님의 솜씨로군요. 쭉쭉 뻗어내린 획이 과연 들사람〔野人〕의 호방함을 드러내는 것 같네요. 시는 파곡(坡谷, 이성중(李誠中, 1539~1593)의 호)의 「무제(無題)」일 겁니다. 곱디고운 초상화와 썩 잘 어울리는군요."

나는 천천히 눈으로 그 시를 새겼다.

　고운 창에 눈 위의 달이 다가와
　촛불 끄고 맑은 달빛을 들이네
　삼가 올리는 한 잔 술에
　밤 깊도록 임은 돌아가지 않네

　紗窓近雪月
　滅燭延淸輝
　珍重一盃酒
　夜闌人未歸

남은 왼쪽 벽과 북쪽 창으로는 책장을 뺑 둘렀다. 책장에는 반이 소설이었고 그중 손이 가장 잘 닿는 곳에 청운몽의 작품이 놓여 있었다.

"이제 들어가도 되겠습니까?"

윤성진이 문을 반쯤 열고 물었다. 기다리기엔 밖이 너무 추웠던 모양이다. 나는 붓을 놓고 서둘러 웃으며 답했다.

"들어오시지요. 문방사우를 가다듬느라 조금 시간이 걸렸습니다."

윤성진이 양손을 비비며 노복 넷을 대동하고 들어섰다. 두 사람씩 짝을 지어 항아리를 들었다. 시큼한 냄새가 코를 찔렀다. 윤성진이 다시 은향 앞에 왼 무릎을 꿇고 엎드렸다.

"그럼 시작하겠습니다."

항아리를 내려놓고 노복 하나가 은향의 머리 쪽으로 다가섰다. 능숙하게 비단 저고리 고름을 풀고 붉은 치마까지 벗겼다. 하얀 속옷이 드러났다. 목숨이 붙어 있다면 부끄러움 때문에 몸서리를 쳤겠으나 시신은 말이 없다. 윤성진이 시선을 은향의 젖가슴에 고정한 채 말했다.

"옷고름을 풀어 헤친 흔적이 없습니다. 치마도 마찬가지입니다. 겁탈하려 한 것은 아닌 듯합니다. 손톱도 부러진 곳 하나 없고 손등과 손바닥도 마찬가집니다. 자, 이제 속옷을 마저 벗기겠습니다."

나도 모르게 마른침을 삼켰다. 아무리 시신이라고 해도 젊은 여인의 알몸을 보는 것은 가슴이 뛰었다. 노복이 속곳까지 완전히 걷어 내자 윤성진이 다가서서 팔을 차례대로 들었다 놓으며 두 다리 사이를 살폈다.

"팔도 부러진 곳 없이 멀쩡하고 다리도 깨끗합니다. 역시 이 목이 문제겠네요. 목이 졸린 시신에서 이런 상흔이 곧잘 발견됩니다. 그래도 철저하게 확인을 해야겠지요?"

윤성진이 무릎을 펴고 일어서며 고개를 끄덕였다. 노복들이 항아리를 막았던 사기 뚜껑을 열었다. 눈을 뜰 수 없을 만큼 시큼한 기운이 얼굴을 확 덮쳐 왔다. 김진이 고개를 돌리며 말했다.

"술찌끼와 초(醋)라오."

"알고 있소이다."

하인들은 술찌끼와 초를 시신에 골고루 씌운 다음 은향의 다른 옷을 위에 덮었다. 그 위에 다시 초와 술을 가득부은 다음 나머지 옷으로 또 덮었다. 윤성진이 우리에게 권했다.

"초와 술 기운이 스며들려면 시간이 좀 걸립니다. 잠시눈이라도 붙이시지요?"

내가 답했다.

"아닙니다. 윤 의원께서나 사랑채에서 잠시 쉬십시오."

"그래도 되겠습니까? 잠자리에 들었다가 나오는 바람에영 몸이 편치 않습니다. 그럼 잠시 쉬었다 오지요."

김진이 끼어들었다.

"그 전에 먼저 은비녀를 쓰는 건 어떻습니까?"

윤성진이 걸음을 옮기려다 말고 물었다.

"안색을 보아하니 독약을 먹은 것 같지는 않습니다. 또저렇듯 목이 졸린 흔적이 역력하지 않습니까? 은비녀를 입에 넣고 종이로 밀봉한 뒤 꺼내 보기는 하겠으나 제일 나중에 할까 합니다. 타살 원인을 밝혀내는 것이 급선무니까요."

독살 가능성을 인정하지 않는 것이다. 김진은 이번에도 물러서지 않았다.

"어차피 할 거라면 지금 하는 게 어떻겠는지요? 이제 교대 시간이 다 되어서 곧 의금부로 돌아가야 한답니다. 은비녀로 독을 가리는 것을 꼭 보고 싶습니다."

윤성진이 흔쾌하게 응낙했다.

"알겠습니다. 그럼 은비녀부터 쓰도록 하지요."

은향의 옷을 벗겼던 노복이 다시 은향의 입을 억지로 벌렸다. 윤성진이 직접 벌어진 입으로 은비녀를 밀어 넣었다. 노복이 뭉친 종이를 입에 넣어 바람이 통하지 않도록 했다. 양볼이 부풀어 오른 것이 꼭 비 오는 날 맹꽁이를 닮았다. 잠시 후 종이를 빼고 은비녀를 꺼냈다. 윤성진이 김진의 콧잔등 가까이 은비녀를 들어 올리며 낭랑한 목소리로 자랑하듯 말했다.

"자, 보십시오. 전혀 색깔 변화가 없습니다. 독약을 먹었다면 은비녀 색이 푸르거나 검게 변해야 합니다. 독살되지 않은 것이 분명합니다."

김진도 고개를 끄덕이며 맞장구를 쳤다.

"과연 그렇군요. 윤 의원 덕분에 살해 방법이 확실해진 듯합니다. 이 도사! 나 먼저 의금부로 가겠습니다. 오늘은 덕분에 정말 많은 것을 배웠습니다."

6장

꽃에 미치다

　지금은 중국 법을 "배울 만하다."라고 말하면 떼를 지어 일어나서 비웃는다. 필부가 원수를 갚고자 할 때 원수가 날카로운 칼을 찬 것을 보면 그 칼을 빼앗을 방법을 고민하는 법이다. 그런데 지금은 당당한 천승(千乘)의 나라로서 천하에 대의를 펼치려고 하는데도 중국의 법 하나를 배우려고 하지 않고, 중국의 학자 한 사람과도 사귀려고 하지 않는다. 그럼으로써 우리 백성들이 고생만 숱하게 할 뿐 아무 효과도 보지 못하고, 궁핍에 찌들어 굶어 죽고 스스로 쓰러지게 했다. 그리고 백배나 이익이 될 것을 버리고 결코 행하지를 않았다. 나는 중국을 차지한 오랑캐를 물리치기는커녕 우리나라 안에 있는 오랑캐의 풍속도 다 변화시키지 못할 것이 염려된다.

　그러므로 오늘날 사람들이 오랑캐를 물리치고자 한다면 차라리 누가 오랑캐인지를 먼저 분간해야 한다. 그리고 중국을 높이고자 하면 차라리 저들의 법을 완전히 시행함으로써 더욱 중국을 높일 수가 있다. 만약 다시 명나라를 위하여 원수를 갚고 우리가 당한 치욕을 씻고자 한다면 이십 년 동안 힘써 중국을 배운 다음에 함께 논의해도 늦지 않을 것이다.

ー박제가, 「북학의」

살인 현장에서 김진과 다시 만나지 않기를 바랐지만 그 꿈은 곧 무너졌다. 은향이 늑사(勒死)한 뒤 한 달 동안 살인 사건 네 건이 연이어 터진 것이다. 도성은 다시 공포에 휩싸였고 한 달 안에 사건을 해결하지 못하면 의금부와 좌우 포도청의 당상관들을 모두 삭탈관직하겠다는 성음(聖音, 왕의 말)까지 내려왔다. 팽팽한 긴장이 도성 하늘을 휘감았다.

　사건 현장에는 어김없이 청운몽의 유작(遺作)이 있었다. 능지처참한 죄인의 글을 저잣거리에 돌리는 것은 매우 무거운 죄지만 새 소설은 계속 방각되어 나왔다. 청운병을 잡아들여 그 근본을 캐물었다. 청운몽이 의금옥에 갇히기 전 소설 초고를 모두 팔았으며, 그런 거래는 직접 했기 때문에 자신은 그 작품들이 어떤 경로를 거쳐 어디서 방각되는지 모른다고 했다. 집필량으로 보아 추측하건대 유작은 적어도 쉰 작품 이상이며 일백 작품이 넘을 수도 있다는 것이다.

"형님께서는 무섭도록 철저한 분이셨습니다. 가끔 제게 탈고한 소설을 읽히고 느낌을 묻는 경우도 있었으나 그 외에는 오직 형님 혼자 일하셨습니다. 안채와 떨어져 외따로 서재를 지은 것도 형님 뜻이고요. 허락받지 않고 서재에 출입했다가는 불호령이 떨어졌습니다. 언젠가 한번은 큰 용기를 내어 왜 그토록 고승이 암굴에서 면벽 수도를 하듯 혼자 글을 쓰느냐고 물었습니다. 그즈음 몇몇 매설가들이 서로 힘을 보태 더 빨리, 더 흥미진진한 소설을 만들어 내기 시작했으니까요. 형님은 잠시 제 눈을 들여다보았습니다. 불호령을 내릴 것인가 아니면 답을 줄 것인가 잠시 망설이는 듯했지요. 이윽고 형님은 깊은 속을 드러내었습니다. 소설을 쓰는 즐거움은 소설에 등장하는 그 많은 인물과 사건, 배경과 대사를 매설가가 혼자서 완전히 만들어 내는 데 있다고. 여러 명이 힘을 모으면 더 나은 소설을 쓸 수 있을지 모르나 그 즐거움은 사라지고 만다고. 연경에 있다는 천주당의 주인은 이 세상을 혼자 만들었다고 하는데, 매설가의 즐거움 역시 아마도 그 일에 비길 수 있을 것이라고. 참으로 대단한 분이지요. 적어도 일 년에 네댓 작품을 세상에 선보이셨습니다. 완성하고도 발표하지 않고 모아 둔 작품까지 합하면 적어도 일 년에 열 편 이상 쓴 것 같습니다. 그렇습니다. 지독한 중독이지요. 돈을 많이 번 것도 사실입니다만, 형님께서는 돈보다도 여자보다도 소설 쓰는 것을 즐기셨습니다. 혼인을 권해도 내처 거절하셨지요. 아무도 형님을 말릴 수 없었습니다. 비유하자면 형님께서는 소설 속의 삶을 택한 겁니다. 한집에 살더라도 가족들은 형님께서 어떤 인물을 따라서 어느 시대를 방황하시는지 몰랐습니다. 세책방에 형님의 소설이 나온 다음에야 그때 형님께서 보이셨던 표정과 언행을 알게 되지요. 참으로 넓고 깊으며 고요하고 난폭한, 때론 슬픔으로 가득 차고 때론 복수의 칼날을 번뜩이는 소설들을 쏟아 내셨습니다. 아직도 저는 형님이 걸어가신 길이 어디인지 모릅니다. 무엇이 형님을 능지처참에 이르게 했는지 정녕 모르겠습니다."

방각 소설 어디에도 청운몽이란 이름은 없다. 매설가 이름을 지우고 소설을 돌리는 것이 오랜 관례였던 것이다. 나는 살인 현장에서 발견된 『이충렬전(李忠烈傳)』, 『설성대전(薛成大傳)』, 『운장비록(雲長秘錄)』이 모두 청운몽의 소설이라고 확신했다. 의금부 당상관들 앞에 불려 갔을 때 다음 네 가지를 그 이유로 들었다.

첫째, 남자 주인공은 청운(靑雲, 속세에서 벼슬하여 출세함을 비긴 것)의 길로 접어들면서도 백운(白雲, 은둔하여 도를 닦는 탈속세의 길을 비긴 것)의 길을 동경한다. 둘째, 여자 주인공은 항상 대국(大國, 중국)의 남방을 떠돈다. 서포 김만중의 「사씨남정기」로부터 영향 받은 바가 크다고 생각되는데, 여자 주인공이 북방을 떠돈 적은 한 번도 없다. 셋째, 이것이 가장 중요한데, 청운몽이 쓴 소설은 행복하게 끝날 때에도 알 수 없는 슬픔이 묻어난다. 슬픔은 고독, 연민, 그리움 등으로 바뀌어 책을 덮은 후에도 한참 동안 읽은 이를 감싼다. 마지막으로 청운몽의 소설에서는 모두 다 적당히 잘 사는 결말이 없다. 누군가 한 사람은 반드시 죽는다. 첨예한 갈등을 만들고 대결을 이끈 다음 적대자를 죽인다. 용서나 화해는 없다. 상대를 제압하여 죽이기 전에는 이야기가 끝나지 않는다.

살인 현장에서 발견된 소설들은 이 네 가지 특징을 고스란히 담고 있었다. 따라서 이것은 청운몽이 쓴 소설임이 분명하다. 연쇄 살인범은 청운몽이 자복한 그 수법으로 벌써 다섯 명을 죽인 것이다.

청운몽을 체포하면서 쏟아졌던 찬사는 비난과 질시로 바뀌었다. 청운몽이 범인이 아니라는 풍문이 널리 퍼져 나갔다. 모든 책임을 지고 의금부를 그만두려고 했다. 박헌이 그런 내 마음을 읽고 술을 샀다.

"식불감침불안(食不甘寢不安, 음식을 먹어도 맛이 없고 잠을 자도 편안하지 않음)한 자네 마음을 내 어찌 모르겠는가. 하지만 쓸데없는 생각일랑 말게. 그럴 기운이 있으면 한 놈이라도 더 탐문하란 말이야. 솔직히 말을 하지. 의금부 당상관들 중에는 자넬 변방으로 좌천하자고 주장하는 이도 있다네. 의금부가 더 곤란한 상황에 빠지기 전에 스스로 꼬리를 잘라 내자는 거지. 판의금부사 대감은 단칼에 그 말을 물리치셨네. 이 일은 의금부 도사가 책임질 일이 아니라 하셨어. 책임을 져야 한다면 판의금부사 당신께서 물러나겠다고 하셨다, 이 말일세."

박헌의 긴 턱을 보며 답했다.

"아닙니다. 저 때문에 이렇게 되었는데 어찌 판의금부사 대감께서 물러나신단 말입니까? 저만 도성을 떠나면 됩니다. 곧 세상은 잠잠해질 테지요. 변방으로 전출을 원하는 청을 올리겠습니다."

박헌이 술잔을 단숨에 비우고 목소리를 높였다.

"허어, 세상 흐름을 무리 없이 파악하는 줄 알았더니 그게 아니구먼. 야뇌보다도 더 고집불통일세그려. 잘 듣게. 이건 자네 하나 좌천된다고 해결될 문제가 아닐세. 의금부에서 청운몽을 잡아들일 때부터 좌우 포도청은 탐탁잖게 여겼으이. 이제 자네가 물러나면 포도청에서는 그걸 빌미로 저희들이 사건을 맡겠다고 탑전에 아뢸 것이 불을 보듯뻔해. 지금으로선 버틸 수밖에 없어. 살아도 같이 살고 죽어도 같이 죽어야 하네. 알아듣겠는가?"

"거기까진 미처 생각하지 못하였습니다."

살인범을 잡는 것이 힘든 만큼 사건을 해결했을 때 돌아오는 상도 큰 법이다. 청운몽을 처형한 후 의금부로 내려온 어주만 떠올려도 포도청에서 이 일에 눈을 돌리는 이유를 알 만하다.

"이럴 때일수록 더 열심히 하란 말일세. 자네가 성실하다는 건 진작부터 아네만 이젠 정말 뭔가 보여 줄 때가 되었어. 지금 변방으로 밀려나면 영원히 돌아올 수 없을지도모르네. 평생 이 일이 낙인처럼 자네 이마에 찍힐 거란 말일세. 판의금부사 대감도 그렇고 나 또한 같은 생각일세. 자네가 묶은 매듭, 자네가 풀도록 하게. 진정 이 일을 책임지고 싶다면 말이야."

눈물을 흘릴 뻔했다. 박헌의 마음 씀씀이가 참으로 고마웠던 것이다. 책임질 땐 지더라도 내 손으로 살인범을 잡자고 마음을 고쳐먹었다.

단서가 없었다. 밤을 새워 도성을 뒤지고 세책방을 돌았지만 헛수고였다. 새벽 내내 달려도 문에 닿지 않을 것만 같았다(走竟晨 不及門, 힘만 허비하고 일이 잘 안 됨). 다섯 번째 살인이 일어나고 겁에 질린 백성이 숭례문과 신문을 빠져 나간다는 소식을 접한 후 김진을 찾아가기로 결심했다. 은향의 방에서 던진 수수께끼 같은 말들이 계속 뇌리에 맴돌았던 것이다. 백동수에게 연통을 넣었더니 박제가와 함께 나왔다. 파자교(把子橋)에서 만나 흥인문(興仁門, 동대문) 쪽으로 걸었다.

삼십 년 만에 들이닥친 추위였다.

삼각산을 넘어온 북풍이 쉼 없이 도성을 휘감았다. 귀가 떨어질 듯 아렸고 코끝이 붉게 상기되었다. 자식이 죽어도 전을 걷지 않는다는 저잣거리도 비사주석(飛沙走石, 모래가 날고 돌이 구름. 곧 바람이 세차게 붊)하는 오늘은 썰렁했다. 강아지를 앞세우고 재잘거리며 달리던 학동들도 없었다.

"그건 뭡니까?"

박제가의 소매에서 나온 희한한 물건을 보며 물었다.

"풍안경(風眼鏡, 바람과 티끌을 막아 주는 안경)일세. 연경에서 제법 비싼 값을 주고 샀다네."

오늘부터 박제가는 내게 말을 놓았다. 미미한 서생이 의금부 도사에게 하대할 수는 없다고 버텼지만, 나는 격식을 버리고 더 가까이 사귀고 싶다는 뜻을 굽히지 않았다. 두 사람 모두 야뇌 백동수를 형님으로 모시고 있으니 우리도 역시 형제의 예로 대하자는 말도 덧붙였다. 백동수마저 내 편을 들자 박제가는 사사로운 자리에선 그리하겠다고 응낙했다.

"저고리와 신도 조선 것이 아닌 듯싶습니다만……."

"압강(鴨江, 압록강)을 건너자마자 모두들 이런 옷과 신을 신고 있더군. 보기엔 이상해도 추위를 막는 데는 최고라네. 이 동옷(胴衣, 저고리)은 양가죽이고 이 다로기(안으로 털이 있는 가죽신)를 신으면 눈길을 밤새 걸어도 발이 얼지 않는다네. 내게 동옷이 몇 벌 더 있으니 필요하면 나중에 주겠네."

"아닙니다. 조선 추위인데 조선 옷과 신으로 견뎌야죠."

괜한 고집을 부렸다.

"알겠네. 설마 자네 오랑캐 땅은 군자가 밟을 곳이 아니라고 여기는 건 아닐 테지?"

박제가가 뼈 있는 농담을 하며 성큼성큼 걸음을 옮겼다. 나는 백동수 뒤에 몸을 숨기고 걸었다. 맞바람을 피하니 한결 견딜 만했다. 백동수가 뒤를 쓰윽 살핀 후 오른편에 선 키 작은 박제가에게 물었다.

"담헌 형님 말씀은 무엇인가? 우리가 지금 발을 딛는 이 땅이 둥글다는 겐가? 공처럼 호박처럼 둥글둥글하다고?"

"그렇습니다."

박제가 쪽으로 걸음을 옮겼다. 바람이 당장 옆구리로 파고들였지만 대화를 자세히 듣기 위해서는 어쩔 수 없었다.

"거참! 담헌 형님이 천하 만물에 관심이 많고 학덕도 깊다는 건 알지만 땅이 둥글다는 말은 못 믿겠는걸. 증거가 있나?"

"물론입니다. 달이 해를 가리는 일식을 본 적이 있으시죠? 그때 어두운 부분이 둥근 것은 달의 몸통이 둥글기 때문입니다."

"달이 둥글다! 그런데?"

"마찬가지 이치입니다. 땅이 해를 가리면 월식이 되지요? 그때 어두운 부분이 둥근 까닭은 땅의 몸통이 둥글기 때문입니다. 이런 이치를 깨우친 담헌 선생은 월식이 곧 땅의 거울이라고 하셨습니다. 월식을 보고도 땅이 둥근 줄 모른다면 이는 곧 거울을 보고도 제 얼굴을 모르는 것과 같지요. 땅은 둥글 뿐만 아니라 하루에 한 바퀴씩 돌기도 합니다."

이교(二橋)를 지나니 연지(蓮池)가 가까웠다. 나는 궁금증을 참지 못하고 대화에 끼어들었다.

"땅이 돌다니요? 어떻게 이 땅덩어리가 돌 수 있단 말입니까?"

박제가가 고개를 돌리며 어깨를 으쓱 올렸다가 내렸다.

"자세한 건 나중에 담헌 선생을 찾아뵙고 듣도록 하게.

간단히 요점만 추려 보자면, 이 둥근 땅덩어리 곧 지구(地球) 둘레는 구만 리쯤 되지. 그 구만 리 땅을 하루 열두 시간(조선 시대의 한 시간은 지금의 두 시간과 같음) 동안 도는 것을 상상해 보게. 그 빠르기란 번개나 포탄보다도 더하다네."

말꼬리를 붙들지 않을 수 없었다.

"땅이 그렇듯 빨리 돈다면 그 위에 있는 사람과 나무, 집이 모두 쓰러지거나 무너져야 하지 않습니까?"

박제가가 거침없이 답했다.

"맷돌 위에 개미 한 마리가 있다고 하세. 맷돌을 빨리 돌린다 하여 개미가 쓰러지는가?"

맷돌 위에 있는 개미를 상상했다. 아낙의 작은 손이 천천히 맷돌을 돌린다. 처음엔 느렸지만 점점 더 빨라진다. 개미는 쓰러지지 않고 아무 일 없다는 듯 붙어 있다.

"그걸 모두 연경에서 배운 겁니까?"

박제가가 걸음을 멈추었다. 나는 백탑에 모인 무리들이 청나라를 명나라보다 높이 받들고 또 연경에서 들여온 온갖 이상한 지식과 물품을 서로 주고받는다는 소문을 들었다. 박제가는 내 눈을 똑바로 올려다보았다. 키가 작고 왜소한 몸이지만 눈에서는 불덩어리가 이글댔다.

"왜 하필 연경 운운하는 건가? 어디서 배웠는가는 중요하지 않네. 천하의 바른 이치를 깨닫는 것이 중요할 따름이지."

나는 당황하여 즉답을 못했다. 백동수가 어색한 분위기를 바꾸려고 너털웃음을 터뜨렸다.

"허허허! 날도 추운데 예서 다투기라도 할 텐가? 이 도사는 다만 기기묘묘한 이론이 어디서 왔는지 궁금한 거라네. 아니 그런가?"

"그, 그렇습니다. 저는 단지……."

박제가도 곧 안색을 바꾸고 미소까지 지어 보였다.

"미안하네. 내가 지나쳤던 것 같네."

우리는 곧 화해했다. 백동수가 사족을 붙였다.

"어젯밤에도 관재에 낯선 이들이 얼쩡거렸다며? 오늘 밤은 내가 관재를 지키겠네. 그놈들이 또 나타나면 모조리 요절을 내겠으이."

박제가가 백동수와 걸음을 맞추며 말했다.

"호통이나 쳐서 멀리 쫓아내기만 하면 됩니다. 싸움에 휘말려 말이라도 나면 큰 낭패를 볼 수도 있습니다. 우리가 피해를 입는 건 괜찮지만……."

백동수가 박제가의 흐린 말끝을 잡아챘다.

"알겠네. 하여튼 각별히 몸조심해야 하이. 형암과 영재도 몸을 아껴야 하네."

도성은 온통 연쇄 살인범 이야기로 들끓었지만, 백탑 서생들은 무언가 일을 꾸미고 있었다. 낯선 이들이라니? 누가 백탑 서생들을 감시한단 말인가? 몸조심할 만큼 위협을 받고 있는가?

홍인문을 지나 숭신방(崇信坊)으로 들어서니 바람이 더욱 거세었다. 큰바람을 막던 성벽이 사라진 탓이다. 이것저것 생각할 수 없을 만큼 얼굴 전체가 얼얼했다. 나무들이 휘청대는 산길로 접어들었다.

"도대체 그 김진이란 서생이 사는 곳이 어딥니까? 골짜기에 숨어 하피(霞帔, 신선이 입는 아름다운 옷)를 입고 경액(瓊液, 신선이 마시는 신비스러운 즙)이나 감로수(甘露水, 나뭇잎에 맺힌 이슬방울이 모여 된 물로서 신선들이 마신다고 함)를 마시며 신선술이라도 닦는 겁니까?"

박제가는 계속 앞만 보고 걸었고 백동수가 고개를 돌린 채 답했다.

"신선술은 아니고…… 꽃을 키운다네. 지금은 다 져서 없겠네만."

"꽃이라니요? 공맹을 배우는 사람이 꽃을 키운다 이 말씀입니까?"

김진은 관재에서 치자꽃의 아름다움과 사계화의 부지런함을 장황하게 이야기했다. 꽃에 대한 박학이 거기에만 머무르지 않는 모양이다. 백동수가 탄탄한 가슴을 좌우로 흔들며 답했다.

"자네, 이상한 말을 하는구먼. 공맹을 배우는 사람은 평생 글만 읽어야 한다 이 말인가? 삶의 바른 이치를 알자면 글도 읽고 장사도 하고 농사도 짓고 짐승도 키워야 하는 법이야. 만백성을 위하여 무엇을 할 것인지 백날 고민해 봤자 백성들이 어찌 사는가를 모른다면 무슨 소용이 있겠는가? 우린 모든 걸 다 알아야 한다네. 꽃이든 물고기든 벌레든. 우리와 함께 살아가는 천하 만물의 생김생김과 쓰임새를 알고 널리 이용할 필요가 있지. 초정, 자네가 지은 시 한 수가 생각나는군. 화광도 이 시를 가슴에 품고 꽃들을 세심하게 살핀다 들었네. 세심하게 말일세. 험험, 어디 한 번 읊어 볼까."

백동수가 허리를 뒤로 젖히며 턱을 약간 치켜들었다. 낮고 굵은 목소리로 그 시를 외웠다.

'붉다'는 그 한 마디 글자 가지고
온갖 꽃을 얼버무려 말하지 말자
꽃술도 많고 적은 차이 있으니
꼼꼼히 다시 한 번 살펴봐야지

毋將一紅字

泛稱滿眼華

華鬚有多少

細心一看過

       — 박제가, 「월뢰잡절사수(月瀨雜絶四首)」 첫째 수

"그렇다면 형님께서도 검술이나 궁술 외에 다른 걸 하십니까?"

백동수가 자랑스러운 듯 잠시 하늘을 보고 웃었다.

"나? 나야 전부 잘하지. 특히 개나 소를 키우는 데 관심이 많다네. 지금도 기린에 산 하나를 얻어 소들을 방목하고 있지. 언제 한번 자네에게 자세한 걸 가르쳐 줌세. 가축을 키우는 것 또한 그 안에 참으로 오묘한 세계가 있으니까."

천하의 협객 백동수가 개나 소를 키운다? 어쩐지 격에 맞지 않는 일인 듯했다.

"가축을 키우는 건 그렇다 쳐도 꽃은 너무한 것이 아닌가요? 꽃을 알아서 어디 쓸데가 있다고?"

백동수도 내 말에 크게 이의를 달지 않았다.

"하긴 그렇네. 꽃보다야 소 키우는 게 백번 낫지. 하지만 그 친구가 얼마나 꽃을 정성껏 돌보고 꽃에 대해 박학한지 안다면 그런 물음이 떠오르지 않을 걸세. 무엇이든 열심히 해서 경지에 오르면 결국 하나의 도를 얻는다고 하지 않는가?”

박제가가 덧붙였다.

“신선술을 익힌다 하여 특별하게 여길 까닭도 없으이. 형암 형님은 언젠가 신선이란 이런 사람이라고 말씀하셨네. ‘마음이 담백하여 때에 얽매임이 없으면 도가 이미 원숙해지고 금단이 거의 이루어지게 되는 것이니, 저 허공을 날아오르고 껍질을 벗고 변화한다는 것이 억지로 하는 말일 뿐이다. 만약 내가 잠깐이라도 얽매임이 없다고 한다면 이는 그 잠깐 동안 신선인 것이요, 반나절 동안 그러하다면 반나절 동안 신선이 된 것이다. 내 비록 오래도록 신선이 되지는 못해도 하루 가운데 거의 서너 번씩은 신선이 되곤 한다. 대저 발아래에서 뽀얀 붉은 먼지가 풀풀 일어나는 자는 일생 동안 단 한 번도 신선이 되지 못하리라.’ 과연 옳은 지적이 아닌가.”

박제가는 잠시 말을 끊고 내 표정을 살핀 다음 이야기를 이었다.

“연경의 유리창에는 좌우 십여 리에 걸쳐 귀한 골동품과 글씨와 그림을 파는 가게가 그득하네. 어떤 이들은 그 물건들이 백성들의 삶에 아무런 보탬도 되지 않으니 모두 태워 버려도 손해가 없다고 하지. 그러나 우리네 삶에 즉시 보탬이 되어야만 가치 있는 것은 아니라네. 푸른 산과 맑은 내, 새와 들짐승, 벌레와 물고기는 우리네 삶에 보탬이 되지 않더라도, 「주역」에서는 괘(卦)의 형상으로 취했고 「시경」에서는 흥(興)으로 엮었지. 화광이 꽃을 가꾸는 것도 이런 맥락에서 이해해야 하네."

인창방(仁昌坊)을 왼쪽으로 끼고 논틀밭틀(논두렁이나 밭두렁을 따라 꼬불꼬불하고 좁게 뻗은 길)을 지나 안암(安岩)으로 접어들었다. 낮게 깔린 구름이 옷을 흠뻑 적셨다. 이대로 한 식경만 있으면 얼어 죽을지도 모른다. 길이 점점 좁아지고 살눈(살짝 얇게 내린 눈)이 깔린 움푹 팬 구덩이까지 있어서 자꾸 발을 헛디뎠다. 운제(雲梯, 성을 공격할 때 쓰는 도구. 높은 산의 바위길을 뜻하기도 함)에 오르는 기분이었다. 앞서 걷는 두 사람과 거리가 점점 벌어졌다. 맹수라도 나타나 길을 가로막는다면 꼼짝없이 목숨을 잃을 것이다.

"형님!"

흑침(黑祲, 검은 안개, 상서롭지 않은 분위기)이 더욱 짙어졌다.

"아뇌 형님!"

흐릿하게 보이던 백동수의 넓은 등이 사라졌다. 딱딱하게 군은 땅도 좌우로 흩어지고 내딛는 걸음마다 무릎이 흔들렸다.

읍!

걸음을 멈추었다. 땅이라고 믿었던 아래에서부터 찬바

람이 밀려 올라왔던 것이다. 절벽이었다. 궝궝궝궝. 무엇인
가가 이상한 울음을 쏟으며 발목을 잡아끄는 듯했다. 허리
를 한껏 뒤로 젖혔지만 눈은 자꾸 아래로 쏠렸다. 몸을 던
져라, 던져라, 던져라! 권하는 소리가 들렸다. 두 발이 허공
으로 떨어지는가 싶었는데 큰 손이 우악스럽게 뒷덜미를
낚아챘다.

"내 이럴 줄 알았지. 기가 허한 사람은 꼭 여기서 뛰어내
리더니만…… 안암 낙석(落石) 신세를 면했으니 한잔 거하
게 사게."

안암 낙석은 소문으로 들은 적이 있다. 일 년에 열 두세
명씩 이곳에서 실족하여 목숨을 잃었던 것이다. 어떤 이
는 강철(強鐵, 지나가기만 해도 초목이 말라 죽는 악한 용) 울음을
들었다고도 했다. 크게 반원을 그리며 길이 꺾이는 곳에서
잠시 시야를 잃은 채 곧장 걸어가면 낭떠러지를 만난다.
또 몇 걸음을 내딛었다간 그길로 인생을 접게 된다.

"괜찮은가?"

어느 틈에 다가선 박제가가 걱정스러운 얼굴로 물었다.

"자, 잠시 길을 잃었을 뿐입니다. 심려 마십시오."

"이리이리 앉아 보게. 맥이라도 짚어 봐야겠네."

"괜찮습니다."

"앉아 보래도."

171

괜찮다고 물러서는 내 손목을 한사코 잡아끌었다. 팔을 내맡긴 채 이 키 작은 사내를 생각했다.

처음 시를 접하고선 날카롭고 빈틈없는 성품이리라 상상했다. 평범함을 이기지 못하며 옳고 그름을 분명히 가리는 서생. 게다가 압록강 너머 사정에도 밝고 잡학에 두루 능하니 더더욱 사람 냄새가 줄어들었다. 형과 아우로 말을 트더라도 쉽게 접근하기 힘들리라. 그러나 그건 내 착각이었다. 다리를 삐거나 허리를 다친 것도 아닌데, 잠시 낭떠러지에서 어지러웠을 뿐인데도 제 몸처럼 걱정하며 맥을 짚고 있는 것이다. 박제가에게 이런 따스함이 숨어 있을 줄은 몰랐다.

초정!

백탑 서생들이 그대를 믿고 칭찬하는 것이 탁월한 글재주와 박학에만 있지 않음을 오늘에야 알았습니다. 재주로도 사람의 이목을 끌 수 있으나, 진정 벗들에게 인정받는 것은 마음이 서로 이어졌을 때가 아니겠습니까. 그대가 먼저 마음을 열어 보이는군요. 한 사람 한 사람을 얼마나 진지하고 따뜻하게 대하는지 잘 알겠습니다.

"이번에는 자네가 먼저 가게. 우리가 뒤를 살필 터인즉."

"화광의 집은 아직 멀었는지요?"

박제가가 무릎을 펴며 답했다.

"다 왔네. 저기 천 년 묵은 곰솔을 지나 골짜기를 넘으면 참나무 숲이 펼쳐지지. 그 숲을 통하면 바로 화광의 처소 일세."

숨을 고르며 물었다.

"꼭 그런 곳에 숨어 살 까닭이 있습니까?"

"숨어 살지는 않네. 귀한 꽃들과 만나려면 이 정도 고생 은 해야지. 저잣거리에서 두 발 뻗고 편히 지내는 사람이 어찌 맑고 아름다운 향기를 맡을 수 있겠는가? 자네도 이 왕 이렇게 나왔으니 「기유북한(記遊北漢, 이덕무가 북한산을 유람하고 쓴 산수 소품)」 같은 것이라도 하나 짓도록 하게. 자, 자, 서두르세."

계속 두 사람 뒤를 따랐다면 중간 어디에서쯤 산행을 포 기했으리라. 앞서 걸으니 감히 고개 돌려 멈추자는 말을 못했다. 백동수의 큰 걸음에 따라잡히지 않으려면 부지런 히 발을 놀려야만 했다. 똬리를 틀듯 넓게 퍼진 곰솔을 지 나 골짜기를 건너고 또 참나무 숲을 통과하였다. 백동수 는 어깨나 머리에 걸리는 나뭇가지를 맨손으로 뚝뚝 부러 뜨렸다. 숲 끝에 이르자 너럭바위가 앞을 막고 섰다. 아래 로 석굴처럼 작고 허름한 움집이 있었다. 굴뚝으로 연기가 올라오는 것을 보니 김진의 거처가 분명했다. 길게 한숨을 내쉰 다음 뛰다시피 종종걸음을 쳤다. 우선 안으로 들어가

뜨거운 차라도 한 잔 마시고 옷을 벗어 말린 후 거친 보리
밥이라도 한 움큼 먹고 싶었다. 늦은 아침을 먹은 다음부
터 지금까지 곡기를 입에 대지 못한 것이다. 모처럼 산을
타고 구름 속을 걷느라 배가 몹시 고팠다.

"안에 있는가?"

문은 열리지 않았다. 백동수가 문을 밀고 안으로 들어갔
다. 발을 내리고 뜸(비나 바람을 막기 위해 짚이나 띠를 엮어 만
든 것)을 두른 방은 생각보다 훨씬 넓고 아늑했다. 입구에
는 담(毯, 양탄자)이 깔렸고 따뜻한 기운이 방 안에 가득했
다. 높고 큰 등경(燈檠, 등잔걸이)에서 타오르는 등잔도 푸근
한 느낌을 주었다. 꼭뒤(뒤통수의 한복판)까지 뻗어 올라왔던
냉기가 곧 사그라졌다. 움집은 크게 방과 부엌으로 나뉘었
다. 부엌을 따로 낸 여염집과는 달리 넓게 편 낡은 가죽옷
두 벌을 경계로 오른쪽은 방이 되고 왼쪽은 부엌이 되었다.

방으로 들어서자마자 깜짝 놀랐다. 서책 만여 권이 네
벽을 뼁 둘렀던 것이다. 오동나무 책장은 손을 한껏 뻗어
야 닿을 만큼 높고 한 군데 빈틈도 없이 빽빽하게 서책이
들어차 있었다. 시렁을 달아매고 상하로 표시를 하여 쉽게
책을 찾도록 했고 각 권마다 눈에 잘 띄는 표지가 따로 붙
었다.

어린 나이에 언제 이렇듯 많은 서책들을 모았을까.

"무얼 그리 놀라는가? 광통교(廣通橋)에 있는 집에 가면 이보다 더 많은 서책들이 있다네."

나는 눈을 동그랗게 뜨고 백동수에게 되물었다.

"여기보다 더 많다고 했습니까? 광통교 거리에 고동서화(古董書畵)를 파는 가게와 서사(書肆, 서점)가 많다더니 혹시 거기서 책을 파는 건 아닙니까?"

박제가는 눈동자가 보이지 않을 만큼 웃었다. 서안 위에 놓인 『절옥귀감(折獄龜鑑, 송나라 사람 정극(鄭克)이 펴낸 명판례집)』을 손바닥으로 쓸며 답했다.

"아닐세. 화광은 바람처럼 구름처럼 자유로운 사람이지. 돈을 벌려고 귀한 시간을 저잣거리에서 보내는 일은 없으이."

"어디서 이런 귀한 서책들을 구했단 말입니까? 이것이 정녕 김진 그이가 혼자 모은 책입니까? 만권루(萬卷樓, 십팔세기 초의 장서가 이하곤(李夏坤, 1677~1724)이 진천에 마련한 서재)가 따로 없군요. 언뜻 보아도 대국에서 들여온 것이 상당한 듯합니다."

"대단하이. 금방 이 귀한 책들의 거향(居鄕, 고향)을 알아보는군. 그렇네. 여기 있는 서책의 절반 이상은 유리창에서 들여왔지. 광통교는 거기에 비하면 골목 하나도 되지 않네. 장서 수만 권을 갖춘 서점만 해도 열둘이 넘어. 서책들 이

름만 훑는 데도 한나절이 걸린다네. 참으로 놀라운 풍광이
아닐 수 없지. 담헌 선생이나 나 역시 그때 본 서책들 중에
서 몇몇 중요한 것들을 비싼 값을 치르고 사들였지만, 화
광에게는 비할 바가 못 되네. 광통교의 서가와 이곳을 합
한다면 유리창에 내놓아도 부끄럽지 않을 정도니까."

박제가는 잠시 고개를 들고 눈을 감았다. 올여름 이덕무와
함께 다녀온 연행 기억이 새록새록 떠오르는 모양이었다.

"유리창의 서책들을 사들이려면 많은 돈이 들지 않겠습
니까? 집안이 원래 부자입니까?"

백동수가 답했다.

"아닐세. 화광은 아주 어려서부터 가족과 떨어져 홀로
생활했다네. 집안 도움을 받았을 리가 없어."

"하면 어디서 그 많은 돈을 구한 것인지요?"

박제가가 백동수의 입을 막으며 먼저 내게 물었다.

"한 가지 약조를 해 주겠는가? 화광에게 이토록 많은 장
서가 있는 이유를 따로 묻거나 따지지 않는다고 말일세.
이 일이 세상에 알려지면 화광만이 아니라 여러 대신들에
게 화가 미칠 것이야."

대신들에게 화가 미친다? 그 말을 이해할 수 없었다.

"알겠습니다. 저만 아는 비밀로 하지요."

"업으로 삼은 건 아니지만 화광은 몇 번 서쾌(書儈, 서적

중개상) 일을 본 적이 있네. 담헌 선생을 모시고 일찍이 연경에 다녀왔을 뿐만 아니라 그 후로도 한 해에 한 번씩은 압록강을 건너 유리창 구경을 하고 오니까, 조선에서 화광만큼 대국 서책에 대해 많이 아는 이는 드물지. 옥류동, 청풍동, 자하동(인왕산 서북쪽 동네로 안동 김씨, 기계 유씨 등 이름난 가문이 사는 곳)에 사는 대신들이 구하기 힘든 서책을 은밀히 사들이기 위해 그 친구에게 도움을 청한 건 어쩌면 당연한 일일세. 역관을 통하는 방법도 있겠으나 서책의 가치를 제대로 모르는 역관보다는 담헌과 연암의 문하에서 글을 배운 김진이 훨씬 낫지. 부탁을 받으면 대부분 거절하였지만 그래도 몇 건은 자의 반 타의 반으로 해 주었던가 보네. 한 번 서쾌 노릇을 하면 꽤 많은 사례를 받았을 거야. 그 돈으로 여기 있는 서책들을 대부분 구한 것이지. 참으로 대단한 친구야."

박제가의 칭찬이 귀에 거슬렸다. 연경 구경을 한 번도 못한 노대신들을 홀려 거금을 뜯어낸 서쾌일 수도 있다. 나라에서 허락하지 않은 서책을 마구잡이로 사들이는 서쾌를 조사하라는 밀명이 내려온 일도 있지 않았던가. 박제가는 그런 내 마음을 읽기라도 하듯 김진 이야기를 이어 갔다.

"입연(入燕, 연경에 다녀옴) 경험을 여러 벗들에게 알리는 자리가 있었네. 그때 형암이 자랑삼아 유리창에서 구경한 서책들 이름을 주욱 읊었지. 『안아당집(安雅堂集)』, 『한위공집(韓魏公集)』, 『오초려집(吳草廬集)』, 『완아(宛雅)』, 『시지전집(詩持全集)』, 『용촌어록(榕村語錄)』. 그때 화광이 끼어들었으이. '취성당(聚星堂)에 다녀오셨군요.' 형암이 깜짝 놀라 물었다네. '아니 그걸 어찌 알았는가?' 그때 화광은 아무렇지도 않게 답하더군. '방금 말씀하신 서책들을 가장 잘 진열해 놓은 곳이 취성당이니까요. 재작년에 옥류동 김 참의 댁에 방금 말씀하신 서책들을 구해 드렸지요.' 참으로 놀라운 기억력이 아닌가? 나는 혹시나 싶어 다른 서책들을 열거해 보았지. 『왕매계집(王梅溪集)』, 『황씨일초(黃氏日鈔)』, 『식물본초(食物本草)』, 『팔기통지(八旗通志)』, 『성명백가시(盛明百家詩)』. 여기까지 읊자 화광이 빙그레 웃으며 뒤를 잇더군. '『황청백가시(皇淸百家詩)』, 『병법전서(兵法全書)』, 『우도원집(虞道園集)』, 『어양시화(漁洋詩話)』, 『형천무편(荊川武編)』, 『여씨가숙독시기(呂氏家塾讀詩記)』, 『본초유방(本草類方)』 등은 문성당(文盛堂)에 자주 나오는 서책들입니다.'"

백동수가 무릎을 치며 찬탄했다.

"그 소린 나도 오늘 처음 듣는구먼. 화광이 유리창에 있는 서사들 각각에 어떤 서책들이 있는가를 훤히 꿰뚫는다는 말인가? 허어참. 아무리 연경의 일에 밝기로서니 어찌 그렇듯 완벽하단 말인가? 참으로 대단한 일일세."

박제가가 한 말이 사실이라면 김진은 교산(蛟山, 허균) 이후 대국 문물과 서책에 가장 능통한 사람일 것이다. 백탑 아래에 이토록 탁월한 사내가 숨어 있다니.

서안 옆에 따로 서책들이 있었다. 가까이 두고 즐겨 읽는 서책인 것이다. 엉거주춤 그 앞에 앉아서 한 권을 집어 들었다. 『이승상전(李丞相傳)』. 청운몽의 소설이다. 그 다음 서책을 폈다. 『동정록(東征錄)』. 마찬가지로 청운몽의 소설이다. 『박씨양웅기(朴氏兩雄記)』, 『남해태자전(南海太子傳)』, 『혜성록(彗星錄)』. 모조리 청운몽의 소설이었다. 김진은 움집에 웅크리고 앉아 청운몽의 소설을 섭렵했던 것이다. 왜? 무엇 때문에?

부엌을 뒤졌지만 먹을 만한 음식은 없었다. 보리도 없고 그 흔한 김치도 찾기 힘들었다. 곡기를 끊고 단식이라도 하는 것인가? 이 험한 곳에서 배를 곯아 가며 정말 꽃을 가꾸고 연구하는 것인가?

부엌에서 나오려는데 서늘한 기운이 정수리에 닿았다. 고개를 드는 순간 흘러가는 구름이 보였다. 천장에 둥근 구멍이 뻥 뚫려 있었던 것이다. 집이 낡아서 저절로 생긴 구멍이 아니라 누군가 고의로 뚫은 것이다. 그렇지 않고서야 저렇듯 공처럼 동그란 모양이 될 리 없다. 뒷걸음질을 치는데 푸른 구리로 만든 둥근 통이 눈에 걸렸다. 길이는 석 자 정도이고 양 끝에 유리가 붙어 있었다.

"형님! 야뇌 형님!"

박제가와 백동수가 황급히 달려왔다. 백동수가 박제가를 보며 물었다.

"아, 이게 초정 자네가 연경에서 보았다던 그 원경(遠鏡, 망원경)인가?"

"그렇습니다. 이 귀한 것이 여기 있을 줄 몰랐네요. 어떻게 구했을까요?"

내가 끼어들었다.

"원경이 무엇입니까?"

"멀리 있는 사물을 가까이 보는 특별한 안경이라네."

멀리 있는 사물을 가까이 본다? 어떻게 그럴 수 있단 말인가? 묻고 싶은 것이 점점 많아졌다.

"천장에 뚫린 구멍은 또 무엇입니까?"

박제가가 내 엄지를 따라 고개를 들었다.

"해와 별을 자세히 보기 위한 것일세."

"해와 별을 자세히 본다고요?"

"그렇다네. 원경을 통하면 눈에는 거의 보이지도 않는 별을 또렷하게 살필 수 있지. 양이들이 만든 천문도가 정밀한 것도 원경 덕분일세. 아, 여기 원경을 세우는 틀이 있군."

박제가가 곁에 있는 부채 모양 쇠틀에 다가섰다. 백동수가 도와서 원경을 끼웠다. 틀 안에 쏙 들어간 원경은 외기둥처럼 하늘을 향해 섰다. 박제가가 쇠틀을 이리저리 돌리자 너무나도 가볍게 원경이 움직였다. 뚫린 구멍에 닿도록 원경을 조절한 다음 틀의 좌우를 고정시켰다.

"다 됐네. 이제 이 작은 유리에 눈을 대고 허공을 바라보면 되는 걸세. 앉아 보겠는가? 해를 가린 구름이 더 크고 또렷하게 보일 걸세."

박제가가 빈 의자를 권했다. 움직이지 않고 또 질문을 던졌다.

"별은 볼 수 있다 해도 해는 어찌 살핀단 말입니까? 그냥 보기만 해도 눈이 아픈데, 확대해서 본다면 눈이 멀 겁니다."

박제가가 대답 대신 쇠틀 주변을 살폈다.

"아, 여기 있군."

원경을 다시 비스듬하게 내려 통 앞에 유리 하나를 더 끼운 후 구멍 사이로 흘러가는 구름을 살피며 말했다.

"마침 구름이 걷히는군. 이제 곧 해가 나올 걸세. 기회를 놓치지 말고 찾아보게."

박제가가 다시 원경을 세우자 나는 작은 유리에 눈을 갖다 댔다. 희미한 빛이 새어 들어오긴 했으나 눈앞이 온통 캄캄했다.

"아무것도 보이지 않습니다. 앞에 무엇을 덧댄 것입니까?"

"잠시만, 잠시만 기다리게."

점점 주위가 밝아졌다. 처음엔 그저 어둠뿐이었는데 문득 어둠 한가운데 흰 원이 생겼다.

"무엇이 보이는가?"

"흰 원이 있습니다."

"바로 해일세. 검은색 유리를 겹으로 씌웠기 때문에 강한 빛에도 눈을 상하지 않는 거야. 양이들은 이런 식으로 해가 움직이는 걸 살핀다네."

곧 다시 어둠이 찾아들었다. 구름이 해를 가린 것이다. 원경에서 눈을 떼며 찬탄을 금하지 못했다.

"놀라운 일입니다. 세상에 이런 것이 있으리라고는 상상도 못하였습니다."

"청국에는 흠천감(欽天監, 국립 천문대)이 있어 밤낮 없이 천문을 공부했지. 흠천감에 속한 관리들 대부분이 양이들 일세. 화광이 담헌 선생을 따라서 연경에 갔을 때, 흠천정감 유송령(劉松齡, A. Von Hallerstein)과 흠천부감 포우관(鮑友官, A. Gogeis)을 만나 보았다고 하네. 그때 원경 구경을 하였다 들었는데 이렇듯 몰래 들여온 건 몰랐으이."

백동수가 물었다.

"집주인은 대체 어디 있는 건가?"

박제가가 웃으며 방을 나섰으므로 백동수와 나도 서둘러 뒤를 따랐다. 박제가는 바위를 돌아 북쪽 능선을 탔다. 호흡이 가빠질 즈음 걸음을 멈추고 비탈길을 내려갔다. 백동수는 능숙하게 그 뒤를 따랐지만 나는 균형을 잡지 못하고 두 번이나 미끄러져 굴렀다.

"어디까지 가는 겁니까? 여긴 또 어딥니까?"

무릎과 어깨를 감싸며 푸념했다. 박제가가 오른손으로 입을 틀어막는 시늉을 했다. 안개가 서서히 걷혔다. 나뭇등걸 아래 갈건야복(葛巾野服, 갈포로 만든 두건과 베옷. 처사나 은사의 거칠고 소박한 의관) 차림을 한 사내가 무릎을 꿇고 엎드려 있다. 그 몰골이 더럽고 흉하기 그지없었다. 반짝이는 두 눈이 아니었다면 관재에서 만났던 김진인 줄 몰라볼 뻔했다. 가닥가닥 흘러내린 머리는 볼과 입을 가렸고 목에는 때가 끼어 검다 못해 회색빛을 띠었다. 입술은 갈라져 터졌고 소매와 앞가슴에는 흙더미가 덕지덕지 묻었다. 두 무릎은 아예 구멍이 나서 맨살이 드러났고 종아리 아래는 웅덩이에 빠졌던지 축축이 젖었다. 몸가짐을 바르게 하고 말을 아끼며 상대를 날카롭게 살피던 모습과는 완전히 달랐다.

"미치광이가 아닙니까?"

백동수는 가만히 고개를 끄덕였다.

"미치광이! 맞는 말일세. 꽃에 한번 미치면 사람이 저렇듯 달라진다네. 씻지도 않고 옷을 갈아입지도 않지. 몸에 벌레가 기어다녀도 긁을 생각조차 하지 않아서 곁에 있던 내가 잡아 준 적도 있어. 시시각각 꽃이 변하듯 순간순간 화광의 성품도 바뀌는 것 같으이."

"시시각각 꽃이 변하다니요? 한번 피면 질 때까지 한결같은 것이 꽃 아닌가요?"

"나도 그런 줄 알았지. 하지만 화광 저 친구는 전혀 다르게 생각하더군. 시간과 장소에 따라 꽃이 다르다는 게야. 아침 꽃과 점심 꽃과 저녁 꽃이 다르고, 빗속의 꽃과 바람 앞의 꽃과 안개 속의 꽃이 다르다는 걸세. 꽃을 바라보는 마음에 따라서도 꽃이 변한다는군. 고상한 마음으로 보는 꽃과 요염한 마음으로 보는 꽃이 어찌 같겠느냐고 반문하는데, 할 말이 없었어. 꽃이 시시각각 달라지는데 어찌 몸을 씻고 옷을 갈아입을 여유가 있겠는가. 두 눈 크게 뜨고 한순간도 꽃 생각을 놓치지 말아야 할 일이야. 조금 더럽고 조금 아픈 건 전혀 문제가 되지 않는다네. 그러니 미친 게지. 미쳐도 제대로 미쳤어."

김진은 땅에 거의 닿을 만큼 머리를 숙이고 양손을 왼쪽 귀에 모은 채 땅의 소리를 듣고 있었다. 박제가가 조용히 곁으로 다가갔다. 인기척을 느낀 김진이 허리를 펴며 고개를 들었다. 백동수와 내게도 눈인사를 건넸다. 박제가가 물었다.

"이번에는 또 무얼 찾은 것인가?"

"얼음색이꽃입니다."

"얼음색이꽃이라면 설연초(雪蓮草)가 아닌가? 아무리 빨리 핀다 해도 이른 봄은 되어야 노란빛을 선보일 터인데?"

"꽃이야 그때 피지만, 그 꽃이 무사히 피어날 수 있도록 주변을 보살폈습니다. 특히 여기는 바람이 강해서 미리 바람막이를 만들어 두지 않으면 자라기가 힘들지요."

나뭇등걸 주위로 돌무더기 세 개가 보였다. 바람을 막기 위해 김진이 쌓은 것이다. 아직 풀도 나지 않은 곳에 어찌 들꽃이 필 줄 안단 말인가?

"정말 여기서 얼음색이꽃이 핍니까?"

백동수가 답했다.

"못 믿겠지? 처음엔 나도 그랬다네. 이 친구는 땅의 소리를 들을 수 있으이. 어디에 노루오줌이 핀다 하면 틀림없이 그 자리에 노루오줌이 삐쭉 나오고, 또 어디에 난장이붓꽃이 붉겠다 하면 어김없이 그 키 작은 꽃이 피어난다니까. 단 한 번도 틀린 적이 없으이. 믿지 못하겠다면 내년 봄에 이곳엘 다시 와 보세. 맛 좋은 국화주 내기를 해도 좋네."

박제가도 백동수를 거들었다.

"아우님이 비록 나이는 어리지만 꽃이라면 백탑 아래 모인 이들 중에서 으뜸이라네. 담헌 선생이나 연암 선생도 미치지 못하지. 조선에서 피고 지는 꽃을 모두 모아 책을 이룰 생각까지 하고 있으니, 이 도사도 머지않아 조선에 얼마나 많은 꽃이 있는지 알게 될 걸세."

꽃을 다룬 책이라고?

조선에 그런 서책이 있다는 소리는 들어 보지 못했다. 산에서 꽃을 가꾸는 것도 괴이한 일이거늘 책까지 쓴다니 더더욱 의심스럽다. 가탁(假託, 거짓으로 핑계를 댐)이 아닐까? 은밀히 숨어 망측한 일을 도모하는 건 아닐까?

백동수와 박제가가 거듭 김진을 감싸고도니 더 이상 따져 물을 수 없었다. 꽃 이야기는 다음으로 미루었다. 지금은 연쇄 살인범을 찾는 것이 급하다.

움집으로 자리를 옮겼다. 김진이 부엌에서 다담상(茶啖床, 다과를 차린 상)을 내왔다. 한 모금 마시니 단맛이 입안을 맴돌았다.

"이것이 무엇입니까? 강릉백청(江陵白淸, 강원도 강릉에서 나는 좋은 꿀)보다 달고 삼(蔘)보다 진합니다."

김진이 찻잔을 내려놓으며 답했다.

"바위수국입니다. 제주와 무릉(武陵, 울릉도)에서만 나지요. 작년 여름 무릉에 갔을 때 조금 가져온 것입니다. 여기까지 오느라 심신이 지치셨을 터인즉 기력을 회복하는 데 조금이나마 도움이 될까 싶어 내와 봤습니다."

박제가가 아는 체를 했다.

"수국차 혹은 감차(甘茶)라고 하는 것이 바로 이것인가?"

"그렇습니다."

"왜관을 내왕하는 수역(首譯, 으뜸 역관)으로부터 수국차의 맛과 효능을 듣기는 했지만 예서 맛볼 줄은 몰랐네. 아우님은 언제 또 무릉까지 다녀온 건가?"

"지난여름 잠시 틈을 냈습니다. 거기 풀꽃들도 숙찰(熟察, 자세히 살핌)해야겠기에……."

"허어, 아우님은 참으로 독하구먼. 재작년엔 제주에 다녀왔고 작년에 무릉을 거쳤다면, 이제 조선 팔도에 아니 가 본 곳이 없겠군. 겨우 열아홉 살에 말이야."

"아닙니다. 조선 팔도를 모두 누볐다고 어찌 말씀드릴 수 있겠는지요. 다만 꽃과 꽃의 경계가 되는 산과 강, 고립되어 홀로 피어나는 섬의 꽃들을 살폈을 뿐입니다. 많이 부족합니다."

김진의 겸양이 마음에 들지 않았다.

"누구 허락을 받고 무릉에 다녀왔소이까? 무릉 출입은 국법으로 엄히 금함을 모릅니까?"

김진은 내 얼굴을 똑바로 쳐다보며 되물었다.

"소생을 잡아가려고 여기까지 오셨는지요?"

"……."

"무릉과 내왕을 금하는 나라 법은 이미 죽은 법입니다."

"죽은 법이라고 했소?"

"그렇습니다. 어부들은 무릉에 내왕하기를 주저하지 않고 관원들 역시 무릉으로 떠나는 어부들을 단속하지 않습니다. 형편이 이러한데 법이 무슨 소용이 있단 말입니까? 무릉으로 나고 드는 왜구의 횡포를 조선의 군선이 막아 내지 못하는 게 문제지요. 무릉도 그렇고 제주도 그렇고, 왜구의 노략질 앞에서 조선 조정은 에헴 헛기침만 해 댈 뿐입니다. 그 와중에 아까운 목숨을 잃고 고생고생하여 얻은 물고기를 빼앗기는 건 긍측(矜惻, 불쌍하고 측은함)한 조선 어부들입니다. 왜 어부들이 무릉으로 가는지 한 번이라도 헤아린 적이 있는지 묻고 싶습니다. 지키기 어렵다는 이유로 버려두고 또 그런 잘못을 지적받는 것을 무작정 싫어하기만 하니……."

"어허, 그만하시게."

박제가가 서둘러 김진의 말을 잘랐다. 나는 마음을 고쳐먹고 서안 옆에 쌓인 서책들을 가리키며 물었다.

"청운몽의 소설은 왜 읽는 겁니까?"

"살인범을 잡아야 하니까요. 이 도사도 저 소설들을 검토하지 않았습니까?"

사실이었다. 다시 살인이 시작된 후로 세책방에서 청운몽이 쓴 방각 소설을 구해 읽고 또 읽었던 것이다.

"하지만 청운몽은 이미 죽었습니다."

"그래요. 매설가는 죽었습니다만 그 소설은 계속되는 살인과 밀접한 연관이 있습니다. 청운몽을 이해하지 않고는 결코 살인범을 잡지 못합니다."

백동수가 끼어들었다.

"그런가? 죽은 공명이 산 사마중달을 이겼다는 소린 들었네만 능지처참한 매설가가 살인을 부추긴다는 소린 처음 듣는군. 어쨌든 청운몽이 생전에 팔아 치운 소설들이 사건 현장에서 발견되고 있으니 좀 더 기다리는 건 어떤가? 그 소설이 전부 나올 때까지 말일세."

나는 목소리를 높였다.

"쉰 명이 더 죽을지 백 명이 더 죽을지 모릅니다. 언젠가 살인 행각이 끝난다 해도 그때 가서 진범을 잡는다는 보장은 없습니다. 희생을 최대한으로 줄이며 놈을 잡아야 합니다."

김진도 내 의견에 동조했다.

"그렇습니다. 잔꾀를 쓰는 이런 놈 하나를 잡지 못한다면 부끄러운 일이지요."

잔꾀? 그 말이 내 가슴을 찔렀다. 건방지군.

"몇 가지 물어봐도 되겠소?"

"그러시지요, 그 일로 오신 것일 터인즉."

나는 백동수와 박제가를 살핀 다음 입을 열었다. 매섭게 몰아치리라.

"은향을 죽인 사람이 은향과 안면이 있는 자라고 하지 않았소?"

"그렇습니다. 이 도사도 말씀하셨듯이 범인은 뒷마당을 어슬렁거린 흔적이 전혀 없습니다. 장졸들이 다닌 발자국이 너무 많아서 살인범이 어디쯤 서서 은향과 인사를 나누고 방으로 들어갔는지는 알 수 없지만 은향의 환대를 받은 것만은 분명합니다."

"어떻게 그렇듯 자신하오? 그냥 얼굴만 아는 사이일 수도 있지 않소? 환대까지야……."

"그날은 집에 아무도 없었습니다. 그런 상황에서 사내를 방으로 들이는 것은 둘 중 하나겠지요. 하나는 사내와 만나려고 일부러 몸종을 밖으로 내보낸 경우이고, 또 하나는 빈집으로 우연히 찾아온 사내를 방으로 들인 경우입니다. 어느 쪽이더라도 은향은 사내를 믿은 겁니다. 의금부 관원들이 놓친 게 하나 더 있습니다. 벽에 나란히 걸렸던 가야금을 혹시 기억하십니까?"

기억을 더듬었다.

"네 개가 나란히 있었소. 그게 어쨌다는 게요?"

"역시 이 도사는 다르시군요. 그중 큰 것 셋은 먼지가 가득 앉았습니다. 오랜 동안 쓰지 않았다는 것이지요. 가장 작은 것은 먼지가 없더군요. 하루 이틀 사이에 줄을 퉁겼다는 겁니다. 이상한 생각이 들어 기러기발을 살폈죠. 불과 몇 시간 전에 옮긴 흔적이 역력했습니다. 제 어미 육순을 위해 보름간 손님을 받지 않던 은향이 무슨 이유로 가야금을 조율하여 뜯었겠습니까? 그 사내를 위해서가 아니겠습니까?"

관찰력이 대단하긴 해도 아직 해결할 문제는 많이 남았다.

"은향이 서책을 다섯 장밖에 읽지 않았다는 건 어떻게 알았소? 범인이 다른 장을 펼쳐 두었다는 건 또 어찌 안 거요?"

김진이 기다렸다는 듯이 답했다. 입가의 옅은 미소는 이 문제 역시 별것 아니라는 자신감을 드러냈다.

"소설이 비록 가볍고 헛되지만 이야기를 즐기는 여인네들은 그 서책을 아껴 신주단지 모시듯 합니다. 특히 소설을 좋아하는 기생들, 그중에서도 은향처럼 방각본 소설책 모으기를 낙으로 삼는 기생은 더하지요. 그날 책장에 가지런히 정리된 서책들을 보셨지요? 아마도 은향은 아침저녁으로 책장을 청소하며 서책들을 제 몸인 양 매만졌을 겁니다. 그런데 서안에 펼쳐진 그 책은 뭔가 달랐습니다."

"무엇이 말인가?"

박제가도 김진의 말뜻을 분명하게 이해하지 못했다.

"은향은 청운몽의 열렬한 독자였습니다. 청운몽이 쓴 소설을 펼쳐 읽을 때는 특히 조심을 했겠지요. 종이에 흠이라도 질세라 미리 손을 씻었을지도 모릅니다. 책장에 꽂힌 청운몽의 소설들은 금방 판을 찍어 낸 새 책처럼 깨끗했지요. 한데 서안에 놓인 서책은 종이가 구겨졌습니다. 대충 여섯 장째부터지요. 이게 뭘 말하는 걸까요? 처음부터 다섯 장까지는 조심조심 소설을 읽었는데, 그 후론 은향이 아닌 다른 손길이 책장을 거칠게 넘긴 것이 아닐까요? 누가 그 짓을 했겠습니까? 당연히 범인이겠지요?"

박제가가 다시 물었다.

"왜 하필 그 장을 펼쳐 놓은 것인가? 이 도사 말을 들으니, 범행 현장마다 놓인 소설이 다르고 또 그 부분도 다르다더군. 어떤 책은 첫머리가 펼쳐져 있고 또 어떤 건 중간부분, 또 어떤 건 제일 마지막 부분이라는 거야. 그렇지?"

나는 고개를 끄덕였다. 김진이 잠깐 숨을 들이쉰 후 답했다.

"거기까진 말씀드리기 힘드네요. 짐작이 가긴 해도 지금 밝히기는 곤란합니다. 한두 가지 확인한 후에 마저 설명드리지요."

나는 마지막 질문을 던졌다.

"아주 관찰력이 뛰어나군요. 그런데 어찌하여 은향이 별 고통 없이 죽었다고 단언하는 것이오?"

김진이 역시 가볍게 받아넘겼다.

"아, 그거요, 간단합니다. 의외로 현장이 참 깨끗하더군요. 희생자의 손톱도 멀쩡하고. 맨정신으로 목이 졸렸다면 뭔가 저항을 했을 것 아닙니까? 그 흔적을 찾아보기 힘들었습니다. 이건 무엇을 뜻합니까? 저항할 수 없는 그 어떤 힘을 범인이 지녔다고 추정할 수 있지 않을까요? 그때 은향의 입 냄새를 맡아 보았습니다. 썩은 지네와 굼벵이를 섞어 놓은 것 같은, 비릿하면서도 텁텁하고 짠 냄새가 확 올라오더군요. 암혼단(暗魂丹)이었습니다. 혼이 나가게 만드는 약이죠. 콩알만큼만 먹어도 칼로 손가락을 잘라도 고통을 느끼지 못할 만큼 효능이 대단합니다. 대국에서도 은밀히 도는 약인데 어떻게 조선에까지 들어왔는지 모르겠습니다. 죽은 사람들은 그 약을 네댓 알은 먹었을 겁니다. 행복과 기쁨이 절정에 도달했을 때 죽음이 찾아든 것이죠. 미약하게나마 저항을 했겠지만 이미 약에 취해 힘을 쓰지 못했을 겁니다."

김진의 실력을 인정할 수밖에 없었다. 도움을 청해야 하는데, 말이 쉽게 나오지 않았다.

"의금부에서…… 하는 일입니다. 그대가…… 돕는다면 큰 상이 내릴 것이오."

김진이 되물었다.

"의금부를 돕는 겁니까, 아니면 이 도살 돕는 겁니까?"

"……."

즉답을 못했다. 그 진의를 몰랐던 것이다. 곁에 있던 박제가가 거들었다.

"그거야 당연히 이 도사지. 야뇌 형님의 아우라면 우리와도 의형제가 아니겠는가?"

백동수가 김진과 나를 더욱 밀착시켰다.

"그래, 이왕 이렇게 말이 나왔으니 청전과 화광, 두 사람이 오늘부터 말을 놓지 그래. 친구로 지내라 이 말씀이야."

"……어찌 그런 말씀을 하십니까?"

김진의 실력은 인정하지만 친구로 지낼 마음은 없었다. 알 수 없는 호의는 부담스럽다. 잠시 머뭇거리는데 김진이 선선히 답했다.

"좋습니다. 이 도사가 큰 고초를 겪고 있음은 미루어 짐작했습니다. 미력한 힘이나마 보태도록 하겠습니다."

김진이 그렇게 나오니 나 역시 피할 도리가 없었다.

"그리하지요."

백동수가 우리 두 사람의 등을 동시에 때리며 놀려 댔다.

"좋습니다? 그리하지요? 그게 친구끼리 할 소린가? 일찍이 담헌 형님은 이렇게 말씀하셨지. 잘 듣게. '친구를 사귈 때에는 반드시 진실해야 한다. 착함을 보면 마음속으로 기뻐하고 칭찬해야 하며, 나쁜 점을 보면 마음속으로 걱정하고 고치도록 충고해야 한다. 반드시 자기보다 나은 친구에게 나아가 인도해 주기를 청할 것이며, 단점을 지적받으면 반드시 고쳐야 한다.' 알겠는가? 부디 이런 친구가 되도록 하게. 자네 둘이 힘을 합치면 해결하지 못할 사건이 없을 듯하이, 허허허."

백동수의 웃음이 움막을 더욱 훈훈하게 했다. 어느덧 해가 뉘엿뉘엿 지고 있었다. 아무래도 오늘은 예서 밤을 지내야 할 듯했다. 서안 위에 놓인 『병자록』을 읽던 김진이 갑자기 일어섰다.

"저녁밥을 짓지 않을 텐가? 정말 이슬만 먹고 사는 거야?"

김진은 백동수의 질문에 답하지 않고 내게 물었다.

"청운몽의 집을 아는가?"

사건을 전담이라도 한 것처럼 불쑥 질문을 던지는 것이 불쾌했다. 이 사건을 맡은 이는 어디까지나 의금부 도사

이명방이며 서생 김진은 몇 부분에 협조할 뿐이다.

"으응!"

"가자고. 아무래도 당장 그 서재를 확인할 필요가 있겠어."

한번은 객이 혀를 차며 말했다.

"문 나서면 온통 욕뿐이요, 책을 열면 부끄러움 아님이 없네."

내가 말했다.

"참으로 명언일세. 그러나 작은 낱알처럼 마음을 모으고, 두둑한 땅을 밟으면서도 빠짐을 염려하듯 한다면 무슨 욕됨이 있겠는가? 비록 엉뚱하게 날아오는 욕됨이야 있다 해도 나 스스로 취한 것은 아닐세. 책을 읽으매 매양 실천을 마음으로 삼고, 골수에 젖어 들게 하여, 바깥 사물의 일로 겉가죽을 삼지 않는다면 무슨 부끄러움이 있겠는가? 다만 날마다 약간 부끄러움이 있게 마련인지라 독서가 아니고서는 또한 사람이 될 수 없겠기에 공부를 하는 것뿐일세."

— 이덕무, 「이목구심서」

안암을 오르기는 힘겨웠지만 움집에서 흥인문으로 내려오는 길은 쉬웠다. 김진만이 아는 지름길은 가파르지도 질척거리지도 않았다. 미리 이 길을 알고 올 것을, 괜한 고생을 했다는 생각이 들었다. 인창방에 닿았을 때는 주위가 어둑어둑했지만 김진은 환한 대낮처럼 정확하게 길목을 짚어 냈다.

야뇌 형님이 백탑 아래로 나를 데려간 것은 김진 저 친구를 소개하기 위함이다. 무엇 때문에? 청운몽의 억울함을 풀어 주기 위하여? 정말 내가 죄 없는 사람을 처형시킨 것일까? 아니다. 나는 실수하지 않았다. 추관들도 거듭 청운몽의 범행을 확인하지 않았는가. 청운몽은 죄를 자복했다. 자신이 죽인 아홉 사람의 직업과 인상착의까지 맞히지 않았던가. 범인이 아니라면 그토록 자세하게 알 수 없다. 아홉 명을 죽인 살인마는 청운몽이 분명하다. 이는 참이며 다른 길은 없다. 그런데 왜 청운몽 집으로 가자는 걸까? 다시 시작된 연쇄 살인 현장들을 먼저 둘러보아야 하지 않을까? 청운몽이 죄가 없다면 더욱더 그 집에 가는 것은 무의미하다. 더구나 이 밤에 그곳에 가서 무엇을 어찌하겠다는 것인가? 무엇을 확인하려는 걸까? 청운몽의 서재는 의금부에서 이미 한 차례 조사하지 않았던가? 만여 권에 달하는 서책들을 의금부로 옮기지는 않았지만 청운몽이 직접 정리한 서목을 발견하여 압수했다. 김진처럼 청운몽도 지독한 장서가였던 것이다. 혹시 범행을 모의하거나 기록한 문서라도 있을까 일일이 살폈지만 아무것도 없었다. 깔끔한 성격처럼 찢어진 화전(華箋, 시를 짓거나 편지를 쓸 때 사용하는 종이) 한 장도 찾기 힘들었다. 헛걸음이야. 이미 죽고 없는 매설가의 서재에서 무엇을 더 얻겠다는 건가?

홍인문을 지나며 백동수가 말했다.

"어디 가서 강다짐(국이나 물 없이 그냥 먹는 밥)이라도 먹고 가세. 하루 종일 굶었더니 영 죽겠군. 볼이 얼얼할 만큼 춥기도 하고. 수염이 석 자라도 먹어야 영감이지. 자네들은 계백(먹으면 추위를 타지 않는다는 신비한 나무. 『산해경』 중 「중산경」에 나옴)이라도 잘라 먹었는가?"

앞서가던 김진이 걸음을 멈추고 백동수와 박제가에게 권했다.

"하면 두 분은 건덕방의 개장집(개고기로 끓인 장국을 파는 가게)에서 볼가심(음식을 조금 먹어 시장기를 지우는 일)이나 하고 오십시오. 소생은 먼저 가 보겠습니다."

"그러겠는가? 곧 따라가겠네. 예전에 한 번 초대받아 그 집에 간 적이 있으니 찾을 수 있을 거야."

김이 하얗게 오르는 밥 생각이 간절했지만 청운몽 집까지 김진을 안내해야 했다. 둘만 남자 김진의 걸음이 더욱 빨라졌다.

"어딘가, 청운몽 집이?"

"명례방이라네."

김진은 초교를 지나자마자 창선방으로 내려와서 훈련원을 멀리 두고 후천동, 낙선동, 성명방을 가로질렀다. 박석(얇고 넙적한 돌)을 간 고개를 지날 때면 툭툭 발소리가 났다. 들쭉날쭉한 박석을 헛디뎌 발목이라도 삐지 않을까 걱정스러웠지만 김진은 속도를 늦추지 않았다. 솟을대문을 지나고 높고 낮은 흙담을 스치며 마을 우물을 멀리 돌았다. 나는 헉헉거리면서도 김진 등에 꼭 들러붙으려고 했다.

"꼭…… 이렇게 급히 가야 하는 이유라도 있나?"

김진이 고개도 돌리지 않고 답했다.

"이미 늦었는지도 모르네. 왜 그 생각을 못했을까?"

"무슨…… 생각?"

"사람들은 말이야 방금 눈앞에서 일어난 일이 처음으로 일어났다고 믿는다네. 하지만 그렇지 않지. 그 앞에는 항상 더 먼저 일어난 일이 있게 마련이야. 지금 내 앞에 놓인 물건 모양이 이렇다 하여 처음부터 그렇게 생기지는 않았다 이 말일세. 처음부터 끝까지 한결같은 경지는 성현도 도달하기 힘드네. 내가 변하듯 너도 변하고 사람이 변하듯 사물도 형체가 달라지는 법이지. 가장 안전한 곳에서 위험이 시작되기도 하며 누구나 위험하다고 믿는 곳이 목숨을 구할 단 하나 남은 피난처일 수도 있음이야."

그 말을 이해할 수 없었다.

"무슨 소릴 하는 건가? 처음 일어난 일이라니? 눈앞에 보이는 것이 전부가 아니라니? 자넨 그럼 이 일의 배후를 짐작하고 있다는 것인가? 누가 안전한 곳을 위험한 곳으로 바꾼다는 건가?"

김진은 쏟아지는 질문을 피하기라도 하듯 되물었다.

"관재에서 백탑 서생들을 보았을 때 어떤 느낌을 받았는가?"

더 질기게 물고 늘어질 것인가 잠시 고민했다. 김진이 답을 주지 않는다면 그쪽으로 대화를 잇기는 힘들다. 백탑 서생들 이야기를 하면서 다시 기회를 엿보기로 했다.

"솔직히 답해도 될까?"

"그럼."

나는 속에 감추었던 이야기를 꺼냈다.

"불안해 보였네. 연경 풍물을 논하는 모습들이 하나같이 지나치게 흥겨웠으니까. 그 웃음은 먼저 책을 읽고 여행을 하고 나서 낯선 지식을 얻은 자들이 흔히 보이기 쉬운 오만으로 읽힐 수도 있네."

"계속해 보게."

"나는 뭐니 뭐니 해도 고문(古文)이 중요하다고 보네. 시간이 변해도 바뀌지 않는 원칙이 있는 법이니까. 풍자나 골계가 그 순간은 기분을 좋게 만들 수 있으나 철칙 자체를 바꿀 수는 없으이."

"자네는 연암 선생이 그저 가볍다고만 보는가? 우습고…… 난삽하고…… 예의를 모르는…… 농담으로 세상을 업신여긴다고 보는 거야?"

"그와 같은 지적이 있는 것도 사실 아닌가?"

김진이 차분하게 박지원을 옹호하기 시작했다.

"아닐세. 연암 선생은 다르다네. 자넨 연암 선생의 말과 글에서 웃음을 보는가? 그래, 웃음도 있겠지. 나는 그 어른이 짓는 미소 하나, 과장된 붓놀림 하나에 감창(感愴, 슬픈 마음이 일어남)한다네. 선생은 결코 이 세상의 가치와 원칙을 부정하는 분이 아니시네. 고문도 가치를 충분히 인정하는 분일세. 선생은 언제나 법고창신(法古創新)을 주창하시네. 이때 '고'는 단순히 이미 사라져 존재하지 않는 옛날을 가리키는 글자가 아닐세. 고는 또한 그 시대의 '금(今)'을 잘 드러낸 것이라네. 지금 이 순간도 그 특징을 잘 나타내면 훗날 '고(古)'가 될 수 있다네. 선생은 선진(先秦)의 어법이나 어휘를 무작정 흉내 내는 의고파나 감정 표출만 즐기는 창신파 모두를 옳지 않게 보신다네. 선진의 문장에서 등장하는 문답법과 비유들을 충분히 익힌 다음 현실 문제에 적용하고 있음을 바로 알아야 할 걸세. 선생이 쓰신 글은 언제나 과거와 현재, 웃음과 울음, 지켜야 할 부분과 바꾸어야 하는 부분을 함께 담고 있으이. 둘 중에서 하나만 떼어 과장함은 그 삶과 문장을 심각하게 훼손시키는 걸세. 선생이 패사소품체를 받아들이고는 있으나 꼭 소품만 고집하시지는 않네. 세인들이 그쪽을 지적한다고 또 지나치게 창신만을 떠받듦도 옳지 않으이. 가벼움 혹은 웃음이란 말은 선생이 보이시는 균형 잡힌 삶과 문장을 기우뚱거리게 할 뿐일세. 대국에서 들어온 고동서화에 감복하여 어떻게 연경 구경이나 한번 가 볼까 하는 젊은이들과는 차원이 다르지. 선생을 탐탁지 않게 여기는 이들은 선생을 그저 웃기는 사람쯤으로 여긴다네. 문장은 그럴듯하게 써도 일을 맡기면 해낼 수 없는 이로 몰아붙이는 거지. 하지만 아닐세. 선생이 자주 농 아닌 농을 하는 것은 연경 풍물을 그리워함도, 조선 현실을 탓함도 아니라네. 웃음을 슬픔으로 되돌려 치는 것은 선생만이 보일 수 있는 글 쓰는 법일세. 선생에게서 무책임이나 경쾌함, 농만 읽는 이는 선생이 품은 큰 꿈을 이해하지 못하는 거야. 그 어른을 상대로 희작(戲作)을 하는 이도 있다고 들었네만 어리석은 짓이지. 선생은 결코 조선의 가치를 부정하는 분이 아니라네. 그 무거움을 모르는 세상이 원망스럽군. 선생이 서생들에게 먼저 중봉(重峰, 조헌의 호) 선생이 쓰신 「동환봉사(東還封事, 1574년 질정관으로 명나라에 다녀온 후 올린 상소문)」를 읽히는 까닭을 자네도 한번 되새겨 보게. 중봉 선생이 누구신가. 도끼를 들고 대궐 문 앞에 엎드려 잘못된 정치를 바로 고치자는 상소를 올린 분일세. 임진년 왜란 때는 의병을 일으켜 순절하시지 않았는가. 지금 연암 선생이 연암골에 계신 까닭은 또 무엇인가? 도승지의 잘못된 언행을 홀로 비난하셨기 때문일세. 오직 선생만이 지난날 중봉 선생이 하셨던 것처럼 이 세상을 바로잡을 도끼를 들고 계신다 이 말이야. 새것에 눈 돌리며 가볍게 움직이는 건 그분의 참모습이 아닐세. 그분을 그렇게 보도록 한 것도 어찌 보면 우리의 큰 죄일지 몰라."

김진이 말한 바가 너무 장황하고 진지했으므로 나는 쉽게 물러설 수 없었다.

"가벼움 자체가 나쁘다고 보지는 않네. 오히려 힘이 될 때도 있지 않겠는가?"

"그 가벼움을 경세(經世)에 뜻이 없음으로 보거나 뜻을 버린 이의 달아남 정도로 받아들이는 것이 문제라네. 연암 선생은 단 한 번도 조선에 산적한 문제로부터 물러난 적이 없으시지. 가벼운 웃음도 모두 이 고민을 드러내는 한 방편일 뿐이야. 웃음이나 여행벽(癖)이 연암 선생을 드러내는 단어일 듯싶으나 전혀 그렇지 않네. 그 부분만으로 연암 선생을 읽음은 오공이 부처 손바닥에서 노는 일일세. 슬픔에서부터, 연암 선생이 발 딛은 그 변함없는 자리에서부터 시작해야 하네. 웃음 뒤에 든든하게 선 고독과 슬픔을 보았기 때문에 초정 형님도 나도 연암 선생을 따르는 걸세."

"나도 자네나 백탑 아래 다른 서생들이 웃음이나 여행벽 혹은 새것에 대한 즐거움 때문에 연암 선생이나 담헌 선생을 따른다고는 보지 않네. 하지만 세상 사람들 중에는 백탑 서생들을 오랑캐 문물에 마음 빼앗긴 광대쯤으로 여기는 이도 많으이. 혹시 백탑 서생들 중에도 그런 평(評)을 즐기는 이는 없는가?"

"즐기다니?"

"그런 비난을 들음으로써 울분을 달래고 또 우리는 세상과 다르다는 자족감을 키우는 것 말일세."

김진은 굳게 입을 다문 채 걸음을 재촉했다. 너무 아픈 부분을 찌른 것이 아닐까 염려스러웠다. 이윽고 김진이 말했다.

"확실히, 그런 경향도 없는 건 아니군. 정말 좋은 지적을 해 주었으이. 서생들이 모이다 보면 연암 선생 뜻을 정반대로 새겨듣는 사람도 있기 마련일세. 왜 그런 부분을 미리 챙기지 못하였을까 안타깝군. 자네가 지적한 부분은 따로 초정 형님과 의논해 보겠으이."

"마음 불편하지 않았으면 하네. 나는 단지……."

"아닐세. 오히려 고마우이. 역시 바깥에서 백탑을 바라보는 시선이 꼭 있어야 할 것 같네."

확인하듯 김진에게 물었다.

"연암 선생 가르침을 갑자기 끌어들인 건 보이는 부분과 보이지 않는 부분을 함께 보라는 충고를 하기 위함인가? 웃음과 울음, 차디참과 뜨거움이 같이 머무는 선생의 글처럼 눈에 띄지 않는 부분도 보라 이 말이지?"

백탑 서생에 대한 느낌을 되물었을 때는 김진이 말머리를 돌리는 줄 알았다. 그러나 직설로 연이어 쏟아진 질문을 감싸 안듯 넓게 답한 것이다. 김진은 상대와 맞서지 않으면서도 정곡을 찌르는 이런 문답을 그 후로도 즐겨 사용했다. 생소한 이야기들도 그 목소리에 실려 나오면 뜻밖의 자리에서 서로 어울리곤 했다.

"자, 어서 서두르세."

우리는 다시 앞만 보고 나아갔다. 왠지 모를 불길한 예감에 가쁜 숨을 몰아쉴 여유도 없었다. 청정동을 지날 즈음 불기둥 하나가 하늘 높이 치솟았다. 걸음을 멈추고 떨어지는 불덩이를 보았다.

"이런!"

우리는 힘껏 달리기 시작했다. 명례방으로 접어들자 불길한 예감은 확신으로 바뀌었다. 물동이를 이고 든 많은 사람들이 청운몽 집 대문을 들락날락했다. 이상한 점은 미친 듯 내달리던 김진이 대문 앞에서 걸음을 멈추었다는 사실이다. 나는 황급히 마당으로 들어섰다.

서재가 타오르고 있었다.

뒷마당 별채에 마련된 서재였기에 불길이 다른 집으로 옮겨 붙지는 않았다. 때마침 불어닥친 동북풍으로 불꽃이 뱀처럼 흔들렸다. 숨었다가 나타나고 또 숨기를 반복하였다. 지붕을 지탱하던 도리(기둥과 기둥 위에 건너 얹어 그 위에 서까래를 놓는 나무)가 떨어질 때마다 흰 재가 불꽃 속에서 뿜어 나왔다. 이렇게 어둠을 사를 듯 활활 타오르는 불꽃은 처음이었다.

마당에 퍼더버리고 앉아 땅을 치는 노파가 눈에 띄었다. 청운몽의 어미였다. 제 손으로 백발을 쥐어뜯어 뽑아 대는 모양새가 실성한 사람 같았다. 그 곁에는 작은아들 청운병이 고래고래 고함을 지르며 불을 끄는 하인들을 독려했다.

"빨리빨리! 서둘러. 아직 뒤쪽은 타지 않았어. 거기로 가게. 어서!"

별채는 날개처럼 둘로 나뉘어 있었다. 바람에 먼저 노출된 동쪽 서재는 모두 불탔으나 서쪽 서재는 아직 절반 이상 건물 윤곽이 남았다. 바람이 인왕산을 넘어 왔기에 불길이 서쪽까지 닿지 않은 것이다. 나는 황급히 동쪽 서재를 돌아 서쪽으로 뛰었다. 들보 아래에서 불길을 피하는 순간 청미령의 얼굴이 나타났다 사라졌다. 청운병의 고함 소리가 터져 나왔다.

"나와! 미령아, 나와!"

불길이 솟구쳐 오르며 방문에 비친 그림자를 덮쳤다.

낭자!

눈물을 머금은 맑디맑은 눈망울이 떠올랐다. 지금 뛰어들지 않으면 영원히 그 눈을 보지 못하리라. 단숨에 창을 부수고 안으로 날아들었다. 거기 불붙은 책장 사이에서 청미령이 두루마리 다발을 보자기에 싸고 있었다. 청운몽의 소설 초고인 듯했다.

"낭자, 나가야 하오."

청미령이 잠깐 고개를 돌렸다. 나와 눈이 마주쳤다. 그러나 다시 두루마리를 품에 안기 시작했다. 그 어깨를 왼손으로 짚으며 목소리를 높였다.

"곧 무너질 게요. 여기서 죽고 싶소? 이까짓 게 뭐라고. 나갑시다."

내 손을 뿌리쳤다. 다시 청미령을 붙들어 일으켰다. 눈꺼풀이 깜박거렸다. 하나, 둘, 셋, 넷, 다섯! 눈이 참으로 맑다는 생각이 들었다. 주위는 온통 불바다였지만 나는 푸르디푸른 호수에 빠져드는 기분이었다.

"갑시다!"

오른손을 잡아끄는데 책장이 흔들렸다. 청미령은 다시 바닥에 놓인 보자기를 안으려 했다. 삐걱 소리를 내며 벽 전체가 서서히 기울었다. 황급히 청미령을 안고 뒹굴지 않았다면 벽에 깔려 그 자리에서 죽고 말았으리라.

"아악!"

청미령이 갑자기 비명을 질렀다. 불타는 두루마리를 보며 양손으로 두 귀를 막았다. 다시 한 번 내 손을 뿌리치고 방바닥에 주저앉았다. 고개를 숙인 채 참았던 눈물을 왈칵

쏟았다. 불똥이 투둑툭 소리를 내며 튀었지만 양손으로 얼굴을 가린 채 울기만 했다.

"나가야 하오. 낭자! 어서 일어서시오. 어서!"

강제로라도 끌고 나갈 마음으로 등 뒤에서 청미령을 안는 순간 갑자기 정신이 아득해졌다. 딱딱한 각목에 뒤통수를 얻어맞은 느낌이었다.

"아악!"

나도 모르게 뒷머리에 손을 갖다 댔다. 붉은 피가 축축했다. 우물반자(격자천장. 장귀틀과 동귀틀로 반듯한 정방형의 틀을 짜고 청판을 끼워 꾸미는 천장)가 무너지면서 떨어진 장귀틀에 머리를 맞은 것이다. 청미령의 놀란 눈이 엄청나게 커 보였다. 괜찮소, 말하고 싶었지만 혀가 움직이지 않았다.

이마에 닿는 차가운 기운 때문에 눈을 뜬다. 나건(羅巾, 비단 수건)이 이마에 묻은 재를 닦아 내고 있다. 날카로운 소리가 귀를 찌르듯 울린다. 변두통(邊頭痛, 편두통)이 심하다. 나도 모르게 미간을 찡그리며 고개를 젓는다.

"어머, 깨어나셨네요."

청미령이다. 그 맑은 눈망울에 흰 천으로 머리를 감은 내가 보인다.

"윽!"

고개를 들려는데 뒷목이 심하게 당긴다.

"가만히 계세요. 가만!"

내 이마에 손바닥을 갖다 댄다. 따뜻한 온기.

이곳은?

울금향(鬱金香, 백합으로 만든 고급 향)이 코를 찌른다.

"사랑방이에요. 밖이 너무 소란스럽고 경황이 없어
서……. 우선 이곳으로 모셨답니다."

"괘, 괜찮소. 그보다 서재의 불은……."

다시 몸을 일으킨다. 청미령은 걱정스러운 표정을 지으
며 팔로 내 뒷목을 감싼다. 가슴과 배에 힘을 줄 수가 없어
목이 뒤로 젖혀진다. 더욱 허리를 숙여 나를 꼭 끌어안는
다. 그 바람에 저고리 옷고름이 내 이마에 닿는다. 아! 나
는 눈을 감지 않을 수 없다. 시간이 이대로 멈췄으면.

"조금만 더 쉬세요. 이제 불길도 잡았고……."

나는 고통을 참으며 미소 짓는다. 약한 모습을 보이기
싫다.

"충분히 쉬었소. 나갑시다."

갑자기 두 발이 푹 꺼지며 주위가 어두워진다. 깊은 호
수에 빠진 것처럼 온몸이 서늘하다. 눈을 질끈 감았다가
천천히 뜬다.

"어머, 깨어나셨네요."

쉰 살은 족히 넘은 아낙이었다. 그 누런 눈망울에 흰 천으로 머리를 감은 내가 보였다.

"윽!"

고개를 들려는데 뒷목이 심하게 당겼다.

"가만히 계세요. 가만!"

내 이마에 손바닥을 갖다 댔다. 따뜻한 온기.

이곳은? 미령 낭자는?

울금향이 코를 찔렀다.

"사랑방이에요. 밖이 너무 소란스럽고 경황이 없어서……. 우선 이곳으로 모셨답니다."

"다, 당신은 누구요?"

"쉰네는 미령 아기씨 유모입니다. 나리를 보살펴 드리라는 아기씨 분부를 받들어……."

꿈이었구나. 내외의 구별이 엄연한데 이런 망측한 꿈을 꾼 것은 수양이 크게 부족한 탓이다.

"미령 낭자는 무사한가?"

"하늘의 도우심으로 손가락 하나 다치지 않으셨답니다."

다행이다. 그런데 그 불구덩이에서 어떻게 탈출했을까? 쓰러져 정신을 잃은 나는 또 누가 구했고?

"서재에 난 불은 어찌 되었는가?"

유모가 찬 수건을 다시 내 머리에 올려놓으며 답했다.

"편히 더 쉬세요. 이제 불길도 다 잡았습니다."

더 이상 누워 있을 수 없었다. 내 눈으로 화재 결과를 확인하고 싶었다. 더듬더듬 벽을 짚으며 서재가 훤히 보이는 대청마루로 나갔다. 마루에 걸터앉았던 백동수와 김진이 황급히 일어섰다. 그 곁에 몸을 반쯤 돌리고 섰던 청미령도 내 쪽으로 고개를 돌렸다. 백동수가 말했다.

"정신이 드는가? 큰일 날 뻔했으이. 오늘이 자네 제삿날이 되는 걸 이 친구가 막았네."

머리가 깨어지는 것처럼 아팠다. 속이 울렁거렸고 뒷목이 당겼다. 청미령이 시선을 내린 채 단정하게 말했다.

"다시 방으로 들어가세요. 쉬셔야 해요."

나는 오른손을 들어 한 번 내저은 다음 들보에 등을 기대며 앉았다. 아직도 꿈의 잔영이 어른거렸다. 정녕 꿈이었단 말인가. 이마에 닿은 저고리 옷고름의 감촉이 너무나도 선명한데, 청미령은 나와 눈도 마주치지 않으려는 듯 시선을 내리고 차갑게 서 있다. 김진의 눈가에 잔잔한 웃음이 맺혔다가 사라졌다. 나는 겨우 혀를 놀렸다.

"어, 어찌 된 건가? 누가 날 불구덩이에서······."

청미령이 이번에도 내게 눈길을 주지 않고 김진만 바라

보며 답했다.

"나리는 정신을 잃으셨고 소녀 역시 어찌할 바를 몰라 허둥대는데 이분이 바람처럼 들어오셨답니다. 나리를 안고 저를 업고 단숨에 서재에서 나왔지요. 마당에 발을 내려놓기도 전에 천장이 와르르 무너졌답니다."

그랬는가?

"고맙네."

김진이 맑은 웃음과 함께 고개를 저었다.

"아닐세. 자네야말로 대단하이. 모두 불기둥이 무서워 주저하고 있는데 자네 혼자 뛰어든 거야. 난 그저 용감한 자넬 조금 도왔을 뿐이야."

쿵! 소리가 땅을 흔들며 울렸다. 서재에 마지막 남은 대들보까지 쓰러진 것이다. 청운몽이 밤을 새워 창작에 몰두하던 공간이 완전히 사라져 버렸다.

"아이고 아이고!"

다시 곡소리가 들렸다. 청운몽의 어머니였다.

"아이고! 몽땅 다 타 버렸어……. 그 아이 글씨마저 다 타 버렸구나……. 이제 어디서 그 아이를 볼꼬……? 아이고, 아이고."

"어머니! 바람이 차요. 들어가요. 어서!"

청운병이 노파를 부축하여 안채로 사라졌다. 선한 첫인

상처럼 홀어머니 봉양도 열심인 효자였다. 두 사람과 엇갈려 협문을 들어선 박제가가 내 안색을 살핀 다음 백동수에게 말했다.

"서재는 청운몽이 처형당한 후로 비어 있었습니다. 영당(令堂, 남의 어머니를 높이어 부르는 말)만 잠시 들러 눈물을 훔치셨을 뿐이라고 합니다. 연기가 동쪽 방 서안에서부터 피어올랐으니, 누군가 일부러 불을 지른 것 같습니다."

청미령이 끼어들었다.

"맞아요. 어머니 외엔 아무도 그 방에 들어가지 않았습니다. 큰오라버니 혼귀가 서재에서 책을 읽는다는 풍문이 돌았거든요. 그런 소문을 믿는 건 아니지만 소녀도 큰오라버니 생각에 눈물 흘리는 걸 저어하여 출입을 삼갔습니다."

김진이 말머리를 돌렸다.

"서재에는 어떤 책들이 있었습니까?"

청미령이 박제가를 쳐다본 후 답했다.

"오라버니는 백탑 아래 시인들에게 얻은 시집들을 가장 아끼셨어요. 그 외에도 지리, 천문에 관한 서책들이 가득했습니다. 소설을 쓰는 데 필요하다면 아무리 비싼 책이라도 모두 샀으니까요. 특히 만명(晩明) 소품(小品)들을 아끼셨답니다. 형암 선생에게 자문을 구하거나 때론 『절강서목(浙江書目)』까지 뒤져 『암서유사(巖棲幽事)』, 『파라관청언(婆羅館

216

淸言)』, 『소창자기(小窓自紀)』, 『판교잡기(板橋雜記)』, 『정사유약(情事類略)』 등을 구입하기도 하셨지요. 동쪽과 서쪽 서재는 출입문만 제외하곤 온통 대국에서 사들인 서책이었습니다. 명나라와 청나라 문집이 너무 많아 어떨 때는 책장 앞에 두 겹 세 겹으로 쌓아 둔 적도 있답니다."

"소설도 많았겠군요."

"물론이어요. 오라버니가 지은 소설만 해도 책장 하나를 채우고도 남음이 있지요. 그 외에도 오라버니가 아끼는 연의 소설과 애정 소설이 서쪽 서재에 가득했어요. 『구운몽(九雲夢)』, 『사씨남정기(謝氏南征記)』, 『장풍운전(張風雲傳)』, 『소대성전(蘇大成傳)』, 『최충전(崔忠傳)』, 『숙향전(淑香傳)』과 같은 조선 소설뿐만 아니라 대국 소설도 또한 많았습니다. 『평산냉연(平山冷燕)』, 『전등신화(剪燈新話)』, 『금병매(金瓶梅)』, 김성탄(金聖嘆, 명말 청초의 문예 비평가)의 비평을 곁들인 『수호전(水滸傳)』과 『서상기(西廂記)』 등이 기억납니다. 오라버니는 그 소설들을 붉은 점을 찍어 가며 일일이 정독하셨습니다. 줄거리뿐만 아니라 주인공들 성품과 생몰 연대까지 남김없이 기억하셨지요. 도화지(桃花紙, 복숭아꽃 무늬가 있는 시지(詩紙))를 펴 놓고 인물들이 줄거리에 따라 어떻게 나타났다 사라지는가를 표와 그림으로 보여 주신 적도 있답니다. 소설 이야기라면 세 끼를 굶고 밤을 꼬박 새

우더라도 지치거나 싫어하지 않으셨어요. 몇몇 대목은 서로 외워 번갈아 읊기도 했지요.”

“서로 외워 번갈아 읊다니요?”

“가령 「소대성전」에서 ‘한 옥동(玉童)을 생(生)하니 용의 얼굴에 표범의 머리요.’라고 하면 오라버니는…….”

“‘곰의 등에 이리의 허리요 잔나비의 팔이라.’라고 하였단 말이군요.”

청미령은 놀란 표정을 감추며 담담하게 말했다.

“그 소설을 읽으셨군요.”

“「소대성전」을 모르고서야 소설을 즐긴다고 할 수 있나요. 혹시 직접 소설 쓰는 걸 도와주거나 곁에서 지켜보신 적은 있습니까?”

청미령은 잠시 그 속뜻을 알아내려는 듯 입을 다물었다가 조용히 답했다.

“아뇨. 오라버니는 늘 혼자 글을 썼어요. 평소에는 자상한 분이지만 소설을 쓸 때는 참으로 엄격했지요. 아무도 없는 서재에서 한 달이고 두 달이고 글만 썼답니다. 그땐 정말 누구도 서재에 들어가지 못했습니다. 어머니까지도! ……아, 가끔 글쓰기가 무료할 때면 점오(點烏, 몸이 희고 꼬리가 검으며 머리에 흑점이 있는 비둘기)와 자단(紫丹, 몸이 빨갛고 꼬리가 흰 비둘기), 흑허두(黑虛頭, 몸은 흰데 머리와 목이 검은 비둘기)와 자허두(紫虛頭, 몸이 희고 머리와 목이 자색인 비둘기)를 구루우 구루우(비둘기 우는 소리, 여기서는 비둘기 모으는 소리) 마당으로 부르기도 하셨지요."

"비둘기를 어찌 마당으로 모은단 말이오?"

백동수의 물음에 김진이 대신 답했다.

"처음에는 연습이 필요하겠지만 풀과 꽃과 새와 나무들에게 말을 건네다 보면 어느 순간부터 뜻이 통한답니다. 청운몽이 비둘기를 모았다 하여 대단한 도술을 부린 것처럼 생각하지 마십시오."

머리가 다시 지끈거리기 시작했다. 청미령이 어머니 약을 챙겨 드려야 한다며 자리를 떴다. 주변에 잡인이 없음을 확인한 다음 나는 본론으로 곧장 들어갔다.

"서재가 불에 탈 것을 어찌 알았는가?"

김진이 답했다.

"불이 날 줄은 몰랐으이. 먼저 움직일 수는 있다고 생각했네."

"누가 말인가?"

"누군 누구겠나? 서재를 우리에게 보여 주면 아니 되는 사람이지."

"……범인 말인가?"

"……"

김진은 대답 대신 불타 버린 서재 위로 떠오른 달을 말 없이 쳐다보았다.

"하면 이제 어려워진 겐가?"

김진은 내 어깨를 가볍게 잡으며 웃어 보였다.

"아니야. 확인은 못했지만 어쨌든 내 생각이 옳았음이 증명되었으니까 전혀 소득이 없는 건 아니지. 내 생각이 맞다면 다음 사건은 정확히 열흘 후에 일어날 걸세."

"열흘? 어, 어디서?"

"그건 모르겠으이. 불이 나기 전에 왔다면 알 수 있었을 터인데……. 하여튼 기다려 보세. 의금부와 좌우 포도청 관원들을 풀어 도성 안을 더욱 엄중히 지키게 하고……. 혹시 아는가, 열흘 후 우연히 범인을 잡기라도 할지……. 물론 힘든 일이겠지만……. 부탁이 있으이."

"말해 보게."

"열흘 후에 살인 사건이 또 일어난다면 말일세. 현장에서 발견될 소설을 보여 줄 수 없겠나? 꼭 그 책이 아니라도 괜찮네. 세책방에서 같은 작품으로 구해 줘도 무방해. 아마도 그 무렵에 나는 목멱산 아래 초정 형님 댁에 있을 것 같네. 함께 담헌 선생과 연암 선생의 몇몇 시문을 정리하기로 했거든."

열흘 후에 터질 살인 사건 현장에서 발견될 소설을 보여 달라?

남극노인(南極老人, 사람의 수명을 관장하는 별)이라도 되는 걸까. 이런 이상한 부탁을 받기는 처음이었다. 예언이 맞는가를 확인하려면, 절벽에서 떨어질 뻔하고 불에 타 죽을 뻔한 고초일(苦焦日, 일진이 좋지 않은 날)인 오늘로부터 열흘을 더 기다려야 했다.

"그리함세."

8장

용의 얼굴을 우러르는 새벽

대내(大內)에 도둑이 들었다. 임금이 어느 날이나 파조(罷朝, 신하가 조정에 나아가 임금을 뵈는 일)를 마치하고 나면 밤중이 되도록 글을 보는 것이 상례였는데, 이날 밤에도 존현각(尊賢閣)에 나아가 촛불을 켜고서 책을 펼쳐 놓았고, 곁에 내시 한 사람이 있다가 명을 받고 호위하는 군사들이 직숙(直宿)하는 것을 보러 가서 좌우가 텅 비어 아무도 없었는데, 갑자기 들리는 발소리가 보장문(寶章門) 동북쪽에서 회랑 위를 따라 은은하게 울려 왔고, 어좌(御座)의 중류(中元, 집의 한가운데 있는 방)쯤에 와서는 기와 조각을 던지고 모래를 던지어 쟁그랑거리는 소리를 어떻게 형용할 수 없었다. 임금이 한참 동안 고요히 들어 보며 도둑이 들어 시험해 보고 있는가를 살피고서, 친히 환시(宦侍, 내시)와 액례(掖隸, 내시부에 속하여 왕명의 전달 및 안내, 궁궐 관리 따위를 맡아 보던 관아인 액정서의 하급 관리)들을 불러 횃불을 들고 중류 위를 수색하도록 했는데, 기와 쪽과 자갈, 모래와 흙이 이리저리 흩어졌고 마치 사람이 차다가 밟다가 한 것처럼 되었으니 도둑질하려 한 것이 의심할 여지가 없었다. 드디어 도승지 홍국영을 입시(入侍, 대궐에 들어가서 임금을 뵙는 일)하여 고할 것을 명하였기 때문에, 홍국영이 말하기를, "전폐(殿陛, 궁궐로 오르는 계단의 섬돌) 지척의 자리는 온갖 신령들이 가호할 것인데, 어찌 이매망량(魑魅魍魎, 온갖 도깨비)붙이가 있겠습니까? 필시 흉얼(凶孽, 흉측한 서얼)들이 화심(禍心, 남을 해치려는 마음)을 품고서 몰래 변란을 일으키려고 도모한 것입니다. 고금 천하에 어찌 이러한 변리가 있을 수 있겠습니까? 그자가 나는 새나 달리는 짐승이 아니라면 결단코 궁궐 담장을 뛰어넘게 될 리가 없으니, 청컨대 즉각 대궐 안을 두루 수색하게 하소서." 하니, 임금이 그 말을 옳게 여겼다. 이때에 홍국영이 금위대장을 띠고 있었고 사세가 또한 다급하므로, 신전(信箭, 신호로 쓰는 화살)을 쏘도록 하여 연화문(延和門)에서 숙위(宿衛)하는 군사를 거느리고서, 삼영(三營)의 천경군(踐更軍)으로는 담장 안팎을 수비하게 하고 무예별감을 합문(閤門)의 파수(把守)로 세우고 금중(禁中)을 두루 수색하였으나, 시간이 밤이라 어둡고 풀이 무성하여 사방으로 수색해 보았지만 마침내 있지 않았다.

— 『정조실록』 1년 1777년 7월 28일

우리나라는 해외에 치우쳐 있어 예로부터 전해 오는 것이 다만 궁시(弓矢) 한 기예만 있고 칼과 창은 단지 그 무기만 있고 도리어 그 익혀 쓰는 방법은 없다. 말 위에서 창을 쓰는 것은 비록 무과 시험장에서는 쓰이지만 그 방도도 상세히 갖추어져 있지 않으므로 칼과 창이 버린 무기가 된 지 오래되었다. 그러므로 왜군과 대진할 때 왜군이 갑자기 죽기를 각오하고 돌진하면, 우리 군사는 비록 창을 잡고 칼을 차고 있더라도 칼은 칼집에서 뽑을 겨를이 없고 창은 겨루어 보지도 못하고 속수무책으로 적의 칼날에 꺾여 버리니, 이는 모두 칼과 창을 익히는 방법이 전하지 않았기 때문이다.

— 한교, 『무예도보통지』, 「기예질의(技藝質疑)」

다음 날 새벽부터 소나기눈(갑자기 많이 내리는 폭설)이 쏟아져 내렸다.

사건 현장에서 가져온 물품들로 가득 찬 두 방을 오가며 꼬박 하루를 보냈다. 왼쪽 방은 청운몽이 죽기 전에 발생한 사건 물증으로 어지러웠고 오른쪽 방은 청운몽이 죽은 후 일어난 다섯 사건 관련 물증이 쌓여 있었다. 왼쪽 방은 목록 정리가 끝났지만 다시 그 방 자물쇠부터 열었다. 내가 찾는 것은 앞에 널린 물증이 아니다. 저것들 뒤에 있는, 저것들을 모두 아우르는 기운의 정체를 밝혀야 한다.

그 위에 청운몽이라는 이름 석 자를 덮은 적이 있다. 너무나도 잘 어울렸기에 그 이름의 주인을 체포했고 사지를 찢어 죽인 후 축하주까지 마셨다. 그때까지만 해도 청운몽이 보인 끝없는 침묵을 수긍이라고 생각했다. 그러나 아니었다. 그 말 없음은 수긍이 아니라 비웃음이었다.

모방 범죄가 아니라면, 진범이 정말 따로 있다면, 이 왼쪽 방과 오른쪽 방은 서로 통할 것이다. 청운몽이라는 이름 외에 저 많은 죽음과 비명과 공포를 이어 주는 것이 있으리라. 처음부터 다시 시작해야 한다. 왼쪽 방에서 놓친 그 무엇을 오른쪽 방까지 이어 가야 한다.

열흘!

김진은 열흘 후에 또 한 사람이 살해된다고 예견했다.

이 방을 구경한 적도 없는 사람이 내가 모르는 각단(일의 갈피나 실마리)을 잡은 것이다. 청운몽의 불타는 서재를 보며 그 실마리가 무엇이냐고 다그쳐 물을 수도 있었지만 자존심이 허락하지 않았다. 꽃이나 좋아하는 일개 서생이 아닌가. 무과에 당당히 급제한 의금부 도사인 내가 그런 자에게 매달리기는 죽기보다 싫었다. 김진이 찾은 단서라면 나 역시 발견할 수 있다. 나보다 눈치가 조금 빠를 뿐이다. 애써 그렇게 자위하며 이 방으로 들어선 것이다.

막막했다.

어디서부터 다시 살인자가 남긴 흔적을 찾는단 말인가. 쏟아지는 눈발에 세상의 얼룩이 묻히듯, 살인자의 체취도 시간이라는 강물에 씻겨 내려간 것은 아닐까.

청미령의 왼쪽 뺨에 옴폭 팬 보조개가 떠올랐다.

작은 도움 하나로 미령 낭자에게 다가설 수 있을까. 나는 큰오빠 청운몽을 잡아들이고 능지처참한 의금부 도사이다. 국법에 따라 어쩔 수 없이 행한 일이라고 해도 나를 대하는 마음이 상쾌할 수는 없다. 나를 만날 때마다 큰오빠의 처참한 최후가 자꾸 떠오를 것이다. 피하고 멀리한다 해도 나로서는 할 말이 없다. 벌레보다 싫은 사람일 수도 있으니까.

내가 진범을 잡는다면 어떻게 될까.

그 순간 인연은 끝날 가망이 크다. 그때는 정말 철천지원수가 되는 것이다. 원수가 되더라도, 더 큰 원망을 사더라도, 범인을 잡아야 한다. 진범도 잡지 못하고 어정쩡한 상태로 사랑을 키울 수는 없다.

조금만 더 일찍 만났더라면, 밀어(蜜語)를 속삭였더라면, 청운몽이 큰오빠라는 사실을 미리 알았더라면 어땠을까?

그래도 청운몽을 잡아들였겠지만 적어도 내 손으로 함거를 인솔하고 참형을 집행하지는 않았으리라.

삼경(三更, 밤 11~1시)에 들고서야 오른쪽 방으로 들어갔다. 왼쪽 방에 비해 아직 빈 공간이 많았다. 네 벽 중 겨우 두 벽만이 찼을 뿐이다. 나머지 두 벽이 찬다는 것은 적어도 다섯 사람 이상이 목숨을 잃는다는 뜻이다. 눈안개(눈발

이 자욱하여 사방이 안개가 낀 것처럼 희부옇게 보이는 상태)는 잦
아들었으나 바람은 더욱 거세었다.

설핏 잠이 들었을까.

어디선가 낭랑하게 시 외우는 소리가 들려왔다. 어느새
나는 의금부 뒷마당에 있었다. 눈을 인 소나무 아래에서
한 사내를 발견했다. 사내는 담벼락을 바라보며 시를 읊었
다. 귀에 익은 시구절이 가슴을 파고들었다.

푸릇푸릇한 건 나무요 영롱한 건 바위인데
흰 학 한 마리 붉은 약란에 우뚝 섰네
빈파 잎 푸르고 석류 꽃 붉은데
화반석으로 만든 상은 솥과 동이 곁에 놓였네
파란 옷 입은 동자는 손에 푸른 막대기를 들고
곁눈질하며 한가롭게 뒤에서 모시고 있네
도인은 엄숙히 종려나무로 만든 안석에 기대어
눈빛은 책을 줄줄 내려다보네
책 속의 명리에 정신을 쏟고 있는데
다섯 손가락 굳센 손톱 고라니 꼬리 굳게 잡았네

葱籠者樹石玲瓏
皓鶴孤峙藥欄紅

頻婆海榴綠且朱

花斑石牀彝尊俱

癯癯綠杖靑童手

眄睞蕭閒立侍後

道人蕭倚花利几

眼光溜溜素書裏

書中名理神湊泊

五指爪勁塵堅握

　　——이덕무, 「김홍도의 화선에 씀(題金弘道畵扇)」

　김홍도가 부채에 그린 그림을 보고 꺽다리 이덕무가 지은 칠언고시였다. 두 사람은 그렇게 시와 그림으로 서로 감동을 주고받으며 백탑 아래에서 함께 지냈다. 불현듯 김홍도가 그린 청운몽 초상이 떠올랐다. 쭉쭉 힘 있게 뻗어 내린 선은 따로 배경을 담지 않았다. 다시 곰곰이 생각해 보니, 희미하게나마 그 머리 위로 사선이 그어져 있었던 것 같다. 지금 보니 그 줄이 사내 머리 위에 있는 의금부 담벼락과 흡사했다.

　혹시 저 사내는?

　인기척을 느낀 것일까. 사내가 천천히 몸을 돌렸다. 흐트러진 머리가 이마와 눈, 그리고 코를 가렸지만 나는 단번에 알 수 있었다. 청운몽, 저잣거리에서 능지처참을 당하기 직전에 보았던 얼굴이다.

어찌 된 일인가. 청운몽은 벌써 북망산으로 가지 않았는가. 내 앞에서 사지가 찢겨 한 점 살덩어리로 바뀌었다. 그런데 살아 있다니. 저렇듯 서서 이덕무의 시를 외고 있다니.

다시 사내가 등을 보이며 돌아섰다. 나는 천천히 사내에게 다가갔다. 두 무릎이 떨렸지만 확인하지 않고는 견딜 수 없었다.

누구냐. 누구이기에 능지처참한 죄인을 흉내 내는 것이냐. 감히 의금부 뒤뜰로 숨어들어 시를 읊는 것이냐. 하늘이 무섭지도 않느냐. 반드시 네놈을 잡아 죄를 묻겠다.

거리가 점점 줄어들었다. 스무 걸음, 열 걸음, 급기야 세 걸음 앞이다. 걸음을 멈추고 깊게 숨을 들이마셨다.

귀신인가. 원한을 풀지 못하여 구천을 떠도는 청운몽의 혼백인가. 혼백이라면 나를 해치려고 나타났겠구나. 하지만 산 사람이 어찌 사특한 혼백에게 당하리오. 너인가. 정녕 청운몽 그대인가.

어깨를 짚었다. 뭉클한 살점과 함께 야윈 어깨뼈가 잡혔다. 혼백이 아니었다. 그 머리가 천천히 돌기 시작했다. 손을 떼고 싶었지만 끈으로 묶인 것처럼 떨어지지 않았다. 흘러내린 머리카락 사이로 귓바퀴가 보였다. 왼뺨의 살결은 부드러웠고 보조개까지 있었다. 수염이 없다. 가슴이 철렁 내려앉았다. 조금 전까지 청운몽이었던 사내는 어느새 여인으로 바뀌었다. 청미령이다.

"이보게. 일어나게. 이런 데서 이불도 없이 그냥 자면 어떻게 해? 병에 걸리려고 작정을 한 게야? 이 식은땀 좀 봐."

백동수의 크고 넓은 손바닥이 지그시 이마를 눌렀다. 겨우 실눈을 뜨고 주위를 살폈다. 뒷마당도 사라지고 청운몽과 청미령의 모습도 보이지 않았다. 차가운 방바닥에 엎드려 설핏 잠이 들었다가 악몽을 꾼 것이다.

"야, 야뇨 형님! 여긴 웨, 웬일로……?"

천하의 협객 백동수라고 해도 이곳까지 출입할 수는 없다.

"그건 나중에 설명하기로 하고 우선 따르게."

백동수가 나를 부축해서 일으켜 세웠다.

"따르다니요? 이 밤에 어딜 간단 말씀이십니까?"

"이제 곧 새벽이라네. 어둠이 사라지기 전에 급히 갈 데가 있으이."

"그곳이 어딥니까?"

"가면서 이야기하세."

"혹시 또……?"

"아니야. 살인 사건은 열흘 후에나 일어날 거라고 화광이 말하지 않았는가?"

야뇌 형님도 그 예언을 믿으십니까?

백동수는 막막강궁을 어깨에 두르고 철전(鐵箭)이 담긴 전통(箭筒, 화살을 담는 통)을 옆구리에 찼다. 멧돼지 사냥이라도 나서는 차림새였다. 폭설이 쏟아진 이 밤에 사냥을 가는 것은 이치에 맞지 않다. 살인 사건이 연이어 터지는 상황에서 의금부 도사를 데리고 사냥을 떠날 수는 없다.

"어디로 가는 건지 먼저 말씀해 주십시오. 아직 이 방에 있는 물품들을 정리하지 못하였습니다."

도성 안 건달들과 술추렴이나 하는 자리라면 가지 않겠다는 뜻이다. 지금 나로서는 살인자와 연관된 일들을 한 가지라도 더 따지는 것이 중요했다. 마당까지 내려섰던 백동수가 고개를 설레설레 저으며 다시 문턱에 걸터앉았다. 밤하늘을 가리키던 오른손이 흔들리며 점점 더 위로 올라갔다.

"무엇입니까?"

백동수가 다시 알 듯 말 듯한 미소와 함께 답했다.

"용이라네. 천 년 묵은 이무기가 승천하는 걸세. 자넨 오늘 나와 함께 용의 얼굴을 보게 될 게야."

"용의 얼굴이라면……? 형님!"

용안(龍顔)!

주상 전하를 알현하러 간다는 뜻이다. 백동수가 다시 엉덩이를 털며 일어섰다.

"빨리 가세. 해가 뜨기 전에 자넬 데려오라셨어. 조금이라도 늦으면 무거운 벌을 받을지 몰라. 지엄하신 어명이니까. 자, 서두르자고."

의금부를 나온 우리는 북쪽으로 방향을 잡았다. 대사동을 지나 대안동까지 올라간 다음 오른쪽으로 걸음을 돌려 가회방과 명덕방으로 내달렸다. 꽁꽁 언 눈길에 미끄러지지 않으려고 엄지발가락에 온 신경을 집중하며 백동수 뒤를 따랐다. 큰 덩치에 어울리지 않게 사슴처럼 빠르고 표범보다 날렵했다.

이상하군. 탑전에서 찾으신다면 당연히 돈화문으로 갈 일이다. 그런데 이 길은 한참 더 북쪽이 아닌가. 해 뜨기 전 북쪽 작은 문들은 굳게 잠겨 있다. 다람쥐 한 마리도 들어갈 수 없다. 이 추운 겨울에 편전이 아닌 다른 곳에서 우릴 기다리신단 말인가. 그렇게 우릴 만나야만 하는 이유라도 있단 말인가. 기린으로 낙향한 야뇌 형님은 언제부터 탑전으로 나아갔던 것일까. 청운몽 일 때문이라면 날이 밝은 후에 의금부를 통해 직접 나를 불러올릴 수도 있다. 이 밤에 나를 찾으시는 까닭이 무엇일까.

백동수에게 묻고 싶은 것이 많았지만 아무리 달음박질

쳐도 따라잡을 수 없었다. 경추문과 수각을 지나 요금문 앞에 다다랐다.

"형님! 작년 칠월 신묘일(辛卯日, 28일)과 팔월 갑진일(甲辰日, 11일)에 흉측한 자들이 대궐에 침탈한 후, 해가 지면 그 누구도 대궐 협문으론 출입하지 말라는 엄명이 내리지 않았습니까? 도승지이자 숙위대장인 홍국영 대감을 통하지 않고는 야밤에 대궐로 들지 못합니다."

작년 십일월 정축일(丁丑日, 15일)에 대궐을 지키는 숙위소(宿衛所)를 건양문 동쪽에 설치하고 금위대장인 홍국영을 숙위대장으로 임명하였다. 올 유월에는 누이동생이 후궁으로 간택되어 원빈(元嬪) 작호를 받았다. 사사롭게는 용상의 주인과 처남 매부 간이 된 것이다. 이로 인해 홍국영은 권세가 하늘을 찌를 듯했고, 그 뜻을 거역함은 곧 어명을 어김과 같다는 풍문까지 돌았다.

"홍 대감께 대궐을 출입한다는 내락은 받으셨는지요?"

백동수가 오른 주먹을 쥐어 보이며 피식 웃었다.

"그깟 내락은 쥐새끼들이나 받는 것이지 야뇌에겐 통하지 않는다네. 자, 이제 들어가 볼거나."

"혀, 형님!"

백동수는 굳게 닫힌 문으로 성큼성큼 걸어간 후 소매에서 소라 껍데기 하나를 꺼냈다. 한 손에 쏙 들어갈 만큼 작고 앙증맞았다. 소라 껍데기에 입을 대더니 가볍게 불었다. 길게 두 번 짧게 세 번! 그 소리가 어둠을 가르자 덜컥 문이 열렸다.

"가세."

백동수가 겨우 한 사람 드나들 수 있는 틈으로 표신(標信, 대궐을 드나들 때 사용하는 문표(門標))을 흔들며 들어갔다. 수문장 직소 앞에서 번을 서던 별장(別將)과 군졸들은 우리를 보고도 모른 체했다. 백동수 역시 눈길을 돌리지 않고 곧바로 중일각을 지나 달리기 시작했다.

이상하군. 어찌 저들이 우리를 그냥 보낸단 말인가? 야뇌 형님께서 숙위대장의 내락을 이미 받으신 걸까? 아니야. 그럴 리 없지. 야뇌 형님이 연암 선생을 도성에서 은밀히 물러나게 한 일로 숙위대장의 분노를 샀음은 천하가 다 아는 일이다. 그런 형님이 야심한 시각에 궁궐로 들어오는 것을 흔쾌히 응낙했을 리가 없지. 지금 향하는 곳은 금원(禁苑, 창덕궁 후원)이 아닌가. 전하께서 이곳으로 납시셨단 말인가. 작년에 두 차례 큰일이 있고 나서는 금원 출입을 삼가신다고 하지 않았던가. 더군다나 아직 해도 뜨지 않은 밤이다.

취서문을 멀리 돌고 수정전 담벼락에 등을 댄 후 운한문을 왼쪽으로 끼고서 계속 동쪽으로만 달렸다. 춘당지에 다

다르니 동녘이 서서히 밝아 왔다.

"이, 이런! 서두르세."

백동수는 부용정을 지나 곧바로 영화당으로 나아갔다. 젊은 황문(黃門, 내관의 별칭)이 앞을 가로막았다.

"멈추십시오."

오른손에는 장검이 들렸다. 백동수가 물었다.

"어디 계신가? 해가 뜨기 전에 알현하라 하셨네."

"알고 있사옵니다. 잠시만 기다리십시오. 지금 정량궁을 쏘고 계십니다. 한 획(獲, 화살 오십 발)은 마치셔야 뵈올 수 있을 듯합니다."

백동수가 슬쩍 어두운 풍광을 보며 다시 물었다.

"어디에 과녁이 있는가?"

"춘당대 끝이옵니다. 이곳과는 반대 방향이니 과녁이 보이지 않을 겁니다."

"알겠다. 여기서 기다리지."

백동수가 고개를 끄덕인 후 뒤돌아섰다.

"잠시 쉬도록 하세."

나는 먼저 거친 숨을 가다듬었다. 드디어 질문을 던질 기회를 잡은 것이다.

"이렇듯 새벽에 강궁을 쏘는 일이 잦으십니까?"

백동수가 빙그레 웃으며 답했다.

"그렇다네. 경연은 빠지실지언정 사대에 서지 않으시는 날은 없네. 해가 있는 동안에는 나라의 크고 작은 일을 감결(勘決, 잘 조사하여 결정함)하셔야 하니, 이른 새벽이나 늦은 밤에라야 알과녁(과녁의 한복판, 홍심)을 노리실 수 있지."

그 등에 매달린 막막강궁을 쳐다보며 물었다.

"하면 그 활은 또 무엇입니까? 전하와 겨루기라도 하실 건지요?"

"허허허! 전하와 겨룬다? 거참 재미있구먼. 그래, 언젠가는 혹 그럴 날이 올지도 몰라. 오늘은 아닐세. 이건 자넬 위해 준비한 거야."

"저, 저를 위해서라니요?"

백동수가 검은 눈동자를 치켜올리며 시선을 피했다.

"곧 알게 되네."

어둠 속으로 사라졌던 젊은 내관이 다시 나왔다.

"오르시지요."

"오늘도 한 획에서 한 발을 남기셨는가?"

백동수는 종종 이곳을 출입한 모양이다. 당상관은커녕 변변한 벼슬도 없는 사람이 금원을 자유롭게 오가다니 믿어지지 않았다.

"그러하옵니다."

"정(正, 과녁)에는 몇 발이나 들어갔는고?"

"마흔두 발이옵니다."

마흔아홉 발 중에서 마흔두 발을 과녁에 꽂은 것이다. 촉바람(과녁에서 사대 쪽으로 부는 바람)이 심하고 어둠이 완전히 가시지 않았으며 손끝이 얼얼할 정도로 추운 새벽에 그 정도 솜씨라면 명궁 소리를 듣고도 남았다. 백동수가 혀를 끌끌 찼다.

"어허, 성심이 상하셨겠구먼. 마흔다섯 발 아래로 맞힌 게 오늘이 처음이지?"

"그러하옵니다. 하오나 오늘 같은 날에 마흔 발을 넘기신 것만 해도……."

백동수가 내관의 말을 잘랐다.

"그렇지. 이런 날 정량궁을 잡는 것 자체가 쉽지 않은 일일세. 자, 가지."

영화당으로 나아갔다. 히히잉. 갑자기 아주 가까운 곳에서 말 울음소리가 들렸다. 그 소리에 놀라 발을 헛디딜 뻔했다. 긴장한 탓이다. 용안을 우러르는 것은 그만큼 큰 광영이 아닐 수 없었다. 앞서 걷던 내관이 당 아래에서 걸음을 멈추었다. 자립관(紫笠冠, 융복을 입을 때 쓰는 붉은 대갓)을 쓴 융복 차림 사내가 먼저 전하를 알현하고 내려왔다. 눈이 마주치는 순간 나는 그 사람을 알아보았다. 성실하고 신중하며 청렴하기로 이름이 높은 한성부판윤 채제공이었다. 무인년(戊寅年, 1758년) 도승지로 있을 때는 장헌세자(莊獻世子, 사도세자)를 폐하라는 선왕의 비망기를 목숨을 걸고 받지 않기도 했다. 사 년 뒤 세자는 뒤주에 갇혀 비운의 죽음을 당했지만, 채제공이 세자를 감싼 일은 두고두고 칭송을 받았다. 사사롭게는 아버지 생명을 구한 은인이니 탑전에서 채 대감을 특히 아끼시는 것도 당연한 일이다.

오른손으로 입을 가린 채 치켜 올라간 눈초리로 우리를 노려보았다. 거수장읍(擧手長揖, 두 손을 마주 잡고 위로 들어 올려 허리를 굽히는 인사법)하는 백동수를 따라 허리를 숙였다. 채제공은 무엇인가를 말하려다가 이내 걸음을 옮겼다. 채제공의 등이 어둠 속으로 완전히 묻히자 귓속말로 물었다.

"번암(樊巖, 채제공의 호) 대감이 아니십니까?"

백동수가 답했다.

"그렇다네. 대감을 아는가?"

"도성에 사는 사람치고 한성부판윤 대감을 모르는 이가 어디 있겠는지요? 학덕이 깊고 엄격한 분이란 풍문을 들었습니다. 전하께서 특별히 아끼신다는 것도. 청운몽을 잡아들이기 전에 살인 사건에 책임을 지고 사직 상소를 올리셨음도 압니다. 조복도 입지 않은 대감을 이 새벽에 궁궐 비원에서 만나 뵈올 줄은 몰랐습니다. 연쇄 살인 때문에 삭탈관직을 당할 것이라는 풍문을 들었습니다. 혹시 그 일 때문에……?"

백동수가 미소를 지어 보였다.

"자네도 곧 알게 되겠지만 전하께서는 신하들을 쉽게 내치시는 분이 아닐세. 책임을 묻더라도 소임을 확실히 다한 후에 물으시지. 일이 잘 풀리지 않는다거나 민심이 혼란스럽다고, 분위기를 바꾸려고 신하들을 내치시는 분이 아니다 이 말씀이야. 예전 같았으면 번암 대감은 벌써 물러나거나 쫓겨나셨을 게야. 하지만 전하께서는 번암 대감의 학문과 자품(資稟, 사람됨)을 깊이 신뢰하신다네. 괜한 걱정 말게. 자넨 다 좋은데 세상을 어둡게만 보고 앞서가는 게 문제야."

젊은 내관이 말했다.

"아뢰지 말고 당에 오르라 하셨사옵니다."

"알겠으이."

백동수가 성큼 당 위로 올라섰고 내가 뒤를 따랐다. 갑자기 건장한 사내가 앞을 막아섰다. 전립을 쓰고 동달이와 전복을 입었으며 오른손에는 등채(藤策, 지휘에 필요한 채찍)를 들었다. 위세에 놀라 나도 모르게 주춤거리며 어깨를 움츠렸다. 사내가 짧게 명령했다.

"뒤돌아서라."

이러지도 못하고 저러지도 못한 채 우물쭈물했다. 곁에

선 백동수가 말했다.

"어명을 받들어 왔사옵니다."

사내가 오른손에 쥔 등채를 천천히 들어 올렸다. 당장이라도 백동수 어깨를 내리칠 기세였다.

무엄하도다. 박지원을 숨겨 둔 죄를 묻지 않은 것만도 고맙게 여길 일이거늘 감히 말대꾸를 한단 말인가?

백동수도 지지 않고 노려보았다.

연암 형님이 나라 법을 어긴 일이 없거늘 어찌 함부로 잡아들이려 한단 말입니까? 죄 없는 서생이 도성 안팎을 나고 드는 것까지 숙위대장이 간섭합니까?

죄가 없다니? 전하께서 일찍이 말씀하셨느니라. 동궁 시절, 과인을 끝까지 지켜 준 이는 오직 숙위대장뿐이었다고. 숙위대장을 근거 없이 비난하는 것은 곧 과인을 비난하는 것이라고.

근거가 있는지 없는지는 나중에 연암 형님과 따지십시오. 소생은 어명을 받들어 왔고 지금까지 단 한 번도 몸수색을 한 적이 없습니다.

맑고 굵은 음성이 귓전을 때렸다.

"도승지! 그냥 들라 하라."

홍국영은 등채를 양손으로 맞잡고 몸을 반쯤 돌린 후 허리를 숙이며 답했다.

"전하! 야심한 시각이옵니다. 만일을 대비하여 흉측한 물건을 지니지나 않았는지 살피려 하옵니다."

"아녀를 모른단 말이더냐? 가을에 함께 궁술을 겨루지 않았는가?"

백동수가 홍국영을 노려보며 미소 지은 다음 시선을 올리며 여유를 부렸다.

"하면 오늘 처음 온 자는 몸수색을 허락하여 주시옵소서."

옥음이 다시 내려왔다.

"아니야. 그이도 과인이 부른 사람이니 수고롭게 할 필요가 없느니라. 더군다나 종친이 아닌가."

눈꼬리가 날카롭게 올라갔지만 홍국영은 이내 냉정함을 되찾았다.

"알겠사옵니다."

백동수를 따라서 큰절로 예의를 갖추었다. 홍국영이 다가와서 비스듬히 우리를 보며 섰다. 춘당대 쪽으로 등을 돌린 채 활팔찌(활을 쏠 때 시위가 옷을 치지 않도록 잡아매는 기구)를 푼 후 뒤돌아서셨다. 이 나라 주인이셨다.

"이리 가까이!"

구슬처럼 맑으면서도 바위처럼 단단한 옥음이 귀를 울렸다. 백동수가 먼저 세 걸음 다가서자 나도 조심스럽게 나아갔다. 들릴락 말락 작은 소리로 백동수에게 먼저 하문하셨다.

"미행은 없었는가?"

백동수가 머리를 조아리며 답했다.

"없었사옵니다."

그렇게 빨리 달렸으니 누군가 뒤를 따르려 해도 불가능했을 것이다.

"도성 민심은?"

"……."

백동수가 즉답을 못했다. 옥음을 이으셨다.

"여전히 두려움에 가득 차 있겠군. 참으로 큰일이로다."

잠시 침묵이 흘렀다.

"네가 이명방이냐?"

이미 내 이름을 알고 계셨다. 청운몽을 잡아들인 공을 기억하시는 것일까?

"그, 그러하옵니다. 의, 의금부 도사 이명방이옵니다. 전하!"

옥음이 차고 날카로워졌다.

"청운몽을 잡아들였으니 더 이상 살인은 없을 줄 알았느니라. 그런데 벌써 다섯이나 더 죽었다. 알고 있느냐?"

눈앞이 캄캄해졌다. 그 잘못을 추궁하시려고 나를 이곳

까지 부르신 것인가? 겨우 눈물을 참으며 무릎을 꿇었다.

"죽여 주시오소서. 전하!"

다시 침묵이 흘렀다. 눈발이 회오리를 치며 영화당 안까지 들어왔다.

"제법 시와 문을 가까이 두고 읽는다 들었느니라. 역대 대국 시인들 중에서 누굴 으뜸으로 치는고?"

갑작스러운 질문을 받고 즉답을 못했다. 어느 시인을 좋아하느냐는 하문을 받으리라고는 예상을 못한 것이다. 어이하여 병법서가 아니라 시일까? 홍국영이 차갑게 말했다.

"어느 시인을 좋아하느냐고 물으셨느니라."

"……당의 소릉(少陵, 두보)과 송의 방옹(放翁, 육유)을 좋아하옵니다."

옥음이 조금 커졌다.

"소릉이야 천하 제일의 시인이니 논외로 치더라도 방옹을 좋아하는 까닭은 무엇이냐?"

"방옹이 쓴 시는 소릉의 시로부터 나온 것이라 사료되옵니다. 나라를 깊이 걱정하는 까닭에 두심(杜心)을 얻었다는 평까지 받았나이다. 또한 같은 주제를 다루면서도 평담소박(平淡素朴)하여 높은 품격을 잃지 않사옵니다. 신도 방옹처럼 노력하여 소릉의 탁월한 칠언율시를 지금에 되살려 보고자 하는 뜻을 감히 품었던 적이 있사옵니다."

"과연 그러하도다. 소릉과 방옹의 율시는 마땅히 조선 서생들이 본받고 익혀야 하느니라. 하면 조선 시인들 중에는 누굴 으뜸으로 치는고?"

"전에는 읍취헌(挹翠軒, 박은)을 좋아하였사옵고 요즈음은 눌재(訥齋, 박상)를 즐겨 읽고 있사옵니다. 충후(忠厚)하고 고건(古健)한 맛이 깊고 넓사옵니다."

"과인도 눌재의 시가 소릉을 제대로 배웠다고 보았느니라. 석주(石洲, 권필)나 간이(簡易, 최립) 등도 어깨를 겨룰 수는 있겠지만, 석주는 너무 여리고 간이는 문기(文氣)가 지나치지. 눌재의 시 중에서 어떤 작품을 가장 좋아하는고?"

"열흘 전 「조광조의 상을 당하여〔逢孝直喪〕」를 읽었사옵니다."

천천히 고개를 끄덕이신 후 「조광조의 상을 당하여」를 외우기 시작하셨다. 세종 대왕만큼이나 시문에 밝고 학문이 깊다는 평은 거짓이 아니었다.

무등산 앞에서 일찍이 손을 잡았는데
달구지로 초라하게 고향에 돌아가네
앞으로 저승에서 만나게 되면
인간 세상 부질없는 시비는 말하지 마세

無等山前曾把手
牛車草草故鄕歸
他年地下相逢處
莫說人間謾是非

"눌재 외에는 누굴 좋아하는고?"

"삼연(三淵, 김창흡)의 시 또한 눌재와 나란히 둘 수 있다 사료되옵니다."

조금 자신감을 얻은 나는 그즈음 빠져 있던 김창흡의 시를 칭찬했다. 옥음이 또다시 날카로워졌다.

"삼연이 근래 시인들 중에 탁월한 것은 사실이다. 그러나 어찌 눌재나 석주, 읍취헌에 비길 수 있으랴. 삼연이 쓴 시는 맑긴 하나 지나치게 메마르니라. 그 침울함과 궁핍함은 세상을 어둡게만 만들도다. 충화평담(冲和平淡)이 없으니 안타까운 일이로고. 삼연의 시에 너무 깊이 빠지지 않도록 하라."

"명심하겠사옵니다. 전하!"

다시 정신을 바짝 차렸다. 조금이라도 긴장을 늦추다가는 큰 실수를 저지를 것만 같았다.

"듣자 하니 활도 썩 잘 다룬다고 들었다. 어떠냐? 이런 바람에도 알과녁을 맞힐 수 있겠느냐?"

"저, 전하! 신은⋯⋯."

어느새 백동수가 막막강궁을 내 무릎 앞에 놓았다. 활을 쥐고 일어서자 백동수는 철전 다섯 발이 담긴 전통을 마저 내밀었다. 한 순(巡, 화살 다섯 발)을 쏘아야 하는 것이다.

"아까 도승지는 한 순을 쏘아서 몇 발을 맞혔지?"

"두 발을 놓쳤사옵니다. 전하!"

옥음이 한결 부드러워졌다.

"허허, 이런 바람에 세 발을 맞힌다는 건 명궁에 가까운 솜씨로다."

"전하께서는 마흔아홉 발 중 마흔두 발이나 맞히지 않으셨사옵니까? 신의 솜씨는 참으로 보잘것없사옵니다. 저 어린 의금부 도사가 이 바람에 팔목이나 접질리지 않을까 염려되옵니다."

"야뉘에게서 배운 솜씨라니 어디 지켜보자꾸나. 준비는 되었느냐?"

"예, 전하!"

"지금이라도 자신이 없으면 그만두어도 좋다. 어찌하겠느냐?"

백동수와 시선이 마주쳤다. 나를 업신여기는 홍국영의 코를 납작하게 만들고 싶었다.

"사대에 서겠사옵니다."

촉바람이 어느새 뒤바람(왼쪽에서 오른쪽으로 부는 바람)으로 바뀌었다가 다시 앞바람(오른쪽에서 왼쪽으로 부는 바람)으로 변했다. 바람이 잦아들기를 기다릴 여유가 없었다. 뒤가 나든(화살이 과녁의 왼쪽에 떨어지는 것) 앞이 나든(화살이 과녁의 오른쪽에 떨어지는 것) 시위를 당겨야만 했다.

"하나라도 놓치면 아니 되네. 평상심을 잃지 말게."

백동수가 귓속말을 하고 물러섰다.

전통에서 화살을 꺼내 시위에 걸었다. 줌손을 이마까지 올렸다가 내리며 시위를 당겼다. 회오리가 불어 눈발이 시야를 가렸지만 멈추지 않고 가슴을 빠개며 깍지손을 놓았다. 화살은 경쾌한 소리와 함께 춘당대 허공을 가로질러 날아갔다. 붉은 고전기(告傳旗, 화살의 명중 여부를 알리는 깃발)가 좌우로 크게 흔들렸다. 명중인 것이다. 다음 화살도, 그다음 화살도, 네 발 모두 과녁에 꽂혔다. 마지막 고전기가 흔들린 후 오른쪽에서 불어오던 바람이 갑자기 막혔다. 내 곁에 서신 것이다.

"좋구나. 태종 대왕이나 세조 대왕께서는 천하 명궁이셨느니라. 누가 이 넓은 궁과 궐을 지키겠느냐? 종친들 중에도 무예가 탁월한 이가 나와야 하느니! 알겠느냐?"

"명심 또 명심하겠사옵니다."

고개를 돌려 백동수에게 하문하셨다.

"또 누구누구와 함께 이 일을 맡겠다고 했지?"

"박제가와 김진이옵니다."

"김진? 그자는 누구인고? 그대와 박제가처럼 백탑 아래에서 노니는 한량인가?"

박제가는 이미 아시는 듯했다. 백동수가 답했다.

"그러하옵니다. 담헌과 연암의 제자이옵고 신과는 호형호제하는 사이이옵니다."

"담헌과 연암의 제자라! 조선 최고의 문사들에게 배웠다니 솜씨가 보통이 아니겠구나. 그자는 올해 몇 살인고?"

"열아홉이옵니다."

"열아홉?"

고개를 흔드셨다. 홍국영이 끼어들었다.

"열아홉 살이면 아직도 구상유취(口尙乳臭, 입에서 아직도 젖내가 남. 하는 짓이 어리고 유치함)이옵니다. 전하! 신에게 맡겨 주시옵소서. 훈련대장 구선복과 함께 즉시 범인을 잡아들이겠나이다."

잠시 무엇인가를 생각하시는 듯했다. 열아홉 살인 김진과 스무 살인 나에게 이토록 중대한 일을 맡길지 잠시 되짚어 보신 것이리라.

"도승지 충심은 잘 알겠다. 그러나 숙위대장과 훈련대장이 함께 움직이는 것은 민심을 더욱 혼란에 빠뜨릴 수 있느니라. 과인은 조용히 이 일을 마무리 짓고 싶도다. 좋다. 하면 네 사람이 이 일을 맡아라. 동황(東皇, 봄)이 오기 전에 반드시 범인을 잡아야 하느니라. 알겠느냐?"

"명심 또 명심하겠사옵니다."

"오늘따라 춘당대가 참으로 넓구나. 오랜만에 야녀의 기사(騎射, 말을 타고 달리며 활을 쏘는 것)를 보고 싶다. 편곤(鞭棍) 대신 말 위에 서서 총을 쏘자고 말한 적이 있었지? 그 이름이 무엇이라 하였느냐?"

"삼혈총(三穴銃)이옵니다. 작고 가벼워 한 손으로도 능히 적을 조준하여 맞힐 수 있나이다."

"대전 내관에게 특별히 그 총을 만들어 오라 일러 두었느니라. 말을 타고 가면서 정말 총을 쏘아 적을 죽일 수 있겠느냐? 흔들리는 말 위에서 말이다."

백동수가 홍국영을 힐끗 쳐다본 후 자신 있게 답했다.

"신은 지상보다 마상(馬上)이 편하옵니다. 마상에서 화살을 날릴 수 있다면 당연히 총도 쏠 수 있사옵니다. 삼혈총을 다루는 군대만 따로 만드신다면 왜나 여진의 침탈을 걱정할 필요가 없사옵니다."

"바람이 찬데 사마치(말을 탈 때 두 다리를 가리던 아래옷)를 매지 않고도 솜씨를 보일 수 있겠느냐?"

"이깟 추위는 아무것도 아니옵니다. 잠시만 기다리시오

소서."

백동수가 재빨리 당을 내려갔다. 옥음이 다시 오른쪽 귀를 파고들었다.

"청운몽 일은 잊어라. 의금부 당상들을 통해 네게 잘못이 없음을 이미 아느니라. 지금은 이 추악한 살인을 끝내는 것이 중요하고 도성 민심을 바로잡는 것이 중요하다. 이제 시작인 것을."

"명심, 또 명심하겠사옵니다."

희고 긴 성수(聖手, 임금의 손)가 천천히 올라갔다. 말 울음소리와 함께 백마를 탄 백동수가 춘당대 아래쪽에서 나왔다. 당을 향해 국궁(鞠躬拜禮, 몸을 굽혀 절하여 예를 차림)한 다음 말채찍을 후려쳤다. 순식간에 말 위로 양발을 얹은 다음 활시위에 철전을 당겨 쏘았다. 고전기가 흔들렸다. 명중이었다. 활을 내려놓은 백동수는 마상에서 부릴 수 있는 일곱 가지 재주를 선보였다. 동작이 끊어지지 않고 자연스럽게 이어졌다. 말 위에 서 있기로부터 시작하여, 말 등을 넘나들었고, 말 위에 거꾸로 섰는가 하면 곧 말 옆구리에 몸을 숨겼다가 뒤로 눕기도 했다. 흑마 한 마리가 나란히 다가오자 쌍마(雙馬) 위에서 두 팔을 벌리고 섰다. 용안에 웃음이 가득했다. 마주 잡은 홍국영의 손이 가늘게 떨렸다. 분노를 삭이는 것이다.

잠시 말에서 내린 백동수는 오른손에 작은 총 하나를 들고 다시 나왔다. 삼혈총이었다. 두 번 말고삐를 잡아채며 제자리를 돈 후 곧장 과녁으로 달리기 시작했다. 엉덩이를 떼고 몸을 솟구치는가 싶더니 북소리와 함께 맑고 경쾌한 총소리가 들렸다. 그 소리가 생각보다 훨씬 작고 짧았다. 나중에 안 사실이지만, 새벽녘의 총소리에 대궐 전체가 놀랄 것을 염려하여 화약을 최소한만 넣고 소리가 울리는 부분을 천으로 감아 덮었으며 북까지 울린 것이다. 고전기가 흔들렸다. 명중이었다.

백동수 문하에서 궁술과 검술, 말 타는 법까지 두루 배웠지만, 그 새벽에 받은 충격은 지금까지도 잊을 수 없다. 이 무예의 천재는 벗이나 후배들 앞에서는 실력을 절반도 보이지 않았다. 재능을 알아준 은인 앞에서야 비로소 솜씨를 드러낸 것이다. 훗날 『무예도보통지』에서 백동수가 마상 검술과 궁술을 맡은 것은 너무도 당연한 일이다. 말 위에서 검을 다루고 활시위를 당기며 총을 쏘는 것이라면 백동수를 당할 자가 없다.

용안을 우러른 새벽, 백동수가 의형인 것이 자랑스러웠고 또 넘어설 산이 거대하다는 것이 슬펐다. 지금까지도.

9장

부탁

벌이 화정(花精)을 채취하여 꿀을 빚고 꿀에서 밀랍이 생기고 밀랍이 다시
매화가 되는데 이를 윤회매(輪回梅)라고 한다. 대저 생화가 산 나무 위에 피었을
때 꿀과 밀랍이 될 줄 어떻게 알았겠으며, 꿀과 밀랍이 벌집 속에 있을 때 윤회
매가 될 줄 어떻게 알았겠는가. 그렇기에 매화는 밀랍을 잊고 밀랍은 꿀을 잊고
꿀은 꽃을 잊는 것이다. 그러나 윤회매를 저 나무 위 꽃에다 견주어 보면, 말 없
는 가운데 따스한 윤기가 서로 통하여 마치 할아버지를 닮은 손자와 같다.

— 이덕무, 「윤회매십전(輪回梅十箋)」

예언은 적중했다.

열흘 만에 여섯 번째 희생자가 생긴 것이다.

이번에는 명례방에 사는 김 참판 딸 정옥이 당했다. 정옥 역시 청운몽 소설의 열렬한 독자였으며 사건 현장에는 청운몽이 쓴 또 다른 유작 『을지문덕전(乙支文德傳)』이 놓여 있었다. 을지문덕과 양만춘의 위대한 투쟁을 그린 전쟁 소설이다. 현장을 확인한 나는 곧 세책방에 들러 방각본 『을지문덕전』을 구한 다음 박제가 집으로 향했다. 마침 박제가는 출타 중이었다.

사랑채 앞에서 잠시 걸음을 멈추었다. 가야금 반주에 맞추어 쇄옥성(碎玉聲, 아름다운 목소리)이 들려왔던 것이다.

술 깨어 일어나 앉아 거문고를 희롱하니

　창밖에 섰는 학이 즐겁게 넘노는구나

　아이야 남은 술 부어라 흥이 다시 오는구나

시조까지 부르는가? 참으로 재주가 많은 사람이로군.

　유장하게 흘러가던 소리가 잠시 멎더니 더 느리고 낮은
소리가 시작되었다.

　벼슬을 저마다 하면 농부할 이 뉘 있으며

　의원이 병 고치면 북망산이 저러하랴

　아이야 잔 가득 부어라 내 뜻대로 하리라

　헛기침을 하고 방으로 들어섰다. 김진이 가야금을 저만
치 밀어 놓았다.

　선 채로 물었다.

　"자네가 시조까지 부르는 줄은 몰랐으이. 마지막 두 수
를 들었네만 누가 지은 것들인가?"

　"부끄럽군. 앞의 시조는 일로당(逸老堂) 김성최(金盛最,
1645~1713) 선생의 작(作)이고 마지막 것은 노가재(老稼齋)
김창업(金昌業, 1658~1721) 선생이 지으신 것일세."

　"그 어른들이 시조를 지으셨던가? 금시초문이로세."

"여항육인(閭巷六人, 18세기 초의 뛰어난 시조 작가이자 가창자로 활약한 여항인 여섯 사람. 장현, 주의식, 김삼현, 김성기, 김유기, 김천택) 중 한 사람인 김천택의 가집(歌集)『청구영언(靑丘永言)』을 보면 그분들이 쓴 작품이 실려 있네."

"『청구영언』? 자네가 여항의 가창자 무리와도 교유하는 줄 몰랐네."

김진이 웃으며 답했다.

"교유까지는 아니고 다섯 해 전쯤에 잠시 시조에 관심을 둔 적이 있었네. 그때『청구영언』을 구해 읽고 소리를 조금 배웠을 뿐이라네. 울민(鬱悶, 마음이 답답하고 괴로움)할 때면 혼자 그 소리를 가다듬어 보곤 한다네. 한 곡 한 곡 가사를 음미하다 보면 삶의 희로애락을 알게 되고 또 가끔은 뜻밖의 깨달음도 얻지. 부끄러운 솜씨일세. 자, 앉지."

자리를 잡고 앉자마자 나는 곧장 본론으로 들어갔다.

"오늘 새벽 어디에 있었는가?"

김진은 대답 대신 서안 위에 놓인『한객건연집』「발문」중에서 박제가를 평한 대목을 천천히 읽었다.

"'초정이 쓴 시는 탄환처럼 손에서 빠져나왔으니 궁벽하거나 깔끄러운 것은 짓지 않았다. 말하자면 글로 들어가서는 묘한 것으로 되어 나와 지나치게 빠져들어 귀에 익숙한 것은 없다. 회포가 뇌락(磊落, 마음이 너그럽고 작은 일에 얽

매이지 않음)하여 그 사람을 보는 듯하다.' 반정균이라는 이 문사는 참으로 뛰어난 눈을 지녔군. 초정 형님이 펼쳐 낸 시 세계를 정확하게 짚었으니 말일세. 많은 이들이 초정 형님 시가 보여 주는 새로움에 놀라면서도 정작 그 신선함 이 어디서 오는가는 밝히지 못하였다네. 그런데 압록강 건 너 말도 통하지 않는 대국 문인이 초정 형님 붓끝을 세밀 히 살폈군. 참으로 대단해. 어떤가? 자네도 이 글에 동의하 는가?"

나는 그 물음을 무시하고 김진을 몰아세웠다.

"피하려 하지 말게. 귀신이 아니고서야 어찌 살인 사건 을 예언할 수 있단 말인가? 그래, 처음부터 수상했어. 직접 한 일이 아니고서야 그 사건들 전부를 일목요연하게 설명 할 수 있겠는가? 자, 어서 말해 보래도."

김진은 대답 대신 마른 가지 하나를 집어 들었다. 급히 방으로 들어서느라 살피지 못했지만 아랫목에는 상화지(霜 華紙, 순창 등지에서 만든 윤이 나고 질긴 좋은 종이)가 다섯 장도 넘게 펼쳐져 있었다. 그 위에 놓인 물품들은 꽃잎 같기도 하고 꽃받침이나 꽃술 같기도 했다.

"내가 왜 소광통교에 있는 집을 두고 초정 형님 집 사랑 채에 머무르는 줄 아는가?"

김진은 둥근 필통 하나를 손바닥으로 쓸며 물었다.

"초정 형님과 친한 자네가 사랑채에 며칠 머무르는데 무슨 답이 필요하겠나?"

김진이 이번에는 구릿빛이 은은하게 맴도는 동병(銅甁)을 만지며 조용히 웃었다.

"그렇긴 허네. 하지만 이번엔 이놈들 때문에 신세 진 걸세. 윤회매를 만드는 솜씨는 형암 형님이 제일이라네. 백탑에 모인 서생들이 윤회매를 만들 수 있게 된 것도 형암 형님 덕분이지. 그런데 형암 형님은 『산해경』을 재독(再讀)하느라 바쁘시다는군. 하는 수 없이 형암 형님도 인정하는 또 다른 달인 초정 형님께 신세 지기로 한 걸세. 연암 선생과 담헌 선생이 쓰신 시문들은 워낙 그 뜻이 깊고 어려우니까 가끔 이런 여유를 두고 생각을 가다듬을 필요가 있으이."

"윤회매라면? 밀랍으로 매화를 만드는 것 아닌가?"

김진이 고개를 끄덕였다.

"그렇네. 자네도 윤회매를 만들어 본 적이 있는가?"

종이 위에 벌여 놓은 꽃잎과 꽃받침, 꽃술과 가지들을 하나하나 구경하며 답했다.

"아닐세. 소문은 들었네만, 귀찮고 정성이 많이 들어가는 일이지 않은가? 저잣거리에 가면 종이로 예쁘게 오려 만든 꽃들도 많은데 구태여 밀랍을 쓸 필요가 있나?"

"꽃을 피우는 일인데 쉽기만 바라면 아니 되지. 꽃 한 송이를 피우기 위해 얼마나 많은 노력과 정성이 필요한 줄 아는가? 그 흔한 들꽃조차도 기적일세, 기적! 봉오리를 틔우지 못할 위기를 숱하게 많이 넘긴다네. 밀랍으로 매화를 만드는 것쯤은 고생도 아니야."

"하지만 윤회매는 가짜 아닌가?"

"가짜긴 하지. 그러나 종이 꽃과는 전혀 다른 것이 바로 윤회매일세. 윤회매에서는 꽃다운 향기가 뿜어 나오니까 말이야."

나는 동병 옆에 놓인 나뭇가지를 집어들었다.

"이건 뭔가?"

김진이 답했다.

"매화골일세. 꽃잎을 만드는 도구라네."

"이걸로 꽃잎을 만든단 말인가?"

"그렇다네. 여기 냉천수(冷泉水)가 담긴 그릇을 밀랍을 담은 접시 옆에 이렇게 놓네. 그리고 매화골을 냉천수에 담갔다가 곧장 꺼내 다시 밀랍에 넣는 걸세. 이걸 다시 냉천수에 담그면 꽃잎이 뚝뚝 떨어져 물 위에 뜬다네. 자, 잘 보게."

매화골을 잡은 손이 냉천수와 밀랍을 담은 접시를 바쁘게 오갔다. 김진의 표정이 곧 어두워졌다.

"너무 빨랐군. 손놀림이 급하면 이렇게 부서진다네. 밀랍이 너무 뜨거우면 꽃잎에 구멍이 뚫리고 밀랍이 식으면 꽃잎이 너무 두꺼워지네. 아무리 노력해도 형암 형님과 초정 형님을 따라갈 수 없으이."

"저 꽃받침은 무엇으로 만드는가?"

"삼록지(三綠紙)를 쓴다네. 연잎 줄기처럼 푸른 것이 좋아."

"꽃술은? 꽃술도 종이로 만드는가?"

"아닐세. 꽃술은 노루 털이 최고일세. 한 꽃술에 보통 노루 털 쉰 개 정도를 쓰면 제격이지."

"정말 매화처럼 보이려면 꽃도 다양해야 하지 않나? 피기 전 모습도 있어야 하고 만개한 꽃도 있어야 하며 지기 직전 꽃도 필요할 거야. 이런 것들도 만들 수 있는가?"

"물론일세. 언젠가 그 기기묘묘한 형상들을 형암 형님께 여쭌 적이 있으이. 그때 형님께서 손수 그림까지 그려 설명과 함께 보내 주셨다네. 잠시만 기다리게."

김진은 서안 아래에서 서찰 하나를 꺼내 펼쳤다. 매화가 줄을 맞추어 그려 있고 그 아래 간단한 설명이 덧붙었다. 김진이 그림들을 엄지로 하나하나 짚으며 말했다.

"이렇게 피지 않은 봉오리는 여자(余字) 또는 항주(項珠)라고 하네. 꽃봉오리가 벌어지고 꽃술 끝이 조금 나온 것은 시자(示字)라고 하며, 동그란 봉오리에 꽃잎이 하나만 붉은 것을 이(李)라고 한다네. 다섯 꽃잎이 말려 있고 꽃술이 나오지 않은 것은 고노전(古魯錢), 말려 있으면서도 꽃술이 나온 이것은 수구(繡毬)일세. 꽃잎 다섯 중에서 세 개는 떨어지고 나머지 둘도 떨어지려 하는 이놈은 원이(猿耳)라 하고, 한 봉오리에 두 꽃잎이 핀 것은 과(苽)일세. 다섯 꽃잎이 두루 충만한 것은 규경(窺鏡)이며 남북으로는 꽃잎이 말렸고 좌우로는 핀 것은 면(冕)이고 꽃잎이 하나만 남은 건 호면(狐面)일세. 그 외에도 참으로 많은 꽃을 만들 수 있지.”

“대단하이. 참으로 대단해. 그런데 백탑 서생들은 왜 윤회매를 서로 배우고 가르치며 만드는 건가? 잘만 만들면 꽤 비싼 값을 받을 수 있겠지만 돈을 벌기 위한 건 아닐 테고.”

김진이 잠시 답을 미루고 내 얼굴을 빤히 쳐다보았다. 입가에 잔잔하게 흐르던 웃음도 사라지고 없었다.

“봄을 기다리기 때문이 아닐까 싶으이.”

“봄?”

나는 곧 그 말뜻을 알아차렸다. 백탑 서생들이 경세(經世)의 뜻을 펼치는 날을 가리키는 것이겠지. 그런 날이 올까? 탑전에서 이 사람들에게 관심을 두는 것은 사실이지만, 당장 당상관 반열에 오를 수는 없다. 당상관이 되고 조정 공론을 이끌려면 학식과 재주 외에도 많은 것들이 필요하다. 지금 이 사람들은 그저 불의를 보면 참지 못하는 가슴 뜨거운 서생일 뿐이다. 나라를 경영하는 것은 열망만으로 되는 것이 아니다.

"피지도 않은 매화를 미리 만드는 것이 무슨 의미가 있겠나? 그런다고 봄날이 당겨지는 것은 아니라네."

김진이 답했다.

"좋은 꽃을 피우기 위해서는 그저 두고 보며 기다려서는 아니 된다네. 꽃을 피우는 나무만큼 섬세하고 여린 것도 없지. 노력을 하고 정성을 쏟으면 그만큼 빨리, 크고 아름다운 꽃을 피우는 법이야."

"꽃이 사람 마음을 읽기라도 한단 말인가?"

퉁명스럽게 쏘아붙였다. 김진이 쉼 없이 답했다.

"당연하지. 바로 그렇다네. 꽃은 우리네 마음을 읽지. 간절히, 정말 간절히 봄을 원하면 매화가 며칠 앞서 피기도 하는 법이야."

"자네가 꽃을 좋아하고 또 꽃에 정통한 것은 잘 아네. 하지만 꽃이 어찌 사람 마음을 읽는다는 말인가? 농담 말게."

"농담이 아닐세. 자네는 사람에게만 성(性)이 있다고 보는가? 왜 그 성이 동물이나 식물에게 있으면 아니 되지?"

김진의 물음은 점점 복잡하고 어려워졌다. 성이 사람에게만 있는가 동물이나 식물에게도 있는가 하는 문제로 쟁

론하고 싶지 않았다. 나는 그저 무경칠서(武經七書, 일곱 가지 병법서. 손자, 오자, 사마법, 율요자, 육도, 삼략, 이위공문대)를 읽고 무예를 연마한 무인일 뿐이다. 주자 말씀을 둘러싼 논변이라면 어찌 서생들을 당하리오.

"그 문제는 다음에 논의키로 하세. 이것만 확인하고 싶군. 자네도 봄을 기다리며 지금 이 윤회매를 만드는가?"

자네도 조선 현실을 개탄하는가? 백탑 서생들과 힘을 모아 세상을 바꾸고 싶은가? 이 나라가 시달리는 지독한 병을 이용후생 정신으로 치유하고 싶은 것인가?

"아닐세. 꼭 그렇지만은 않네. 나는 매화가 궁금해서라네."

"매화가 궁금해서라니? 자네 정도로 꽃에 밝은 사람이라면 매화도 많이 알지 않겠는가?"

"아무리 노력해도 부족한 것이 꽃 공부라네. 밀랍으로 꽃송이를 하나하나 틔우며 매화나무 마음을 읽고 싶으이. 꽃을 피우는 순간 줄기는 어떤 색을 띠는지, 가지는 어떻게 꺾이는지."

"그렇게 열심히 공부해서 장차 무엇에 쓰려는 겐가?"

김진은 대답 대신 서안 아래 접어서 숨겨 놓은 그림 넉 점을 펼쳤다. 아주 희귀하게 생긴 꽃 그림이었다. 단원만큼 멋진 솜씨는 아니더라도 꽃잎 하나 줄기에 난 가시 하나까지 세심하게 그린 흔적이 역력했다. 김진이 엉뚱한 충고를 했다.

"닮으려고 노력하다 보면 그 사물을 이해하는 법일세."

"살인범을 닮도록 노력이라도 하란 말인가?"

"그렇네. 여러 사람을 연이어 죽이는 자의 마음을 알아 야 다음 조사를 하지 않겠는가? 살인을 준비할 때 과연 어 떤 표정을 지을 것 같은가?"

"글쎄······."

살인범 표정이라니? 생각해 본 적도 없었다.

"지금이라도 늦지 않았으이. 하루에 한 번씩만 아주 잠 깐이라도 살인범 입장이 되어 보게. 정말 사람을 죽이는 것 만 제외하곤 습관, 표정, 움직임을 하나하나 자네 몸에 붙 여 보란 말이야. 그러다 보면 살인범 얼굴이 떠오를 걸세."

"정말 그럴까?"

김진은 웃으며 말머리를 돌렸다.

"『백화보』란 책을 짓고 있다네. 조선에 피는 꽃들의 족 보가 될 게야. 이제 거의 마무리 단계일세. 아직 확인하지 못한 꽃이 몇 점 있으이. 다행히 그중에서 넷을 어렵게 찾 아서 그려 보았네."

"이 엄동설한에 어디서 꽃을 찾는단 말인가?"

"꼭 눈으로 보아야만 그릴 수 있는 건 아니지. 어젯밤

형암 형님과 초정 형님으로부터 그분들이 압록강 너머에서
본 꽃들을 들었다네. 워낙 이야기가 길고 흥미진진해서 새
벽녘까지 깨어 있었는데, 자리를 파하기 전에 형님들 도움
을 받아 부족한 붓을 놀렸지. 어떤가? 아름답지 않은가?"

박제가, 이덕무와 함께 있었다니 김진을 더 이상 몰아세
울 수 없었다. 나는 목소리를 누그러뜨리며 말했다.

"이제 범인을 가르쳐 주게. 자넨 알고 있지 않나?"

김진은 대답 대신 매화나 대나무를 은으로 새긴 쇠로 만
든 연합(煙盒, 담뱃갑)에서 영(靈, 남령초(南靈草), 곧 담배)을 꺼
냈다. 짧은 각죽(刻竹, 무늬를 새긴 담뱃대)에 불을 붙이니 특
이한 향이 흘러나왔다.

"초정 형님이 연경에서 돌아오는 길에 평안도에서 특별
히 사 온 서초(西草, 평안도의 삼등, 성천 등지에서 나는 귀한 담
배)일세. 자네도 한 모금 피우려는가?"

"아니, 되었네."

남녀노소 할 것 없이 남령초를 피워 댔지만 나는 별로
내키지 않았다. 목이 텁텁하고 숨이 거칠어지며 온몸에서
기운이 빠지는 것을 무엇 때문에 즐기겠는가. 김진은 남령
초를 왜 그리 많이 피우느냐고 물었을 때 이렇게 답했다.

"몸이 조금 나빠지더라도 생각의 실타래를 푸는 데는
이 담파고(淡巴菰, 담배. 타바코(Tabacco)의 음차)만 한 것이 없

으이."

김진은 흰 연기를 뿜으며 내게 말했다.

"이제 자네가 나설 때가 되었네. 범인을 잡으려면 자네 도움이 꼭 필요하다네."

"내 도움이 필요하다고? 희해(戱諧, 농담)하자는 건가? 난 할 수 있는 일이 없어."

안타깝지만 사실이었다.

"속단하지 말게. 사건 현장에 있던 소설은 구해 왔는가?"

"그래. 현장에 있던 소설은 의금부로 갔고 세책방에서 같은 걸로 빌려 왔으이."

내가 서책을 내밀자 김진은 코를 대고 책 냄새부터 맡았다.

"그래, 이걸 줄 알았지. 역시 청운몽 소설이군그래."

"이 책을 읽었는가?"

그제야 나는 책에서 나는 독특한 향이 김진이 피우는 남령초 냄새와 같음을 깨달았다.

"어제까지 읽고 다시 세책방에 돌려주었지. 자네가 또 그 걸 빌려 왔군그래. 자, 이번에는 어느 면이 펼쳐져 있던가?"

나는 미리 간지를 끼워 둔 부분을 폈다.

"잠시만 기다려 주게."

김진은 남령초 연기에 파묻혀 소설을 읽기 시작했다. 얼굴을 찡그리기도 하고 고개를 끄덕이기도 했다. 손바닥으로 책장을 쓸기도 하고 검지 손톱 끝으로 책장을 툭툭 두드리기도 했다.

나는 김진이 머무르고 있는 방을 한눈으로 쓰윽 살폈다. 가야금 하나가 세워져 있고 그 옆으로 크기가 제각각인 서책들이 쌓여 있었다. 서안 아래에는 방금 보여 준 그림 넉 장이 있다. 그 밖에 아무것도 없었다.

'소설책인가?'

나는 무릎걸음으로 서책들이 있는 곳으로 갔다. 책 읽기에 몰두한 김진은 고개도 들지 않았다. 그 책들은 대국과 조선의 그림을 모은 화첩이었다. 신선도 있고 금강산의 무한경(無限景, 더 말할 수 없이 좋은 경치)을 옮긴 그림도 있었다.

"아, 자네에게 보여 줄 것이 있으이."

갑자기 김진이 담뱃재를 떤 후 금박을 입힌 화첩을 내밀었다.

'이, 이것은?'

난생처음 보는 화풍이었다. 왼쪽에 총을 든 사내들은 당장이라도 밖으로 튀어나올 것 같았고 중앙에서 오른쪽으로 펼쳐진 산맥은 너무 멀고 아득하여 그림 뒤로 사라질

듯했다. 총을 든 사내 둘이 입은 옷도 기기묘묘했다. 푸른
도포는 몸에 딱 달라붙어 각이 질 정도였고 바지 역시 품
이 좁고 잘록했으며 가죽으로 지은 신발은 복사뼈를 덮을
만큼 목이 길었다. 모자는 창이 넓어 앞으로만 뻗쳤고 키
가 조금 더 큰 사내 왼손에 들린 망원경은 대국 것과는 달
리 가볍고 길어 보였다.

"양이(洋夷)들 그림일세. 어떤가? 참으로 멀고 가까움을
완벽하게 담았지 않은가?"

소설책을 내려놓은 김진이 담뱃재를 떨며 물었다.

"양이? 연경에 양이가 쓰고 그린 서책과 그림이 넘친다
는 풍문은 들었네만 여기서 보게 될 줄은 몰랐으이. 대체
어디서 이걸 구한 것인가?"

김진이 스스럼없이 답했다.

"연경에 새로운 그림이 등장하면 곧 도성에서도 구경할
수 있다네. 물론 나라에 알리지 않고 은밀히 들여오는 것
은 불법이지만, 장사를 하자는 것도 아니고 조선 화인들에
게 작은 본보기로 줄까 싶어 가져온 것을 탓하지는 않겠
지?"

"이런 그림들이 도성에 많이 들어와 있단 말인가?"

"그렇다네. 쉽게 구할 수는 없으이. 아직은 마음 통하는
사람들끼리만 몰래 돌려 본다네. 그 수가 적지는 않을 걸

세. 압록강을 넘나드는 사람만 해도 한 해에 수천 명이 아 닌가? 그사이에 오갈 물품을 한번 생각해 보게나. 이 정도 화첩이야 아무것도 아닐세. 단원을 비롯하여 도화원 화원 들도 양이 그림을 꽤 많이 본다더군. 그림을 새롭게 이해 하는 데 큰 도움이 된다고 했다네."

"연경에서 감명 깊게 본 그림도 있겠군."

"연경 순성문 동쪽 천주당에 가면 여러 인물화를 볼 수 있네. 죽음 직전에 하늘을 앙망(仰望, 존경하는 마음으로 우러 러봄)하던 반벌거숭이 남자의 눈을 잊을 수 없군. 어떤 부 인의 무릎에 안겼는데, 그 부인의 눈 또한 슬픔으로 가득 했다네. 하늘에는 구름이 자욱했지. 기이한 것은 사람 머리 여럿이 구름 뒤에 있었다는 사실일세."

"구름 뒤에 사람이 있었단 말인가? 허어, 어찌 그럴 수 있는가?"

"그건 약과라네. 기이한 풍광은 다른 그림들에도 많았 어. 날개 달린 여자는 창을 든 채 누군가를 찌르려고도 했 고, 또 어떤 사내는 두 손을 벌린 채 십자가에 매달렸다네. 사람들에게 물으니, 그 사내는 야소(耶蘇, 예수)이고 부인은 그 어미라고 하더군."

"사찰 입구에 있는 사천왕이나 법당 안에 있는 부처 그 림과 흡사한가?"

"마음을 경건하게 가다듬는다는 면에서는 그렇기도 하겠군. 그림풍은 완전히 다르다네. 자네도 연경에 갈 일이 있으면 꼭 천주당에 들르도록 하게. 세상이 달리 보일 걸세."

"왜 이 양이들 화첩을 내게 보여 주는가?"

김진이 입가에 미소를 띠며 답했다.

"지금 의금부에서 범인을 쫓는 것을 보면 너무 세부에만 집착하는 것 같으이. 가까운 것은 가깝게 그리고 먼 것은 멀게 그려야 하지 않겠는가? 멀리서 보아야지만 전체 윤곽이 드러나는 법일세. 양이들 그림처럼 말이야."

그 지적은 확실히 날카로운 구석이 있었다. 눈앞에 일어나는 사건 해결에만 급급하여 전체를 조망하지 못한 것이 사실이다.

"아까 내 도움이 필요하다고 말했지? 자네처럼 매사에 빈틈이 없고 박학한 친구가 내게 청할 도움이 있다는 게 이상하군."

김진이 내 눈을 들여다보며 갑자기 친근하게 자(字)를 불렀다.

"홍구(洪丘)! 자넨 자네가 얼마나 멋진 사내란 걸 모르는 모양일세. 나야 보잘것없는 재주뿐이지만 자네 무예와 문장은 참으로 대단해. 야뇌 형님은 아무나 관재로 데려오는 분이 아닐세."

"……."

대꾸도 못한 채 눈만 끔벅거렸다. 내게도 과연 칭송받을
재능이 있단 말인가. 한 번도 그런 생각을 해 본 적이 없었다.

"혹시 자네를 지극히 평범한 사람이라고 착각하는 게
아닌가? 남들보다 조금 나은 건 노력했기 때문이라고 여기
는 건 아닌가 이 말이야. 잘 듣게. 자넨 야뇌 형님도 인정하
듯 조선에서 표창을 가장 잘 던지는 장수일세. 또한 마상
무예도 야뇌 형님과 어깨를 나란히 할 정도지. 그뿐인가.
당송의 시에도 밝고 또 선진의 고문도 어려서부터 익히지
않았는가. 더구나 자넨 종친일세. 종친이면서 문무를 겸전
(兼全, 여러 재주를 동시에 갖춤)하고, 호쾌한 성품과 자기 잘
못을 깨끗이 인정하는 의로움, 배움이 있는 곳이라면 어디
든지 달려가는 용기를 지닌 이가 어디 흔한가. 그렇게 산
동산서(山東山西)의 기질(중국의 산동 출신 중 재상이 많고 산서
출신 중 장군이 많다는 데서 문무를 겸비하였음을 뜻함)을 두루 갖
춘 이를 내 생전 처음 만났으이. 그리고 또 자넨 늘 선우후
락(先憂後樂, 걱정은 남보다 앞서서 하고 즐거움은 남보다 뒤에 누
림)하지 않는가. 자네와 벗이 되었음을 자랑하고 싶을 정도
라네. 자네니까 청운몽을 잡아들였고 또 사건을 여기까지
끌고 온 걸세. 나라면 어림도 없지."

갑자기 무엇인가가 가슴 깊은 곳에서부터 울컥했다. 눈

물이 맺혔는지도 모른다.

"과찬일세. 자네가 그렇게까지 날 생각하는 줄은……."

김진이 내 말을 잘랐다.

"과찬이 아니야. 난 그저 자넬 조금, 아주 조금 돕는 것뿐일세. 이 일을 처음부터 끝까지 처결할 사람은 홍구 자네뿐일세. 그러니 용기를 내게. 내가 열심히 돕겠네."

"고맙네. 자네가 이렇듯 진심으로 나를 돕겠다니 힘이 나는군. 그래 내가 할 일이 무엇인지 얘길 해 주게."

김진은 천천히 남령초를 끄고 양손을 비비며 고개를 끄덕였다. 무엇인가 즐거운 놀이를 제안하려는 듯한 얼굴이었다.

"간단한 일일세. 명례방으로 가서 미령 낭자를 만나게."

"미령 낭자를? 이유가 뭔가?"

"허어, 자꾸 캐묻지 말게. 미령 낭자를 만난 후에 가르쳐 주겠네."

"싫네. 자네가 가게."

청미령의 차디찬 얼굴이 나타났다 사라졌다. 김진이 말했다.

"이 사건을 조사하고 범인을 잡는 건 어디까지나 자네 일이야. 난 그저 자넬 돕는 것뿐임을 잊은 건 아니겠지? 가면 아니 되는 이유라도 있는 겐가?"

"큰오빠인 청운몽이 나 때문에 죽었네. 모르긴 해도 미령 낭자는 날 원수처럼 여길 걸세."

"그럴까? 그래도 이건 자네 일이야. 자네가 아니 가면 아무것도 해결할 수 없지. 설마 여기서 그만두려는 건 아니지?"

김진의 말처럼 이건 내 일이다. 청미령의 시선이 곱지 않더라도 사건 해결에 도움이 된다면 명례방으로 가야 한다.

"알겠네. 가지. 그런데 만나서 뭘 하라는 겐가?"

김진이 말했다.

"청운몽의 소설을 전담해서 판각한 각수(刻手, 판에 글자를 새기는 전문 기술자)가 누군지 물어보게."

각수?

김진이 웃어 보였다.

"자네도 짐작했겠지만 방각되어 나온 청운몽 소설은 모두 한 사람이 판각했네."

머릿속이 엉클어지기 시작했다.

"어떻게 그걸 아는가?"

"정말 모르고 묻는 건 아니겠지?"

김진은 서책 중간쯤을 펼쳤다.

"보게. 방각된 청운몽 소설은 글씨체가 같으이. 글씨체뿐만 아니라 한 판에 들어가는 행수도 같고 한 행에 들어

가는 글자 수도 같아. 그 글자를 새긴 판도 모두 재질이 좋은 배나무라네."

"배나무라고? 어떻게 그걸 알지?"

"보통 목판에 사용하는 나무는 대추나무, 배나무, 닥나무, 등나무 등일세. 이렇듯 결이 곱게 파이고 또 끝이 부서지지 않는 것은 배나무밖에 없다네."

그랬는가. 몇 달 동안 청운몽 소설들을 읽으면서 왜 그걸 깨닫지 못한 걸까?

김진이 호기심에 가득 찬 표정을 지으며 글자들을 손으로 주욱 짚어 내렸다.

"눈에 쏙 들어오는군. 붓으로 흘려 쓴 것처럼 글자와 글자가 이어지면서도 정확하게 읽히네. 오자나 탈자를 하나도 찾아내기 힘들 만큼 완벽해. 이 정도 솜씨라면 일급 중에서도 최고 각수야. 이런 각수가 소설을 새긴다는 것 자체가 놀라운 일이지. 관각(官刻, 관청에서 새기는 판각)이나 사각(寺刻, 절에서 새기는 판각)만으로도 먹고살 터인데…… 남들이 다 업신여기는 방각에까지 손을 대고 있음이야."

과연 그랬다. 청운몽의 소설은 유난히 깔끔하고 틀린 글자가 적어 서책을 펼치는 순간부터 안심하고 행복한 기분에 젖어들었다. 김진은 서책 제일 마지막 장을 펼친 후 말을 이었다.

"또 하나 우리가 주목할 점은 말일세. 청운몽이 소설 초고를 방각업자들에게 돈을 받고 넘긴 것이 아니라 직접 그 초고로 방각까지 했다는 거야."

"그건 무슨 소린가? 그러니까 소설을 쓸 뿐만 아니라 그 소설을 판각하여 찍고 돈을 거두어들이는 것까지 모두 청운몽이 했다 이 말인가? 청운병은 분명 청운몽이 직접 초고를 팔았다고 했으이."

"그 말을 믿는 건 아니겠지? 명례방에서 방각과 유통에 관여한 것은 확실해."

"어떻게 그리 단언할 수 있는가?"

"그렇지 않고서는 충분히 솜씨를 발휘할 여유를 각수에게 주기 어렵다네. 매설가에게서 초고를 사들인 방각업자들의 한결같은 점이 뭔지 아나? 대충대충 빨리 돈 적게 들이고 찍어 장사를 하는 거라네. 초고를 요약하거나 삭제하는 일도 서슴지 않지. 하지만 아직까지 청운몽의 소설은 그런 불상사가 없었다네. 뭔가 이유가 있지 않겠나. 난 예전부터 청운몽의 소설이 세상에 나오는 과정을 유심히 살폈네. 결코 한꺼번에 많은 작품이 시중에 돌지 않았으이. 천천히, 천천히 값을 올리며 최대한 기회를 노리더군. 독자들 조바심이 극에 달했을 때 책을 풀었다네."

"자네는 그 모든 일을 청운몽과 그 가솔들이 했다 이 말인가?"

"그렇네."

아직 의심스러운 구석은 많지만 불가한 추정은 아니었다.

"미령 낭자가 그 각수를 알까?"

"알 걸세. 청운몽은 누구보다도 누이동생을 아꼈으니까. 특히 소설로 생기는 이익은 대부분 미령 낭자가 챙겨 왔다고 하네. 서책을 만들기까지 쓰는 돈 중에서 가장 큰 것이 바로 각수에게 치르는 값일 테지. 분명 알 걸세."

"순순히 가르쳐 줄까?"

"그러니까 자네더러 가 보라는 걸세. 내 생각에 청운몽은 철저히 각수를 숨겼던 것 같네. 몇 가지를 고려한 결과겠지. 우선 그이가 조정에서 중요한 판각을 맡았으면서도 소설까지 새기는 것이 알려지면 큰 화를 당할 수도 있네. 또한 솜씨가 널리 알려지면 청운몽 혼자만 그 각수와 일하기 힘들 수도 있어. 다른 매설가들도 그이에게 판각을 받으려고 몰려들 것이니까. 각수를 숨기려는 청운몽과 이름을 감추려는 각수가 절묘하게 만난 듯하네. 서로를 굳게 믿으며 이제까지 온 거야. 그 믿음은 놀랍게도 청운몽이 죽은 후까지 이어지는군. 의리를 아는 사내인 것 같네."

"자네 추정이 옳다면 더욱 감추려 들 터인데……."

김진이 내 얼굴을 똑바로 쳐다보며 고개를 끄덕였다.

"쉽진 않을 거야. 그래도 나보다는 자네가 나을 성싶네. 아무리 마음 문을 꽁꽁 닫는다 해도 큰오빠인 청운몽의 누명을 벗기기 위한 일이 아닌가? 미령 낭자도 자네 외엔 대안이 없을 게야. 낭자가 각수 이름을 말해 주지 않는다면 정말 일이 어려워지네. 범인을 잡는다고 자신할 수도 없어."

자리에서 일어서기 전 마지막으로 물었다.

"자넨 그 각수가 범인이라고 생각하는 건가?"

김진이 고개를 저었다.

"아닐세. 두둑한 돈과 함께 끈끈한 정으로 맺어진 각수가 형제같이 지내 온 매설가를 죽일 까닭이 없지. 한 가지만 확인하려 하네. 그 정도 뛰어난 솜씨를 지닌 각수라면 틀림없이 큰 도움이 될 테니까. 벌써 가려고? 너무 서두르진 마시게. 올해는 더 이상 사람이 살해되는 일은 없을 테니까. 아직 닷새 정도는 더 여유가 있으이."

이번에는 닷새 후에 살인이 일어나리라고 예언한 것이다. 뒤이어 김진이 말했다.

"벌건 대낮보단 저녁 어스름은 지나야 분위기를 잡고 이야기할 수 있을 걸세. 우선 점심이나 먹으러 가세. 필동에 맛있는 객점(客店, 음식을 팔고 잠자리를 제공하는 주막)이 새로 생겼다네. 어젯밤 꼬박 죽엽청을 마셨더니 속이 영 불편하이. 거기서 해장이나 하세. 오늘은 부탁도 했으니 밥값은 내가 냄세. 가세나."

그 뒤를 따르며 한마디 더 쏘아 주었다.

"백탑 서생들이 너무 새로운 것만 좇는 것은 아닌가? 아무리 새것이 좋다 해도 서두르다가는 무엇이 좋고 나쁜가를 구분할 수도 없을 듯하이."

김진이 고개를 돌려 빙긋 웃어 보였다.

"중원벽(中原癖, 중국 것만 좋아하는 병)에 깊이 빠졌다 이 말이지? 백탑 서생들이 연경 문물을 좋아하고 그중 중요한 것들을 도입하자고 주장하는 것은 조선 서생들이 너무나도 고루하기 때문이야. 결코 새로운 것만을 원하는 건 아니라네. 언젠가 연암 선생께서도 자네가 방금 던진 질문과 비슷한 질문을 받고 이렇게 말씀하셨네. '옛것을 본받으려는 자는 옛날 자취에 구애되는 병폐가 있고, 새것을 만들어 내는 자는 법도가 없는 것이 폐단'이라고 말일세. 옛것을 본받되 고쳐 쓸 줄 알고 새것을 만들어 내되 바른 도를 찾는 것이 백탑 서생들이 꿈꾸는 바이지. 이건 자네니까 하는 말이네만, 처음엔 균형을 찾기보다 연경 문물에 한번 푹 빠져 보는 것도 나쁘진 않을 거야. 그래야 세상 돌아가는 모습을 대강이나마 알게 될 테니까. 균형을 잡을 기회는 앞으로 많아. 새 문물 공부는 때를 놓치면 어려워지네. 금방 새것이 들어와서 그전 것 위에 다른 빛깔로 된 꽃을

피우니까 말이야. 지금도 늦었다네. 서둘러야 하네. 잘 생
각해 보게나."

나는 김진의 빈틈없는 대답에 약간 짜증이 났다.

"자넨 참 대단한 것 같으이. 어쩜 그리 모르는 게 없는
가? 괴이한 생각인지는 모르겠으나 흐트러진 자네 모습을
꼭 한 번 보고 싶군."

김진이 걸음을 멈추었다. 그리고 쓸쓸히 웃으며 되물었다.

"사람 냄새가 나지 않는다고 말하고 싶은 게지? 자네 그
걸 아는가? 어렸을 때 물에 빠져 죽을 뻔한 사람은 우물 근
처에 가는 것조차 두려워한다네. 난 참으로 허점도 많고
실수도 잦은 인간일세. 서당에 다니면서부터 글자 하나, 문
장 하나도 그냥 놓치지 않으려고 애썼다네. 왠지 아는가?
처음에 몇 번 문장을 잘못 외웠더니 이런 소리가 뒤통수를
때리더군. '서얼 주제에…… 반쪽 양반이니 그 피가 어딜
가겠어.' 후후후, 맞는 말이긴 해. 내가 서얼인 건 확실하니
까. 하지만 문장을 외지 못하는 것과 내가 서얼인 것은 아
무런 상관도 없다네. 그때부터 항상 몸가짐을 바르게 하고
밤낮없이 서책을 가까이 두었던 것 같으이. 자네에겐 그래
도 편히 대한다고 하는데 아직 옛 습성이 남아 있는 모양
일세. 널리 이해하게나."

나는 대꾸도 못한 채 앞서 걷는 김진의 뒷모습을 쳐다보

았다. 그이만의 아픔을 헤아리지 못한 내 자신이 부끄러웠다. 얼마나 상처가 컸으면 사람 냄새까지 지워 가며 완벽을 추구했을까. 세상에는 아직 내가 모르는 망극한 슬픔이 많다. 벗의 고통을 미리 알고 울어 주는 저녁을 꿈꾸었지만, 아직 멀었다. 한심한지고.

10장

너는 바보다

계강자가 공자에게 정치를 물으면서 말하였다. "만약 무도한 자를 죽임으로써 올바른 도로 나아가게 한다면 어떻겠습니까?" 공자께서 대답하셨다. "선생께서 정치를 하시는 데 어찌 살인할 필요가 있겠습니까? 선생께서 선하여지기 바라면 백성도 선하여지는 것입니다. 군자의 덕이 바람과 같다면 소인의 덕은 풀과 같은 것이라, 풀 위에 바람이 불면 반드시 쏠리게 마련입니다."

— 『논어(論語)』, 「안연편(顏淵篇)」

위로하고 설득하려면 조용하고 아늑한 분위기가 필요했
지만 그 저녁은 을씨년스럽기 그지없었다. 난데없는 겨울
비가 먹구름 아래로 쏟아졌던 것이다. 무술년(戊戌年, 1778년)
도 이제 나흘밖에 남지 않았다.

　견평방에서 명례방까지 가자니 마음이 급했다. 서둘러
공문을 정리하고 퇴식하려는데 의금부 도사 박헌이 찾아
왔다.

　"별채로 가 보게나. 연쇄 살인 현장에서 가져온 물증들
이 가득 찬 방 말일세. 새로 오실 판의금부사께서 기다리
신다네. 혹시 알았는가?"

　"아닙니다."

　박헌은 무엇인가 더 물으려다가 그만두었다. 빗길을 달

려 곧장 별채로 갔다. 판의금부사가 바뀐다는 소식도 듣지 못했지만 이 저녁에 찾는 것도 이상했다. 날이 밝으면 자연스럽게 의금부 관원들과 인사가 있을 터인데, 하루 일찍 나를 찾는 이유가 무엇일까? 왜 하필 그 지저분하고 추운 방에서 기다리는 것일까?

"의금부 도사 이명방입니다."

"들게."

문을 열고 안으로 들어섰다. 장등(長燈)은 꺼졌고 방은 어두컴컴했다. 조복 차림을 한 당상관은 서책 한 권을 펼쳐 든 채 뒤돌아서 있었다. 글씨가 보일 것 같지 않았다. 나는 잠시 머뭇거렸다. 등을 보며 예의를 갖출 수는 없는 것이다. 잠시 침묵이 흘렀다. 그 대신은 서책을 두 권이나 더 펼쳐 넘겼다. 내가 방으로 들어온 것을 모르는 것처럼.

"이명방입니다."

다시 인사를 여쭈었지만 대답이 없다. 입술이 바싹바싹 타 들어갔다. 이윽고 내일부터 의금부 수장이 될 대신이 책을 덮고 고개를 돌렸다. 호랑이를 닮은 날카로운 눈빛은 어둠 속에서도 또렷했다.

"자넨 바본가?"

비원에서 마주쳤던 번암 채제공이다. 이분이 새로 임명될 판의금부사란 말인가? 연쇄 살인을 책임지고 한성부판

286

윤에서 물러날 상황이건만 이렇듯 중한 자리에 오른단 말인가? 그런데 이분이 왜 날 찾는 걸까? 그리고 바보라니?

"……."

답을 못하고 이어지는 질책을 기다릴 수밖에 없었다. 뜻밖에도 뒤에 덧붙은 것은 질책이 아니라 감당하기 힘든 과찬이었다. 채제공은 차디찬 방에 앉자마자 칭찬을 늘어놓았다.

"자네가 의금부 도사들 중에서 가장 뛰어나다고 생각했네. 어느 누구도 자네처럼 이 일에 매달리지는 않았지. 자네가 청운몽을 잡아들인 건 결코 우연이 아니야. 여기 있는 물품들을 하나하나 조사하고 면밀히 검토했다 들었네. 사실인가?"

"그러하옵니다."

"젊은 시절 내 모습을 보는 것 같군. 그렇게 열심인 사람은 모함을 받게 마련이지."

"모함이라 하셨습니까?"

"그렇네. 자네가 청운몽을 옹호하는 서생들과 뜻을 합쳤다는 소릴 들었다네. 야뇌에게 속아 그자들이 회합하는 자리에도 갔다고 말일세."

뒷목이 뻣뻣해지면서 싸늘한 기운이 등줄기를 타고 내렸다.

"대감! 그, 그건⋯⋯."

"아네. 청운몽을 잡아들인 자네가 한 패가 될 턱이 없지. 한데 자넨 너무 세상을 만만하게 보는 것 같으이. 의금부 란 어떤 곳인가? 전하를 위한 일들을 은밀히 처결하는 곳 이야. 그 일에 참여하는 의금부 관원들에게는 감시가 붙게 마련일세. 아무리 감쪽같이 속이려 해도 소용없는 일이다 이 말이야. 자넨 떳떳하니까 백탑 서생들과 만나는 걸 감 추지 않았을 수도 있지만, 다른 의금부 관원들이 모두 나 처럼 자넬 신뢰하는 건 아니라네. 도대체 자넨 어쩌다가 청운몽을 구명하는 움직임에 끼었는가? 협박이라도 당한 건가? 피치 못할 약점이라도 저들에게 잡혔어?"

"아닙니다. 그런 게 아닙니다. 부족한 소생을 이렇듯 챙 기시니 감사합니다. 백탑 서생들과 만난 것은 사실입니다. 그 서생들이 청운몽의 죽음을 안타까워한 것도 사실이고 요. 하지만 마음을 합친 적은 결코 없습니다. 저는 그 서생 들에게 청운몽을 추억하는 짓을 당장 그만두라고 경고했 습니다. 그렇지 않으면 국법을 어긴 죄로 모두 포박하겠다 는 뜻을 분명히 했습니다. 이해하기 힘든 건 그 서생들이 보인 태도였습니다. 서생들은 전부 의금부에 끌려가더라도 우정만은 버릴 수 없다는 겁니다."

채제공이 싸늘하게 짧은 웃음을 비쳤다.

"허어, 참으로 순진한 친구로군그래. 그게 다 자넬 떠보려는 수작이야. 우정 어쩌고 할 때 자리를 박차고 나왔어야 옳네. 나도 백탑 아래 모인 자들을 조금 아네. 기기묘묘한 물건과 청산유수 같은 구변(口辯, 말솜씨)으로 사람 넋을 빼앗지. 그자들은 자넬 통해 의금부 분위기를 읽으려고 했던 게 틀림없네. 왜 돌아오자마자 그 일을 의금부 당상관들에게 알리지 않았는가? 일부러 숨긴 것인가?"

"아닙니다. 그렇게 큰 문제가 되리라고 생각지 못했습니다. 다시 말씀 올리지만 백탑 서생들은 제게 어떤 부탁이나 강요도 한 적이 없습니다. 하온데 대감! 한 가지 여쭈어도 될는지요?"

"말해 보게."

"백탑 서생들을 그처럼 낮추어 평하시는 것이 이해가 되질 않습니다. 담헌과 연암은 도성에서 이름난 문사들이 아닙니까? 또한 초정과 형암은 지난여름 대감께서 정사(正使)로 연경에 가실 때 데려가셨던 사람들입니다. 대감이 아니었다면 어찌 저들이 연경 구경을 할 수 있었겠습니까? 그이들을 세 치 혀나 잘 놀리는 소인배로 취급하시니 이를 어떻게 받아들여야 할지 모르겠습니다."

채제공의 얼굴이 차갑게 굳었다.

"내 뒷조사까지 한 건가? 무서운 사람이로세. 형암과 초정을 거두어 함께 연경에 다녀온 것은 사실이네. 그렇다고 내가 백탑파 전체를 후원한다고 보는 건 곤란하이. 형암과 초정이 품은 문재(文才)가 뛰어난 것은 인정해. 그러니 전하께서도 경박한 무리라는 지적을 물리치고 그 사람들을 주목하시는 게 아닌가. 과연 이 나라를 부강하게 할 사람들인지 아니면 더욱 큰 혼돈과 가난의 구학(溝壑, 구렁텅이)으로 몰아넣을 사람들인지는 모르는 일이야. 아무리 그 뜻이 좋더라도 함부로 떠들고 어울려 다니면 아니 된다네. 더군다나 자넨 종친이며 의금부 도사가 아닌가?"

"명심하겠습니다, 대감!"

"내 보기에 자넨 지금 너무 위험해. 다시 한 번 그자들과 어울린다는 밀서가 올라오면 자넨 무사하지 못해. 지금이라도 각별히 조심하게. 너무 파고들어 세밀하게 따지려 하면 큰 흐름을 놓치고, 전체 흐름만 따지다 보면 독이 되는 이슬비를 모두 맞지. 세밀하면서도 넓게, 넓으면서도 세밀하게! 알겠는가?"

"알겠습니다. 이제 다시는 백탑 서생들과 만나지 않겠습니다."

채제공이 고개를 저었다.

"아니야. 이왕 일이 이렇게 흘러왔으니 자넨 계속 그자들과 어울리게. 의금부 일을 드러내는 것만은 삼가라 이 말이야. 갑자기 출입을 끊으면 오히려 의심을 살 걸세. 자네가 그자들과 만나지 않는 것이 제일 좋았겠으나 이미 만남을 이어 가고 있다면 그 만남을 또 다른 기회로 만들어야지. 그자들은 이제 타오르기 시작한 불꽃과 같아서 자신들이 하는 말과 행동이 어디까지 퍼질 것인가를 알지 못해. 연암이나 담헌이 나서도 막기가 쉽지 않을 걸세. 가까이 가서 귀 기울여 듣게. 그자들이 나누는 이야기를 따로 모아 정리해 두라 이 말이야. 특히 그자들이 청운몽을 위하여 무슨 수작을 또 하는지 알아보게. 기회가 오면 은밀히 내게 알려 주고. 알겠는가?"

"그리하겠습니다."

"아무에게도 알리지 말고 곧장 내게 와야 하네. 자네 목숨이 달린 일이야."

"명심하겠습니다."

이야기를 맺으려는 듯 채제공이 자리에서 일어섰다.

"대감! 한 가지 더 여쭈어도 될는지요?"

날카로운 시선이 내 이마에 내려앉았다. 채제공이 다시 자리에 앉으며 말했다.

"무엇인가?"

"대감께서는 방금 제가 야뇌에게 속아 백탑 아래 무리에 섞였다 하셨습니다. 야뇌도 옳게 보지 않으시는 것인지요? 그 새벽에 비원을 자유롭게 출입하는 것으로 보자면, 대감이나 야뇌나 모두 갈충보국(竭忠報國, 충성을 다하여 나라의 은혜에 보답함)하는 신하가 아니겠습니까?"

채제공이 기다렸다는 듯 거침없이 답했다.

"전하께서 왜 야뇌와 같은 자를 중히 여기시는지 나는 모르네. 그자는 아직 아무런 쓰임도 받지 못한 한낱 무부일 따름이야. 전하가 부르셨다 하더라도 모두 마음을 합쳐 같은 입장에 서는 건 결코 아닐세. 전하께서는 은밀하게 많은 이들을 만나신다네. 그 사람들 중 쓰이는 이는 열에 한둘도 안 돼."

목소리를 낮추고 다시 물었다.

"이건 제 생각입니다만, 백탑 서생들과 야뇌를 따르는 무인들을 중히 쓸 성의(聖意, 임금의 뜻)가 계신 듯합니다. 하온데 대감께서는 그 무리들이 조정에 들어오는 것을 반대하시는 겁니까? 그 이유를 여쭈어도 되겠는지요?"

채제공의 입꼬리가 오른쪽으로 올라갔다.

"착하고 순한 줄만 알았더니 눈뜬장님은 아니군그래. 몇 달 어울렸으니 백탑 서생들이 시문에 능하고 배움이 깊다는 걸 자네도 알겠군. 자네가 알 정도이니 전하께서 모르실 리 없지. 그래, 어쩌면 지금 조선에서 그자들보다 더 세상에 대한 새로운 지식과 넓은 눈을 지닌 이는 없을지도 모르네. 가슴 또한 매우 뜨겁지."

"바로 보셨습니다. 정말 대단한 사람들입니다. 잘 다듬
으면 능히 동량이 될 그릇들이지요. 대감께서는 왜 그 사
람들을 기기묘묘한 물건과 청산유수 같은 말솜씨로 사람
넋이나 빼앗는 무리로……."

"보느냐, 이 말이지? 어허, 자넨 두 번이나 날 몰아세우
는군."

채제공이 말을 잘랐고 나는 침묵을 지키는 것으로 물음
을 대신했다. 채제공이 오른손으로 수염을 쓸며 답했다.

"백탑에 모인 무리가 조정에 들어오는 것을 반대하느냐
고 물었지? 내 입장을 밝히겠네. 자네도 뭘 좀 알아야 바보
짓 하지 않고 살 방도를 찾지 않겠는가? 백탑파를 조정에
들이는 걸 반대하지는 않네. 하지만 두 손 들고 찬성하는
쪽도 아니야. 언젠가는 그 사람들을 받아들여야 하겠으나
과연 지금이 그때인가는 생각이 따로 있지.

지금 조정에는 백탑 서생들을 대하는 세 가지 입장이 있
다네. 하나는 백탑파를 적극 끌어들이려는 자들이지. 지금
까진 전하께서도 이 입장이시네. 또 하나는 나처럼 찬성도
반대도 않고 물 흐르듯 상황을 두고 보겠다는 입장이야.
마지막 하나는 백탑파가 돈화문을 기웃거리는 것조차 막
으려는 세력도 있다네."

"누굽니까, 그자들이?"

채제공이 왼 손바닥을 들어 보였다.

"허어, 왜 이리 서두르는가! 지금 자네가 거기까지 알 필요는 없네. 물증이 없으니 전하께서도 그냥 두고 보시는 게고. 반대 세력 역시 엄밀히 말하자면 하나가 아니라 둘이라네. 제각각 다른 이유를 들지."

"그게 무엇입니까?"

"하나는 백탑 아래 무리들 중심에 있는 자들이 서얼이라는 걸세. 자고로 서얼들은 나라를 어지럽히고 분란을 조장해 왔다네. 서자로 지내며 받은 수모를 단숨에 갚으려고 날뛴 적도 여러 번이었어. 자네도 적서를 엄격히 구별하고 예법을 바로 세우려는 이들이 누구인가는 알겠지?"

"흔히 대감의 정적이라 일컫는 분들이겠지요."

남인의 거두인 채제공이 고개를 끄덕였다.

"또 하나는 전하를 받들어 탕평을 이루려는 사람들이라네. 백탑 아래 무리들이 지금은 젊은 혈기로 개혁을 부르짖지만 그 뿌리는 변치 않으리라는 걸세."

"뿌리라고 하시면?"

"그 서생들 중 위 연배에 속하는 연암을 보면 알지 않는가? 지금은 조정에 들어오지조차 못하니 이런저런 입바른 소리를 하지만 조정으로 들어오는 순간부터 단번에 탑전을 가리고 전하의 성심을 제멋대로 읽으며 당세나 불리기에 급급할 거라 이 말일세."

뜻밖이었다. 굳이 당파를 따지자면 노론에 닿아 있지만, 박지원이 당색을 드러낸 적은 없었다. 박제가, 이덕무, 백동수의 얼굴이 차례차례 스치고 지나갔다.

"그럴 사람들이 아닙니다."

채제공이 씁쓸하게 웃었다.

"초심(初心)은 누구나 그렇듯 맑고 뜨거운 법이라네. 첫 마음을 끝까지 이어 가는 사람은 흔치 않아. 다른 신료들이 시샘하고 견제하는 까닭이라고 보기에는 성심이 지나치게 천천히 움직인다네. 아직 그자들을 완전히 믿지 못하시는 게야. 자네 혹시 그자들과 우정을 나눈다고 착각하는 것인가?"

우정!

두 글자가 가슴을 쳤다.

처음부터 그랬던 것은 아니다. 그 사람들과 처음 만났을 때에는 어떠했던가. 청운몽 초상을 나누어 갖는 것을 보고 당장 잡아들이겠노라고 호통을 치지 않았던가. 김진이 보인 놀라운 재능에도 그이 할 일과 내가 할 일을 엄격히 나누지 않았던가. 야뇌 형님이 이것저것 귀찮게 물어 와도 사건 관련 일에는 함구하지 않았던가. 그러나 어느 순간부터 그 사람들에게 끌리기 시작했다. 탁월한 학덕 때문도, 시문 때문도, 귀한 물품 때문도 아니다. 백탑 아래 모인 이들이 서로를 아끼고 위하는 모습에 매료되었기 때문이다. 엄격히 말해 그들은 스승과 제자의 연을 맺은 게 아니다. 백탑 서생들을 연암 일파로 규정하기도 하지만, 이덕무나 박제가가 홍대용과 박지원을 선생이라 높이는 것은 그 학문을 존경하여 표현하는 것일 뿐 그 문하라는 뜻은 결코 아니다. 따라서 이덕무를 비롯한 백탑파 서생들은 같은 스승 아래 배운 동문은 아니라 할 수 있다. 스승이 누구인가에 따라 당색을 정하고 친교와 절교를 밥 먹듯이 하는 세풍과는 완전히 다른 것이다. 백탑 아래 사람들 중에는 적자도 있고 서자도 있으며, 청나라에 밝은 이도 있고 왜국에 밝은 이도 있다. 양반도 있고 중인도 있으며 김영이나 이길대 같은 천인까지도 우정으로 묶여 있다.

백탑 서생들은 우연히 모여 세상을 한탄하고 각자 재주나 뽐내는 것이 아니다. 그 사람들 사이에는 서로를 깊이 이해하고 아끼는 우정이 있었다. 돌이켜 보면 나는 백탑파를 만나기 전까지 출세만을 위하여 달렸다. 무예를 익히고 병서를 탐독한 것도 으뜸이 되기 위함이다. 동료나 선후배와 나누는 정은 생각해 본 적이 없다. 나만 잘나고 나만 바르면 된다고 믿어 온, 참으로 바보 같은 시절이었다. 백탑 서생들은 달랐다. 그 사람들은 서로 재주를 인정하며 아꼈다. 가끔 시를 짓거나 거문고를 뜯거나 그림을 그릴 때가 있지만, 그것은 재주를 뽐낸다기보다 벗들과 함께 기뻐하고 마시며 웃고 눈물 쏟기 위함이다.

채제공의 지적이 이어졌다.

"붕우유신이라고 했으니 우정이 나쁠 건 없지만 어느 하나를 유독 강조하는 건 나머지 예법들을 무시하는 결과를 낳을 수도 있네. 우정만 강조하다 보면 임금도 부모도 어른도 남편도 안중에 들어오지 않는다 이 말이지."

나는 아까부터 가슴속을 뚫고 올라오던 물음 하나를 토했다.

"하온데 대감! 왜 이렇듯 많은 말씀을 하시는 겁니까? 대감께서는 소생을 잘 모르시지 않습니까? 청운몽을 잡아들인 사연도 전해 들으신 것일 테고……."

채제공이 더욱 목소리를 줄였다. 그 말을 듣기 위해서는 허리를 잔뜩 앞으로 숙일 수밖에 없었다. 오른쪽 귓바퀴가 입술에 닿을 정도였다.

"복잡하게 얽혔네. 청운몽을 죽였는데도 살인은 끝나지 않으니……. 다시 민심이 어지러워질 것은 불 보듯 뻔한 일이지. 방법은 두 가질세. 하나는 책임을 묻는 것이지. 이곳으로 오기 전에 탑전에 아뢰었다네. 자넬 없애자고 말일세."

"옛?"

나도 모르게 소리를 질렀다. 나, 나 이명방을 죽이자고 청했단 말인가? 채제공은 벌겋게 상기된 내 얼굴을 노려보며 차갑게 말했다.

"처음부터 내가 판의금부사였다면 일이 이 지경이 되도록 내버려 두지 않았을 거야. 자네가 백탑 아래로 깊이 들어가기 전에 벌써 단속했겠지. 청운몽이 처형되고 또 다른 살인이 일어나던 날 자넨 의금부를 떠났어야 했네. 모든 게 뒤죽박죽이라면 끊어 낼 건 확실하게 끊어 낸 후 처음부터 다시 시작하는 게 상책이지. 자네에게 악감정이 있어서 그리 아뢴 건 아니니 너무 섭섭해 말게."

책임을 지고 물러나려 한 것은 사실이다. 박헌이나 백동수가 만류하지 않았다면 벌써 의금부를 떠났으리라. 삭탈관직은 물론이요 목숨을 잃게 된다 한들 나로서는 아무 말도 할 수 없는 처지다. 내 눈을 똑바로 노려보며 나를 쳐내자 청했다는 사실을 스스럼없이 밝히는 사내! 얼음 같은 사람이구나. 도끼 같은 사람이구나.

"자네를 잘 알지도 못하면서 왜 이렇게 많은 이야기를 하느냐고 물었지? 후후후, 그래. 이건 확실히 내 방식이 아니야. 난 아무리 친한 벗에게도 이렇듯 시시콜콜하게 전후를 이야기하지 않는다네. 그런데 말이야. 전하께서 결자해지할 기회를 주라고 하시더군. 자네가 일을 이 지경으로 만들었으니 푸는 것도 자네에게 맡기라고 말이야. 아무리 전하께서 자넬 믿으셔도, 자네가 그동안 아무것도 눈치채지 못했다면 일단 자넬 쫓아낼 생각이었네. 바보와 함께 일할 수는 없으니까. 자네가 비원에서 잠시 스쳐 만난 걸 기억해 내고, 또 백탑 아래 무리들을 나름대로 평하는 걸 보니, 역시 전하께서 아무한테나 기회를 주신 건 아님을 알았네. 종친이란 이유 하나 때문에 자넬 아끼신 건 아니었다 이 말이지. 자, 이러니 나는 자네에게 기회를 한 번 더 줄 수밖에 없으니. 기회를 주기로 마음을 먹었으니 그다음 엔 어떻게 자넬 독려해야 하겠는가? 최소한 자네가 바보짓을 하지 않도록 몇 가지 경고를 하기로 마음을 정했으이. 병을 고치려면 골수에까지 침을 놓아야 하는 법이니까."

"대감! 아직 전 제대로 밝혀낸 것이 없습니다. 차라리 대감께서 이 일을 처음부터 다시 이끄시는 것이……."

채제공이 오른 주먹으로 내 무릎을 내리쳤다.

'윽!'

나는 비명을 삼키며 양손으로 무릎을 감쌌다.

"정말 자네 바보로군. 판의금부사가 어떤 자리인 줄 모르고 그딴 망발을 입에 담는 것인가? 내가 움직이면 그땐

정말 큰일이 생길 게야. 판의금부사가 백탑파를 위한다는
풍문이 돌면 그게 성심인 줄 알고 우르르 사람들이 모여
들 테고, 판의금부사가 백탑파를 친다는 풍문이 돌면 탄묵
(彈墨, 탄핵 상소)이 줄을 이을 걸세. 나는 돌부처처럼 가만히
있어야 하네. 개미처럼 움직이는 건 의금부 도사인 자네
몫이야. 쥐도 새도 모르게 말일세."

"알겠습니다. 깊이 마음에 새기겠습니다. 대감! 한 가지
만 더 여쭈어도 되겠는지요?"

채제공이 실눈을 뜨며 물었다.

"이제부터 우리 사이엔 그 어떤 오해나 틈도 있어서는
아니 되지. 어떤 물음이라도 좋네."

"저잣거리에서 떠도는 풍문이 하나 있습니다. 이런 말씀
올려도 될지 모르겠지만…… 번암 대감께서 도승지 대감
과 손을 잡으셨다는 것이지요."

"하하하하!"

채제공이 갑자기 웃음을 터뜨렸다. 나는 말을 끊고 그
얼굴을 올려다보았다.

"미안하이. 손을 잡은 게 아니라 도승지 수하로 들어갔
다는 것 아닌가?"

"……알고 계셨습니까?"

"한성부판윤인 내가 도성에 떠도는 말들을 모른다면 그

야말로 큰 문제이지. 이 도사! 자넨 순진한 건가 용감한 건가? 모두들 알고 있지만 한 사람도 내게 그런 물음을 던진 이는 없었네."

"송구하옵니다. 마음 상하셨다면 깊이……."

"아닐세. 궁금하기도 하겠지. 당색을 드러내지 말라는 어명에 따라 남이니 북이니 노론이니 소론이니 하는 말들은 잦아들었으나 그 뿌리까지 뽑힌 것은 아니니까. 남인인 나 채제공이 새파랗게 어린 도승지, 아들뻘인 노론 홍국영과 좋게 지내는 것이 이상하기도 할 게야. 같은 노론인 항재나 연암조차도 팔을 걷어붙였으니까."

채제공은 잠시 말을 끊고 왼 주먹으로 오른 손바닥을 툭툭 쳤다. 스물여덟 살이나 아래인 도승지 홍국영과 정사를 의논하는 유일한 남인이 바로 채제공이었다. 숱한 억측이 떠돌았다. 채제공이 당색을 바꾸어 홍국영에게 빌붙었다는 극악한 풍문까지 있었다.

"그래도 도승지는 전하를 위해 온몸을 던진 사람이지. 자넨 잘 모르겠지만, 선왕 대에는 전하를 동궁에서 쫓아내려는 신료들이 부지기수였다네. 그자들과 말을 섞고 술잔을 기울인 이유가 무엇인지 아는가? 오직 전하를 위함이었네. 전하를 위하려는 음흉한 무리를 멀리 내치기 위함이었어. 조정에 발을 담고 있지 않으면 아무 일도 못하지. 도승지의 전횡을 난들 왜 모르겠는가? 하지만 그렇기 때문이라도 난 조정을 물러날 수 없으이. 더 가까운 곳에서 도승지와 말을 섞어야 한다네. 저잣거리에서 어떤 풍문이 떠도는가는 그다음 문제겠지."

"대감께서 다치실 수도 있습니다."

세도가 막강한 만큼 몰락도 끔찍하고 갑작스러운 법이다. 신린(臣隣, 왕의 측근 신하) 홍국영이 가진 세도가 무너진다면 채제공까지 함께 나락으로 떨어질 수 있다.

"후후후, 그럴 수도 있겠지. 하지만 내 안위를 위해서 눈감고 귀 막을 수는 없으이. 탕탕평평. 큰 뜻을 이루기 위해서라도 말이야."

"알겠습니다. 과연 대감이십니다."

채제공이 표정을 조금 누그러뜨리며 물었다.

"자넨 표창을 잘 쓴다고 들었네. 혹시 지금도 가지고 있는가?"

"예! 대감."

나는 오른 소매에서 표창 하나를 꺼내 내밀었다. 채제공이 그 표창을 들고 이리저리 불빛에 살폈다.

"잘 만들었군. 한번 박히면 목숨을 끊어 놓을 정도로 날카로워. 이걸 내게 선물로 줄 수 없겠나? 나중에 자넬 꼭 불러야 할 때가 오면 신표로 삼기 위함일세."

"몇 개 더 드릴까요?"

소매에는 아직 표창 세 개가 더 있었다. 채제공이 표창을 소매에 감추며 고개를 저었다.

"아닐세. 한 번도 부르지 않고 일이 끝나는 게 가장 좋겠지. 한 번 정도는 어쩌면 찾을 수도 있겠고. 하지만 두 번이나 세 번 찾는 일은 없을 걸세. 그리 되면 실패로 돌아갈 공산이 크니까. 이 표창이 오히려 자네 가슴을 겨눌 수도 있음이야."

무서운 말이었다. 채제공의 마지막 당부가 귓전을 때렸다.

"잘하게. 다시 또 실수하면 내가 자넬 의금옥에 가둘지도 모르네. 그때는 아무도 자네 어리석음을 깨우쳐 주지 않을 거야."

11장

청미령과 나눈 대화

대개 인륜 도리의 지극함은 사랑하고 공경하는 일에서 벗어나지 않는다. 그러므로『효경』에서는 사랑을 지극한 덕으로 삼았고, 공경을 중요한 도리로 삼았다.『주역』에서는 감응을 덕으로 삼았으며, 겸손을 도리로 삼았다.『노자』에서는 무(無)를 덕으로 삼았으며 허(虛)를 도리로 삼았다.『예기』에서는 공경을 근본으로 삼았고,『악기』에서는 사랑을 주인으로 삼았다. 그러므로 성정(性情)의 바탕에 사랑하고 공경하는 진실함이 있다면, 도(道)·덕(德)과 한 몸이 되어 다른 사람 마음을 감동시켜, 도리가 통하지 않음이 없게 된다.

그러나 사랑함은 공경함보다 적어서는 안 된다. 사랑함이 공경함보다 적다면, 청렴하고 절개 있는 자는 따르겠지만 사람들 대부분은 함께하려고 하지 않을 것이다. 사랑함이 공경함보다 많다면, 비록 청렴하고 절개 있는 자는 기뻐하지 않을지라도 사랑을 받은 자는 죽기까지 할 것이다.

이는 무엇 때문인가? 공경함이 취하는 도리는 엄격하게 거리를 두는 데 있으니, 이런 형세는 오래 지속되기 어렵다. 사랑함의 도리는 친근하게 정을 주고 호의를 두텁게 베풀어, 깊어지면 남들을 감동시키는 데 있다. 그러므로 "사랑하고 공경하는 진실함을 관찰하면, 이로써 정이 통하고 막히는 이치를 알 수 있다."라고 한 것이다.

— 유소, 『인물지(人物志)』

명례방으로 찾아가겠노라 연통을 넣었더니 옥류동에서 만나자는 전갈이 왔다. 병든 노모가 흐린 정신으로 낮이고 밤이고 불탄 서재 주위를 맴돈다는 소문을 들었다. 그 모습을 보이기 싫은 것이리라.

　옥류동에는 청운몽의 별장이 있다.

　소설 한 편을 탈고하고 나면 거기서 열흘이나 보름쯤 머물러 쉬었다고 한다. 한 해에 두 달 남짓 지낼 뿐인데도 정원 나무들은 가지가 알맞게 뻗었고 대문에서 안채까지 난 길에는 돌멩이 하나 보이지 않았다. 정원 왼쪽으로는 야트막한 조산(造山, 인공산)이 배경처럼 섰고 가운데로는 정사각형 연못이 있었다. 연못 안 작고 둥근 섬에는 소나무와 회화나무 가지가 멋있게 물 위로 뻗어 내렸다. 섬까지 이

어진 돌다리 난간에는 잉어 두 마리와 거북 두 마리가 나란히 새겨져 있다. 연못만 거닐어도 기발한 상상이 나올 것 같았다.

등롱(燈籠, 대오리나 쇠로 살을 만들고 종이를 씌워 둥글거나 모나게 만들어 그 속에 촛불을 켜는 기구. 걸어 놓기도 하며 작대기에 달아 들고 다니기도 함)을 든 하인 하나를 데리고 대문 앞까지 나온 청미령이 허리 숙여 인사했다. 역시 눈이 마주치는 것은 피한다.

"누추한 곳까지 걸음 하시게 하여 죄송합니다. 의금부에서 자꾸 저희 집을 드나드는 것은 남들 이목도 있고, 또 어머니……."

"되었소. 말하지 않아도 다 이해하오. 들어갑시다. 예서 비를 맞으며 할 이야기는 아닌 듯하오."

헛기침과 함께 대문 안으로 들어섰다. 어깨를 펴고 큰 걸음을 옮기면서도 뒤따라오는 청미령에게 자꾸 신경이 쓰였다. 여전히 표정은 딱딱하고 목소리는 차다.

인기척을 느낀 청운병이 방문을 열고 황급히 마당으로 내려섰다. 나는 인사를 나눈 후 성큼 방으로 들어섰다. 문방사우를 펼친 걸 보니 글씨를 쓰고 있었던 모양이다.

"언제 한례(漢隷, 동한의 예서)를 배웠는가?"

"부끄럽습니다. 형님께서 때때로 가르쳐 주셨습니다. 초정을 비롯한 백탑 서생들과 어울리다 보니 자연스럽게 서예를 익히게 되었다 하셨습니다. 잠시만 기다리십시오. 곧 치우겠습니다."

청운병은 종이를 접고 먹과 벼루, 거북 연적을 옮기려 했다.

"이왕 쓰기 시작했으니 끝까지 마치도록 하게. '무수한 이름 모를 꽃 멋대로 피어 있는데/ 산에 오르는 오솔길은 짐짓 구불구불 나 있네.〔無數幽花隨分開/登山小逕故盤廻〕' 좋군. 누구 시인가?"

"용재(容齋, 이행의 호) 대감의 「화경(花徑)」이란 시입니다."

"화경! 꽃길이라……."

"어서 이 길고 긴 겨울이 가고 따뜻한 봄이 오기를 바라는 마음으로 쓰고 있었습니다."

자신들 처지를 빗댄 것이겠지. 봄을 기다리는 이들이 어찌 이리 많은고.

"계속 쓰게."

"그럼!"

청운병이 오른손을 들어 낭미필(狼尾筆, 족제비 털로 만든 붓)을 쥐었다. 그리고 단숨에 전구와 결구를 써 내렸다.

남은 향기를 봄바람아 쓸어 가지 마라

한가로운 사람 술 싣고 올지 모르니

殘香莫向東風掃

倘有閑人載酒來

청운병이 문방사우를 정리하는 동안 청미령을 바라보았다. 야위었구나. 어디 아픈 겐가. 턱이 더욱 날카로워졌고 눈 밑에는 잔주름까지 생겼다. 두 눈은 붉게 충혈되었고 수건으로 자주 입을 가리며 기침을 해 댔다.

감환(感患, 감기)이 들었군. 노모를 간병하느라 지친 탓일까. 올해 감환은 유난히 더 독하다던데. 약은 지어 먹었을까?

"어머님은 좀 어떠시오?"

청미령은 고개를 오른쪽으로 살짝 젖힌 채 말이 없었고, 종이를 접어 윗목에 올리던 청운병이 대신 답했다.

"어제 다녀간 의원 말이…… 마음을 단단히 먹는 게 낫겠다 하였습니다."

청운병의 안색은 창백하다 못해 푸른빛을 띠었다. 어머니마저 돌아가실지 모른다는 걱정과 더 잘 모시지 못했다는 자책이 가슴을 찌르는 모양이었다.

"마음을 단단히 먹어라? 하면……."

청미령은 아예 몸을 돌려 오른손으로 입을 가렸다. 노모마저 세상을 떠나면 가족 중 절반이 죽는 것이다. 살아남은 이들은 과연 상실감을 견딜 수 있을까.

청운병이 자리를 잡고 앉은 후 떨리는 음성으로 물었다.

"다시 살인 사건이 터졌다고 들었습니다. 같은 수법인가요?"

발 없는 말이 벌써 이 집에 닿았구나.

"그렇소."

짧게 답했다. 이 남매가 품은 원한이 무엇인지 안다. 맞을 매라면 먼저 맞는 것이 낫다.

"벌써 여섯 명쨉니다. 이제 형님이 살인광이 아니었다는 건 확실한 게 아닌가요?"

능지처참 후에도 살인이 계속 이어지니 청운몽에게는 죄가 없다는 논리다. 청운병의 얼굴이 점점 더 차갑게 굳어 갔다. 아무리 선하고 남을 배려하는 사람도 어머니에게 시시각각 죽음이 다가선다는 사실 앞에서는 넉넉한 표정을 유지하기 힘들리라. 예의를 갖추면서도 그 뒤에 칼날이 숨어 있었다. 내 목소리도 덩달아 날카로워졌다.

"아직 조사 중이오. 그 어떤 확답도 줄 수 없소."

청미령이 고개를 돌려 나를 쳐다보았다. 떨리는 눈망울

은 이렇게 따져 묻는 듯했다.

일이 이 지경까지 왔는데도 잘못을 인정하지 않는 건가
요?

나는 이 꽉 막힌 분위기를 바꾸고 싶었다.

"청운몽이 당대 최고 매설가임은 온 나라 사람들이 다
아는 바요. 그 사람이 만약 서얼이 아닌 적자였다면 벌써
등용문에 올랐을 게요. 백탑에 모인 여러 문사들도 재주를
아꼈고 죽음을 안타까워했다오. 여느 매설가 소설을 어찌
청운몽이 쓴 소설과 동렬에 놓을 수가 있겠소. 백로는 아
무리 늙고 병들어도 까마귀 틈에선 표가 나는 법이오. 이
건 의금부 도사로서가 아니라 청운몽 소설을 좋아했던 독
자로서 하는 말이오. 명례방에서 청운몽이 남긴 유작들을
방각하여 팔았다고 죄를 주지는 않겠소. 물론 이 일이 세
상에 알려지면 큰 화가 미칠 게요. 능지처참해서 죽인 죄
인의 글이 어찌 환한 대낮에 도성 안에서 읽힐 수 있단 말
이오. 하지만 나는 아무래도 좋소. 소설은 소설이고 살인은
살인이니까. 그 대신 조건이 있소. 당신들 호구지책을 막지
않는 대신 내 부탁을 들어주오."

청운병은 즉답을 못했다. 내가 무슨 부탁을 할 것인지
걱정하는 기색이 역력했다.

"말씀하시지요."

청미령이 끼어들었다. 두 눈은 여전히 촉촉하게 젖었지만 꼭 다문 입술에는 어떤 결심이 서렸다. 나는 한 번 더 분위기를 내 쪽으로 끌어오기 위해 말을 돌렸다.

"이건 목숨 여섯을 앗아 간, 아니 내가 청운몽이 저지른 짓이라고 믿었던 그전 살인들까지 저질렀을지도 모르는 살인마를 잡기 위함이오. 내 부탁만 들어준다면 놈을 잡을 수 있소. 놈을 잡으면 청운몽 일은 재론될 것이오."

"범인을 잡는 건 의금부 일이 아닙니까? 왜 이제 와서 우리에게 이러시는지요? 이러지 않으셔도 우리는 충분히 슬프고 괴롭습니다."

청운병은 당장이라도 자리를 박차고 일어설 기세였다. 청미령이 만류했다.

"작은오라버니! 참으세요. 큰오라버니 누명을 벗기는 일이라고 하지 않습니까? 누명만 벗을 수 있다면 우리가 못할 일이 무엇이겠는지요?"

내 쪽으로 시선을 옮겼다.

"솔직히 우리들 힘만으로 큰오라버니 누명을 벗기고 싶었어요. 그 때문에 백탑으로 이름 높은 어른들을 찾아갔던 것이구요. 하지만 우리들로는 여러모로 힘겹네요. 살인 사건 현장을 살필 수도 없고 관련 기록도 볼 수 없으니까요. 나리 도움만은 받고 싶지 않았어요. 큰오라버니가 비명에 가신 건 이유야 어쨌든 나리 책임이 크다고 소녀는 믿어요. 그러나 나리를 미워하는 것보다는 큰오라버니 원한을 풀어 드리는 게 더 중요해요. 나리는 의금부에 계시니까 저희보다 훨씬 많은 것들을 알고 또 마음만 먹는다면 큰오라버니 일을 다시 조사하실 수 있을 겁니다. 작은오라버니는 큰오라버니를 체포하여 죽인 나리께서 그 일을 다시 맡을 리 만무하다고 하시지만…… 나리께서 오늘처럼 은밀히 저희를 만나듯이 큰오라버니 일을 조용히 따져 볼 수는 있다고 봅니다. 그래서 여기까지 나온 것이고요."

나를 미워한다는 청미령의 말이 비수처럼 가슴에 와 박혔다. 아팠지만 표정을 바꾸지 않고 차분히 답했다.

"바로 그렇소이다."

"하나만 먼저 묻고 싶습니다. 큰오라버니 일을 조사하시다가 나리께 해가 되는 새로운 증거를 찾으신다면, 그때도 계속 조사를 하실 건지요?"

청미령은 바로 핵심을 짚었다. 죄 없는 사람을 잡아들여 죽인 죄로 삭탈관직을 당한다 해도 감수하겠느냐는 물음이다. 나는 주저하지 않고 답했다.

"약속하겠소. 나는 이 죽음의 행렬을 하루라도 빨리 끝내고 싶소. 범인만 잡을 수 있다면 벼슬을 잃거나 죽게 되더라도 상관없소이다. 그 대신 나도 걱정이 되는 부분이 하나 있는데…… 말해도 좋소?"

고개를 끄덕였다.

"나를 돕는 일이 그대들 행복을 심히 위협할 수도 있소. 청운몽이 쓴 누명은 벗을 수 있을지 모르나 집안이 풍비박산이 날 수도 있다 이 말이오. 그래도 나를 돕겠소?"

청미령 역시 곧바로 답했다.

"어차피 지금까지 누린 가세부요(家勢富饒, 집안 살림살이가 넉넉함)는 모두 큰오라버니 붓끝에서부터 나온 거랍니다. 큰오라버니의 억울함을 푸는 길이라면 무엇이 아깝겠는지요? 소녀와 여기 계신 작은오라버니, 그리고 병상에 누워 계신 어머니가 품은 간절한 소망입니다."

청운병도 답했다.

"범인부터 잡은 연후에 나리와 쌓인 묵은 원한을 풀도록 하지요."

남매는 벌써 의논을 마친 듯하였다. 이제 본론을 꺼낼 때가 되었다.

"청운몽이 쓴 소설은 내용도 내용이지만 방각 솜씨 또한 탁월하오. 나도 예전부터 이렇듯 산뜻하고 눈에 쏙 들어오게 글을 새기는 각수가 누굴까 궁금했다오. 아무리 수소문해도 소설을 새긴 각수는 찾을 수 없었소. 내게 그 각수가 누구인지를 가르쳐 줄 수는 없겠소?"

남매는 서로 얼굴을 보며 두 눈을 동그랗게 떴다. 전혀 예상하지 못한 질문인 듯했다.

　"범인을 잡는 데 각수를 아는 것이 무슨 도움이 되겠습니까?"

　청운병이 한발 뒤로 물러났다. 나 역시 답을 줄 수 없었다. 김진과 함께 왔더라면 그 친구는 무엇이라 했을까?

　"왜 각수를 알아야 하는가는 나중에 가르쳐 주겠소. 우선 날 믿고 각수 이름을 말해 주오. 그대들이 그동안 각수를 숨긴 이유는 미루어 짐작하오. 그대들에게 해가 가지 않도록 최선을 다하리다."

　청운병이 말허리를 잘랐다.

　"그래도 이유를 알아야 말씀을 드릴 게 아닙니까?"

　청운병은 불편한 감정을 드러냈다. 속마음을 감추기 힘들 만큼 흔들린 탓이다. 이번에도 청미령이 나섰다.

　"오라버니! 우선 말씀드려요. 믿기로 했으니 이유야 나중에 들어도 되지 않겠어요? 무덤 속까지 이름을 발설하지 않겠다는 약속을 어기는 것이 마음에 걸리긴 하지만……."

　그래도 청운병은 주저했다.

　"형님은 누구보다도 신의를 중요하게 여기셨다. 우리가 각수 이름을 발설한 것을 아신다면 크게 상심하실 게다. 나중에 저세상에서 어찌 형님 얼굴을 뵙겠느냐? 우리가 입

는 손해는 감당할 수 있지만 그 사람에게까지 해를 입혀서
는 아니 된다.”

“알아요. 하지만 그 각수가 누구인지 알아야 큰오라버니
누명을 벗길 수 있다고 하지 않아요. 말씀드려요. 나중에
따로 양해를 구하면 될 거예요.”

침묵이 흘렀다. 청운병은 턱을 조금 치켜든 채 눈을 감
았고 청미령은 눈을 내리깐 채 결단을 기다렸다. 이윽고
청운병이 답했다.

“미령이는 나리를 믿는 듯합니다만 소생은 아닙니다. 나
리께서 처음부터 제대로 사건을 조사했더라면 형님이 그
렇듯 참혹하게 돌아가시는 일은 없었을 테니까요. 믿지는
못하겠으나, 나리 외에는 형님 일을 거론하는 이가 없으니
말씀드리겠습니다. 이번에도 우릴 우롱한다면 그땐 가만
있지 않겠습니다.”

두 눈에서 불덩이가 이글거렸다. 혈육이 능지처참을 당
했다면 나라도 저런 분노를 품으리라.

“미령이 네가 말씀드려라.”

청운병은 시선을 돌려 흰 벽을 쳐다보았다. 청미령이 오
른손을 가슴에 올려 옷고름을 가볍게 눌렀다.

“그 각수 이름은…….”

“잠깐!”

청미령 뒤에서 날카로운 기운이 뻗쳐 들어왔다. 살기(殺氣). 분명 죽음을 머금은 기운이었다. 나는 앉았던 자리에서 몸을 날려 남매를 덮쳤다. 방문을 뚫고 날아든 화살이 화금병(畵禽屛, 새를 그린 그림으로 만든 병풍)의 오리 목에 박혔다. 피하지 않았다면 날카로운 쇠 화살이 청미령의 목을 뚫었을 것이다.

"웬 놈이냐?"

품에서 표창 두 개를 꺼내 들고 마루로 썩 나섰다. 하인들은 이미 집 밖으로 물리지 않았던가. 어두운 마당에는 아무도 없었다. 뒤따라 나온 청운병의 얼굴이 하얗게 질렸다.

"자, 자객입니까?"

나는 표창을 소매에 넣고 침착하게 물었다.

"오늘 만남을 누가 아오?"

"미령이와 저밖에 모릅니다."

"혹시 크게 원한을 살 만한 사람은 없소?"

"어, 없습니다. 형이나 저희들 모두 남을 위하고 베풀며 살아왔는걸요."

청운몽 남매가 베푼 선행은 이미 들은 바가 있다. 맹인들을 입히고 걸인들을 먹이는 일을 다섯 해 넘게 해 왔다지 않는가. 하늘이 낸 사람들이라는 칭찬이 자자했다.

"집 밖에 나가 있는 하인들을 불러들여 주위를 살펴봐

주오. 이상한 걸 발견하면 지체 말고 달려오오."

"알겠습니다."

청운병이 대문을 나서는 것을 보고 다시 방으로 들어왔다. 그때까지도 청미령은 두려움에 떨며 방구석에 두 무릎을 세우고 앉아 머리를 파묻고 있었다. 죽음이 그 머리를 스쳐 지나간 것이다.

병풍에 꽂힌 쇠 화살을 뽑았다.

화살 끝이 날카로운 살상용이었다. 푸른빛이 오리 가슴과 머리 쪽으로 번졌다. 독을 바른 것이 분명했다. 화살을 종이로 잘 감싸 소매에 넣었다.

"괜찮소. 이제 안전하다오. 어서 이리 나오시오. 낭자!"

움직이지 않았다. 두 무릎이 후들거려 일어설 수 없는 것인지도 몰랐다.

"아무 걱정 마오. 내가 지켜 드리리다."

청미령은 고개를 들어 병풍에 난 화살 구멍을 확인한 후 눈을 질끈 감았다. 목에 구멍이 뚫리는 상상을 한 모양이다.

"소녀를 지켜 주시겠다는 말씀은 받아들일 수 없습니다. 나리께 짐이 될 순 없어요."

또 나를 밀어내는구나.

"별말씀을 다 하오. 더 빨리 위험을 알리지 못한 것이 오히려 부끄럽소. 낭자를 놀라게 한 잘못 너그러이 용서하오."

"잘못이라니요. 당치도 않으십니다."

청미령의 입술은 파리하다 못해 하얀빛을 띠었다.

"솔직히 말해 주시오. 낭자 목숨을 노렸소이다. 마음에 짚이는 사람이라도 있습니까?"

청미령이 고개를 저으며 왜 그런 걸 묻느냐는 듯이 냉정하게 답했다.

"없습니다. 누가 저 같은 것의 목숨을 노린다는 말씀이신지 모르겠네요."

얼음인들 이리 찰까. 청미령은 양손으로 머리를 매만지며 숨을 골랐다. 나는 헛헛 헛기침을 하며 식어 버린 잔만 들었다 놓았다. 어색함을 지우며 청미령에게 물었다.

"각수 이름이 무엇입니까?"

청미령은 방으로 들어서는 청운병과 눈을 맞춘 후 답했다.

"광통교 근처에 사는 도침입니다."

12장

각수 납치

가만히 살펴보니, 요즘 세상에 부녀자들이 서로 다투어 가며 일로 삼는 것은 오직 패설 읽는 것이다. 패설은 날로 달로 늘어 그 종류가 수백 수천에 이른다. 쾌가(儈家)에서는 이를 깨끗이 베껴 빌려주고는 값을 거두어 이익을 취한다. 아녀자들은 식견도 없이 비녀나 팔찌를 팔거나 또는 빚을 얻어서라도 다투어 빌려 와서는 긴 날의 소일거리로 삼는다.

— 채제공, 「여사서서(女四書序)」

그 밤은 정말 정신없이 달렸다.

박제가 집 사랑채로 찾아들 때까지만 해도 젖은 몸을 녹이고 따뜻한 국물을 곁들여 술이나 실컷 마실 생각이었다. 김진도 그런 내 마음을 짐작했던지 박제가와 백동수를 청하여 주안상을 차려 놓았다.

"수고했네. 이리 아랫목으로 내려 앉게. 설설 끓는다네."

백동수와 박제가 사이에 자리를 잡고 탁주 한 사발을 주욱 들이켰다. 속이 뻥 뚫리면서 이내 뜨거운 기운이 식도를 타고 올라왔다.

따르르르릉!

갑자기 귀가 먹을 만큼 시끄러운 소리가 서안 아래에서 들려왔다.

"이, 이게 무슨 소립니까?"

나는 황급히 허리를 숙이면서 표창을 집어 들었다. 백동수가 껄껄껄 웃으며 답했다.

"뭘 그리 놀라는가? 문시종(問時鐘, 자명종)일세. 요종(鬧鐘)이라고도 하지. 새벽에 일찍 일어나야 하거나 기억할 약조가 있으면 미리 이 양장철(羊腸鐵, 양의 창자처럼 말린 용수철)을 감아 두는 걸세. 때가 되면 이렇듯 요란한 소리로 시간을 알려 준다네. 연경에선 흔히 볼 수 있으이."

"그런데 왜 지금 우는 것인지요?"

박제가가 답했다.

"자네가 언제쯤 올까 우리끼리 내기를 했네. 화광 저 친구가 양장철을 감았지. 조금 일찍 왔지만 거의 맞춘 셈이로군."

"자, 한 잔 더 마시고 놀란 가슴을 가라앉히게나."

백동수가 다시 황새병(황새처럼 주둥이가 긴 술병)을 들었다.

"취하기 전에 다녀온 일부터 말해 보게."

김진이 백동수의 팔을 가볍게 잡았다 놓으며 말했다. 나는 누런 탁주를 쳐다보며 입맛을 다셨다.

"청운몽 소설을 몽땅 새긴 각수 이름은 도침이라 했으이."

"도침? 처음 듣는 이름이군. 자넨 어떤가?"

백동수가 묻는 말에 박제가도 고개를 갸우뚱거렸다.

"솜씨 좋은 각수들과는 형아우 하며 지내는데 도침이란 이름은 처음입니다. 그 도침이란 자가 어디에 산다던가?"

"광통교입니다."

내가 다시 술 한 잔을 비우는 사이 세 사람은 대화를 계속 이어 갔다.

"이상한 일입니다. 광통교라면 제가 잘 아는 곳인데……. 거긴 제대로 칼을 부릴 줄 아는 각수가 한 사람밖에 없습니다. 그렇지 않습니까?"

박제가가 묻는 말에 백동수도 고개를 끄덕였다.

"그렇지. 나와 죽마고우인 그 친구뿐이지. 아니, 아니야. 그 친구 만난 지도 석 달이 지났으니 그사이에 새로 각수가 이사 왔을 수도 있지. 도침이라는 각수 집이 어딘지는 소상히 알아 왔겠지?"

"여부가 있겠습니까? 동이 트자마자 가시죠. 단번에 안내하겠습니다."

빗줄기가 점점 굵어졌다. 이런 날은 배불리 마시고 머리 끝까지 술에 취하여 즐긴 후 쿨쿨 자는 것이 상책이다.

"순순히 각수 이름을 밝히던가?"

김진이 묻는 말에 날이 섰다.

나는 더욱 목소리를 높였다.

"그렇네. 조금 손해를 보더라도 청운몽이 쓴 누명을 벗기고 싶어하더군."

"정말 아무 일도 없었어?"

"작은 일이 하나 있긴 했네만…… 신경 쓸 것 없으이."

"작은 일이라니?"

김진이 진돗개처럼 말꼬리를 물고 늘어졌다.

"쇠 화살이 하나 날아왔네."

"쇠 화살?"

"별일 아닐세. 내가 미리 알아차리고 남매를 보호했다네."

"화살을 쏜 이는 잡았는가?"

"그게…… 말이야. 워낙 어둡고 비까지 추적추적 내려놔서…….

"놓쳤군. 화살은 가져왔는가?"

"여기 있네."

쇠 화살을 꺼내 주안상 위에 놓았다. 화살촉을 이리저리 살피던 김진의 얼굴이 차갑게 굳었다. 다시 술 한 사발을 들이켜려는데 김진이 벌떡 일어섰다.

"어서 가세. 도침의 목숨이 위험해."

"가다니? 이렇게 질풍폭우(疾風暴雨)가 쏟아지는데 어딜 간단 말인가? 비라도 그치고 날이라도 밝은 다음에 가세."

나는 사발에 입술을 갖다 댔다. 김진이 그 사발을 빼앗으며 소리쳤다.

"어서 가자니까. 사람 목숨이 달린 일일세."

사람 목숨이 달린 일?

김진이 그렇듯 서두르는 모습을 본 것은 그때가 처음이었다. 어디에서 죽음 냄새를 맡았을까. 발목을 삐어 걷기가 불편한 박제가만 남겨 두고 세 사람이 폭우 속을 달렸다. 쏟아지는 비를 가리거나 진흙탕을 피할 겨를이 없었다. 그날 또 발견한 것은 김진의 걸음이 백동수만큼이나 빨랐다는 사실이다. 백동수야 천하 협객이니 그렇다 쳐도 꽃을 즐기고 가야금이나 뜯는 김진이 허공을 나는 듯 현란한 발놀림을 보이는 것은 이해하기 힘들었다.

이 사내 정체는 도대체 뭘까? 얼마나 많은 재주를 숨긴 걸까?

김진이 어두운 골목을 구석구석 보며 심각한 분위기를 지우려는 듯 경쾌하게 이야기를 시작했다.

"초정 형님은 참으로 대단하시지. 글만 잘하는 서생들과는 근본이 달라. 글재주가 뛰어난 서생들과도 어깨를 나란히 하지만 중인이나 상민, 나아가 천민들 중에서 재주가 남다른 이들과도 깊이 사귀고 있으니까 말일세. 나라에서 집을 짓거나 다리를 만들고 또 별자리나 바람 방향을 알고 싶을 때면 언제나 초정 형님을 통한다네."

"그래서 도침이란 각수가 귀에 익지 않다고 한 것이로
군."

광통교로 접어들자 비로소 두 사람은 걸음을 늦추었다.
거기서부터는 내가 길 안내를 맡아야 했다. 우선 졸참나무
아래에서 길게 숨을 내쉬었다. 아무리 급해도 잠시 숨을
고르는 시간이 필요했다. 백동수가 그사이를 참지 못하고
다시 나를 다그쳤다.

"어딘가? 도침 집은 어느 쪽이야?"

걸음을 멈추니 추위가 엄습했다. 이대로 조금만 더 서 있
으면 몸이 꽁꽁 얼어붙을 것 같았다. 달리는 편이 나았다.

"따르시지요."

오른쪽 넓은 길을 등진 채 왼쪽 비탈길로 접어들었다.
진흙이 유난히 많아서 발목까지 푹푹 빠졌다. 지린 냄새와
함께 더러운 오물이 제멋대로 나뒹굴었다. 속이 울렁거렸
지만 꾹 참고 가난에 찌든 동네를 올랐다. 뒤따르던 백동
수가 혼잣말을 해 댔다.

"이상하군."

"그래, 이 길이야."

"여기서 그 여름에 만취해 잠들었더랬지."

"틀림없어."

낯익은 길인 듯했다. 이윽고 소나무 두 그루가 대문 좌우로 뻗어 있는 집 앞에 다다랐다. 단번에 도침이 사는 집을 찾은 것이다. 두 사람에게 설명을 할 겨를도 없이 백동수가 문을 열었다.

"목치(木癡) 이 친구! 또 거짓 이름으로 뒷돈을 모은 게로군. 후후후, 술 한잔 거하게 얻어먹어야겠는걸."

뒤따라 들어서던 김진이 속삭였다.

"말씀을 마세요."

그 집은 여느 집과 구조가 달랐다. 방과 마루, 부엌이 구별되지 않아 사찰 대웅전처럼 직사각형 집만 덩그러니 있었다. 한눈에 그곳이 각수들 작업장임을 알아차렸다. 나무를 다듬고 글자를 새기기 위해서는 넓은 공간이 필요한 것이다.

새어 나오던 불빛이 갑자기 흔들렸다. 백동수가 몸을 낮추는 것과 동시에 김진과 내 가슴은 축축한 흙바닥에 닿았다. 백동수가 고양이 걸음으로 문 앞까지 다가선 후 손을 들어 목을 긋는 시늉을 했다. 자객이 들었다는 뜻이다. 김진이 오른 주먹을 쥔 후 앞으로 쭉 뻗었다. 시간이 없으니 문을 열고 들이치자는 신호였다. 나는 소매에서 표창 두 개를 꺼내 들었고 백동수는 허리춤에 감추어 둔 단검 두 개를 양손에 들었다. 검술이라면 장검 단검 가리지 않고 능수능란한 그다.

김진은?

이마에서 흘러내리는 빗물을 왼손으로 훔치며 김진의 옷소매를 살폈다. 김진은 조용히 붓 두 자루를 꺼내 들었다. 작은 세필이었다. 웃음이 나왔다.

저것으로 어찌 자객들과 맞선단 말인가?

그런데 그 붓끝에서 풍기는 느낌이 이상했다. 부드럽게 먹을 빨아들이는 털이 아니라 화살촉처럼 날카로운 기운이 넘쳐났던 것이다.

김진과 나는 조심조심 백동수 곁으로 다가갔다.

"으으으, 으으으으!"

신음 소리가 새어 나왔다. 아직 각수를 죽이지는 않은 것이다. 백동수가 오른손 엄지와 검지를 펴 다섯 번 앞으로 내밀었다. 자객이 열 명이나 저 안에 있는 것이다. 쉽지 않은 싸움이다. 더군다나 아무리 여러 방면에 재주가 있다 해도 김진은 일개 서생이었다.

백동수가 문을 박차는 것과 동시에 뛰어 들어갔다. 복면으로 코와 입을 가린 융복 차림 사내들은 급습을 받고도 당황하는 기색 없이 장검을 휘둘렀다. 각수인 듯한 사내는 온몸을 결박당한 채 나무판 위에 엎드려 있었다. 두 사내가 그 앞에 앉아 무언가를 추궁하던 눈치였다.

백동수가 내친 단검이 가장 앞선 사내의 어깨를 찍는 것과 동시에 내 손을 떠난 표창이 그 뒤 사내의 무릎에 꽂혔다. 그때부터 전혀 예상하지 못한 풍광이 펼쳐졌다. 쓰러진 사내들 위로 김진이 날아오른 것이다. 양발 차기로 그 뒤에서 달려오던 두 사내의 턱을 강타한 다음 팔을 쭉 뻗어 양손에 쥔 세필로 다른 두 사내의 미간을 찔렀다. 정확히 혈을 짚은 것이다. 김진의 발이 땅에 닿자마자 네 사내가 정신을 잃고 쓰러졌다. 백동수와 나는 그 솜씨에 놀랄 따름이었다.

이제 남은 자객은 넷이다. 그자들도 역시 더 이상 맞서 봐야 승산이 없음을 깨달은 듯했다. 먼저 이문(裏門, 뒷문)으로 달아나려는 사내의 어깨에 표창이 박혔고 또 한 사내의 허벅지에 백동수가 날린 단검이 꽂혔다. 김진이 다시 허공을 갈라 키 작은 사내의 가슴을 짓눌렀다. 그러나 마지막으로 달아나는 키 큰 사내는 끝내 잡지 못했다. 추격하려 하자 김진이 말렸다.

"함정일지도 몰라. 그냥 두게."

백동수가 결박당한 각수를 품에 안고 외쳤다.

"이봐, 장세경. 정신 차려!"

청미령이 가르쳐 준 도침이란 사내는 백동수의 친구 장세경(張世景)이었다. 청운몽의 소설을 판각한 각수는 통통 부어오른 눈을 겨우 떴다. 그 역시 백동수를 알아보고 고개를 끄덕였다.

"저놈들은 누군가? 자넬 왜 이 지경으로 만들었어?"

고개를 젓는 장세경의 눈이 왕방울만큼 커졌다. 갑자기 코와 입에서 붉은 피가 울컥 쏟아졌다. 김진이 다가가서 손을 잡고 맥을 짚었다.

"환음단을 먹인 듯합니다. 빨리 옮겨야 합니다. 제 방에 해독환이 있습니다."

백동수가 서둘러 장세경을 업었다. 쓰러져 신음하던 자객들 움직임이 갑자기 뚝 멎었다.

"뭐야?"

나는 황급히 자객들을 흔들어 깨우려고 했다. 그러나 이미 절명한 뒤였다. 김진이 낮게 읊조렸다.

"침사단(沈死丹)을 먹은 걸세."

"침사단이라고? 삼키자마자 즉사하는 독약 말인가? 언제 먹은 게지?"

"손톱 끝에 바르고 다녔던 모양일세. 잡혀가서 치도곤을 당하는 대신 죽음을 택한 거지. 지독한 놈들이야. 이렇게 훈련시키기는 참으로 어려울 터인데…… 죽음으로 비밀을 지켰군."

"자, 어서 가자고."

백동수가 앞장을 섰다. 나는 시치미를 뚝 떼고 달리는 김진에게 물었다.

"그 열쇠는 뭔가?"

장세경의 맥을 짚을 때 작은 열쇠 하나를 소매에 넣는 것을 보았던 것이다.

"감쪽같다 여겼는데 역시 의금부 도사답군."

김진이 소매에서 열쇠를 꺼내 흔들었다.

"장세경이 보물을 숨겨 둔 창고 열쇠라네."

"보물 창고 열쇠? 도대체 무슨 소릴 하는 것인가?"

김진은 또 미소만 머금은 채 되물었다.

"목치 형님이 가명을 쓴 것은 어찌 생각하는가?"

"장세경은 관각을 도맡아 하는 탁월한 각수가 아닌가. 탑전에까지 그 이름이 오르내릴 정도지. 그런 사람이 하찮은 소설을 새기는 걸로 큰돈을 벌었다는 사실이 알려지면 좋을 게 없겠지. 가명을 쓰고도 남음이 있네. 야뇌 형님은 언제부터 장세경과 사귄 건가?"

김진이 백동수의 등에 업힌 장세경을 보며 말했다.

"도성 안에서 야뇌 형님과 형아우 하는 이가 적어도 오백은 넘을 걸세. 숫자도 숫자지만 참으로 다양한 인간들과 우정을 나누신다네. 개백정도 있고 갖바치도 있으며 말굽만 만드는 대장장이부터 무예를 가르치는 훈련도감 별장들까지 모두 야뇌 형님의 술친구일세. 조선 제일 각수인 목치 형님이 야뇌 형님의 벗이라고 하여 이상할 까닭이 없지."

"그렇군. 그런데 야뇌 형님도 그렇고 자네도 아까부터 장세경을 목치(木癡)라고 부르더군. 나무에 미친 바보! 별호치고는 너무 심한 것 아닌가?"

"벽(癖)이나 치(癡)를 꼭 나쁘게 볼 것만은 아닐세. 형암 형님도 스스로 간서치(看書痴, 책만 읽는 멍청이)라고 하지 않는가? 각수에게 목치란 별호를 붙이는 건 대단한 칭찬이라네. 목치란 별호는 석치(石癡)로부터 나왔지."

"석치는 또 무엇인가? 돌에 미친 바보라도 있단 말인가?"

"형암 형님과 매우 가깝게 지내는 석치 정철조(鄭喆祚)라는 이름을 듣지 못하였는가?"

정철조라면?

"그렇네. 우리나라에서 벼루를 가장 잘 만드는 사람일세. 좋은 돌이든 나쁜 돌이든 가리지 않고 돌만 보면 깎기 시작하여 문득 벼루를 만들지. 밀랍을 깎듯 벼루를 깎는 솜씨는 정말 신기에 가깝다네. 그래서 그 호가 석치인 걸세. 야뇌 형님이 그 석치를 생각하며 별호를 목치로 붙여준 거야."

"석치, 목치, 간서치라! 참으로 미친 사람들의 시절이로

세. 화광이란 자네 호도 화치와 같겠고. 꽃에 미친 사내. 왜 그렇듯 모두 미쳐서 멍청이가 되는 것인가?"

김진은 오래 고민한 문제인 듯 스스럼없이 답했다.

"잠시나마 옳은 것도 그른 것도 없이 내가 하는 일에만 몰입하는 시간을 얻기 위함이라네. 시시비비만 가리다 보면 미치고 싶어진다네. 세상이 달라지는 걸 당장은 기대하기 힘들 때, 빠져들 무엇이 필요한 게야. 돌이든 나무든 책이든 칼이든 별이든 그림이든."

"꽃이든."

김진이 미소 지으며 물었다.

"목치 형님 작업장에서 이상한 것을 느끼지 못했나?"

"글쎄, 정신없이 자객들과 맞서고 또 여기까지 나오느라 제대로 둘러보진 못했네. 무엇이 이상하단 말인가?"

김진이 장세경을 손으로 가리키며 답했다.

"작업장에는 목치 형님 혼자뿐이었네. 자객이 덮치기 전에 목치 형님은 목판에 글을 새기고 있었고."

"그건 어찌 아는가?"

"오른 소매에 성근 삼베가 덧씌워져 있지 않은가? 소매에 톱밥이 묻지 말라고 쓰는 거라네. 결박당한 나무판 아래에 그 삼베가 떨어져 있었으이. 작업을 하고 있지 않았다면 왜 구태여 그런 차림이었겠는가?"

"그랬군."

알고 보면 별것도 아닌 일이다. 김진은 흔히 지나치기 쉬운 단서를 놓치지 않는다.

"작업장에는 목치 형님 혼자 결박당한 채 자객들에게 위협을 받고 있었네. 자객들이 목치 형님을 곧바로 죽이지 않은 건 이 보물 창고 열쇠 때문이었겠지."

"몸수색을 했다면 금방 열쇠를 빼앗았을 일이 아닌가?"

"자넨 내가 열쇠를 목치 형님 손에서 몰래 빼냈다고 처음부터 그게 그 자리에 있었다고 보는 겐가? 아니야. 목치 형님처럼 욕심 많은 위인이 열쇠를 함부로 손에 쥐거나 몸에 지니고 다닐 리 없지."

"그렇다면 그 열쇠가 어디 있었다는 겐가? 결박당한 장세경이 어떻게 그 열쇠를 몰래 가지고 있을 수 있었지?"

"간단해. 함께 생각해 보세. 목치 형님은 열쇠를 몸에 지니지 않았다. 결박당했고, 자객들이 작업장을 뒤졌지만 열쇠를 찾지 못했다. 그런데 야뇌 형님이 끌어안자 목치 형님은 이 세상에서 가장 믿음직한 친구에게 건네려고 그 열쇠를 챙겼다. 자객들이 다시 와서 열쇠를 찾을 수도 있으니까. 이렇게 정리하면 열쇠가 어디에 있었는가는 명약관화하지 않는가?"

"모르겠네. 답을 가르쳐 주게."

나는 김진의 알 듯 말 듯한 추측에 정신이 산란했다. 처음부터 몸에 없었지만 결박당한 후에도 열쇠를 지닐 수 있었다? 김진이 답했다.

"열쇠를 목판에 숨겼던 거야. 목치 형님 정도의 각수라면 눈에 띄지 않게 목판 어딘가에 홈을 내서 거기에 열쇠를 감출 수 있었겠지. 공교롭게도 목치 형님은 열쇠를 감춘 곳 위에 엎드려 있었던 거야. 그러니 자객들이 열쇠를 찾지 못할 건 당연한 이치 아닌가. 끝까지 버티던 목치 형님은 자객들이 물러가고 야뇌 형님이 오자 슬그머니 결박당한 양손을 움직여 홈을 덮었던 나무 조각을 떼어 내고 열쇠를 움켜쥐었던 걸세. 마침 그걸 발견한 내가 열쇠를 중간에서 슬쩍한 거고. 자객들이 먹인 환음단 때문에 정신이 혼미했던 목치 형님은 내가 소중한 열쇠를 빼앗는 것을 막을 수 없었고."

"그랬군. 따져 보니 그 경우뿐이겠어. 그런데 열쇠를 자네가 가질 필요가 있나? 야뇌 형님이 가지면 아니 되는가?"

김진이 앞서 걷는 백동수를 슬쩍 보더니 목소리를 낮추었다.

"야뇌 형님은 호걸인 건 좋은데 너무 강직청명(剛直淸明, 마음이 굳세고 곧으며 청명함)해. 이 열쇠를 받으면 목치 형님을 두들겨 패고 볼걸. 그러면 안 돼. 목치 형님과 정말 중요한 협상을 해야 한다 이 말씀이야."

"무엇을 협상한단 말인가?"

"두 가지라네. 우선 이 열쇠에 맞는 관약(關鑰, 궁문이나 성문의 자물쇠. 여기서는 그냥 자물쇠라는 뜻으로 쓰임)이 어디 있는지 알아야 하지 않겠는가? 그 보물 창고에 우리가 찾으려는 것이 꼭 있다고 보네."

"우리가 찾으려는 것이라고?"

"차차 이야기함세."

비가 차츰 줄어들었다. 김진은 양손으로 부채를 부치듯 웃옷을 턴 다음 물었다.

"이상한 게 하나 더 있는데 모르겠나?"

"무엇이 말인가?"

"작업장에는 각수 혼자만 있었네."

"혼자 있는 게 어쨌다는 건가?"

김진이 걸음을 멈추고 내 얼굴을 쳐다보았다. 그리고 다시 걸음을 내디디며 말했다.

"자넨 방각 소설을 좋아하긴 해도 그 소설이 어떤 절차를 거쳐 판각되는지는 모르는군."

이건 또 무슨 소리인가?

"방각에서 가장 중요한 것은 신속과 정확일세. 여기서 신속이란 짧은 시간 안에 많은 판을 새기는 것이고 정확이란 당연히 오자가 없는 것이겠지. 신속과 정확을 기하고자 이름난 각수는 보통 창준(唱準) 한둘을 두게 마련일세."

"창준?"

"말 그대로 필사된 초고를 읽어 주는 사람일세. 발음이 정확하고 문장에 두루 능하며 소설에 조예가 깊은 사람이어야만 창준 역할을 제대로 할 수 있지."

각수가 초고를 일일이 보며 판을 새기면 시간도 오래 걸리고 자칫 실수하여 글자를 틀리게 팔 수도 있다.

"자네 말은……."

"그렇지. 분명 목치 형님은 작업을 하고 있었어. 그렇다면 창준이 곁에 있어야 하지 않느냐 이 말일세. 나는 그 창준이 누군지 무척 궁금해. 그걸 두 번째 협상 거리로 삼을 생각일세."

"오늘 밤만은 창준 없이 혼자 작업했을 수도 있지 않나?"

"아닐세. 작업실 어디에도 필사된 초고는 없었어. 벌써 누군가 챙겼다는 뜻이지. 자객들은 그럴 필요가 없고, 우리가 들이닥치기 전에 틀림없이 창준이 초고까지 챙겨 먼저 사라진 게야. 어쩌면 그 창준이 자객들과 짜고 목치 형님을 포박했을 수도 있고."

김진은 오늘도 내가 발견하지 못한 많은 단서를 찾아

냈다.

"백탑 서생들에 관해 하나만 물어도 되겠나? 솔직히 답해 줄 수 있겠어? 우정을 걸고 말일세."

우정을 끝에 단 것이 왠지 어색했지만 이미 엎질러진 물이다. 김진이 고개를 끄덕였다.

"내가 관재에 처음 갔던 날 기억하지? 아무리 거기 서생들이 야뇌 형님을 믿고 또 형님이 데려온 사람이라면 누구든 따뜻하게 맞아들인다고 해도 말일세, 어찌 아무런 경계도 없이 청운몽의 초상을 단원에게 그리게 하고 또 청운몽을 추억할 수 있단 말인가? 몇몇 젊은 사람들은 그렇다 쳐도 형암이나 초정처럼 신중한 분들이 그런 실수를 한 것은 믿기 힘들어. 더군다나 거기 서생들이 등용될지도 모른다는 풍문이 돌던 시점이 아닌가? 청운몽과 가깝게 지냈다는 이유로 백탑파들을 잡아들여 문초하라는 상소까지 탑전에 올라왔음을 모르지는 않았을 것이야. 그런데 왜 처음 만난 내게 약점을 보였을까? 단번에 파멸로 치달을 수도 있네. 내가 딴마음을 먹었다면 말일세."

채제공과 긴 대화를 나눈 후부터 이런 의혹이 증폭되었다. 김진이 힐끔 백동수와 거리를 잰 후 간단히 답했다.

"자네가 딴마음을 먹지 않으리란 걸 알았기 때문이겠지."

"그날 처음 만났는데 어찌 그걸 알 수 있지?"

"자꾸 첫 만남을 강조하는데, 자넨 거기 서생들을 그날 처음 만났을지 모르네만 그 사람들은 자넬 오래전부터 알았을 수도 있으이. 더군다나 자넨 야뇌 형님과 의형제를 맺은 사이가 아닌가. 자네 성품, 좋아하는 시문과 병서, 표창을 잘 쓰고 책임감이 강하며 소설을 좋아한다는 사실을 미리 아는 건 쉬운 일이야."

충분히 가능한 추측이다.

"그 사람들이 왜 내게 자기들 약점을 보였을까? 아무리 생각해도 이해할 수가 없네."

김진의 얼굴에 미소가 피어올랐다.

"백탑 서생이라고 해도 워낙 다양한 이들이 나고 드니까 모든 걸 함께하는 건 아니라네. 나는 정말 거기에서 자네를 우연히 처음 만났으이. 다른 서생들도 대부분 마찬가지였으리라고 믿네. 하지만 자네 지적도 완전히 무시할 건 아닐세. 매사에 신중한 단원이 자네 앞에서 붓을 든 것이나 그동안 세상에 모습을 드러내지 않던 연암 선생과 담헌 선생이 함께 상석을 차지한 것이나……. 하여튼 그날은 근자에 보기 드문 풍광이었네. 늦게 온 나도 깜짝 놀랐으니까 말이야. 솔직히 자네와 똑같은 의문을 품었다네. 적어도 야뇌 형님과 연암 선생, 형암 형님과 초정 형님 정도는 미리 자네를 관재로 초대하는 문제를 깊이 논의했을 듯싶으이."

가슴이 철렁 내려앉았다. 더 파고들어야 한다.

"무슨 논의를 했을까?"

"말년유택(末年幽宅, 무덤)에 들어갈 때까지 침묵을 지킬 사람들이지. 한 가지는 확실해. 청운몽의 억울한 죽음과 백탑파에 대한 어처구니없는 모해를 철저하게 다시 조사할 사람으로 자넬 택했다는 것 말이야."

"왜 나지? 나야말로 청운몽을 잡아들인 장본인인데."

"청운몽을 죽음에 이르게 한 건 가슴 아픈 일이지만, 자넨 의금부나 좌우 포도청에서 사사로운 눈치를 보지 않고 사건 그 자체에만 매달린 거의 유일한 사람이니까. 자네에게 청운몽 초상을 보여 주지 않더라도 청운몽과 백탑파의 유별난 친교는 이미 알려질 대로 알려졌다네. 마음만 먹으면 언제든지 역모죄로 엮을 수도 있었지."

"여, 역모죄라니?"

놀라지 않을 수 없었다. 누가 백탑 서생들을 역적으로 몬단 말인가.

"「길동후지(吉童後識)」라는 청운몽의 소설을 기억하나?"

"홍길동이 율도국 외에 압록강 너머에도 나라를 하나 더 세우는 소설 말인가?"

그 소설을 처음 읽었을 때는 왜 하필 압록강 너머일까

궁금했다. 청운몽이 백탑에 모인 서생들과 깊이 교유하며 북학을 배웠으니 당연한 일이다.

"그렇다네. 이번에는 도적 떼뿐만 아니라 조선에서 쓰임 받지 못한 서자나 중인들까지 동참하지. 그 나라에서는 적서 차별이 없을 뿐 아니라 사농공상이라는 질서도 사라진다네. 열심히 일한 자가 배불리 먹는 사회일세."

"교산이 쓴 「홍길동전」을 청운몽 나름대로 각색한 작품이 아닌가? 그 대목이 크게 문제 될 건 없다고 생각했네만……."

"소설을 소설로만 읽는다면야 그렇지. 청운몽이 처형된 마당에 그 소설을 백탑 서생들과 엮어맨다면 끔찍한 결과를 낳을 수도 있네. 백탑 주변에 모여든 서자들이 이런 식으로 새로운 나라를 꿈꾼다고 말이야."

"「길동후지」는 어디까지나 소설일세. 압록강 너머에 그런 나라가 세워질 리도 없고."

"소설이 현실 같고 현실이 소설 같은 세상이야. 애매하게 역모 혐의를 받고 서둘러 처형된 이들의 면면을 찾아보게. 대부분은 그 이치에 맞지 않는 이야기로 소설 몇 권을 쓰고도 남지."

"정말 그런 일이 벌어진다 해도 의금부 도사에 불과한 내가 어찌 그 광풍을 막을 수 있겠나?"

"자네보고 그 바람을 다 막아 달라는 소린 아닐세. 다만 의금부에도 백탑 서생들을 이해해 줄 사람이 한 사람쯤 필요하지. 자네가 이 일을 다시 조사하면 더 좋고. 그래서 자네에게 거기 서생들이 어떤 글을 짓고 무슨 음률을 즐기는가를 보여 준 것 같으이. 『한객건연집』을 어떤 젊은 의금부 도사가 고평했다는 소린 그전에 나도 들었다네."

"야뇌 형님이 그 책을 내게 읽힌 것도 미리 계획된 일이었단 말인가?"

나는 당장 백동수에게 따지고 싶었다. 사람을 어찌 이렇듯 감쪽같이 속인단 말인가?

"너무 노여워 말게. 시를 즐기는 자네니까 야뇌 형님이 이왕이면 백탑에서 가장 빼어난 시들을 보여 준 것이겠지. 자네도 그 시집을 읽고 싶어하지 않았나?"

"그야 그렇네만……."

"숨김없이 장점과 단점을 내보이는 것, 그게 백탑 서생들이 벗을 맞아들이는 방법이라네. 몇 가지 준비도 했던 것 같네만 내 생각에 자넨 언젠가는 우리와 만날 사람이었어. 가장 힘든 시기에 이렇듯 함께 있는 게 큰 다행일지도 몰라."

"백탑 서생들이 나로 인해 원하던 걸 얻었는가?"

"소나기는 벗어났지만 더 큰 폭풍우가 밀려오는 것 같

으이. 역시 이건 쉽지 않은 싸움이야."

나는 채제공과 나누었던 대화를 꺼내려다가 굳게 입을 다물었다. 이젠 숨길 건 철저하게 숨겨야 한다. 나를 끌어들이기 위해 백탑 서생들이 감춘 것처럼.

"하나만 더 묻겠네. 자네가 선뜻 날 도와주겠다고 나선 것도 미리 계획된 것인가?"

김진이 잠시 고개를 들고 건상(乾象, 해와 달과 별들의 위치나 밝기 등 하늘의 현상)을 살폈다. 객성(客星, 천상에서 짧게 나타났다 사라지는 별)이 유난히 많은 밤이었다. 나를 돕는 것까지 미리 준비했다면 우정을 다시 생각해야 한다. 이윽고 김진이 답했다.

"아닐세. 난 미리 귀띔을 받지 못했다네. 정말 자네 첫인상이 마음에 들었네."

"나를 이용하여 살인 사건을 해결하고 싶었던 건 아니고?"

김진이 밝게 웃었다.

"하하하, 역시 의금부 도사는 못 속이겠군. 억울하게 죽은 청운몽 사건을 내 손으로 조사해 보고 싶다는 생각을 하지 않았다고 말하지는 못하겠네. 하지만 말일세, 자네가 좋았던 건 사실이야. 난 내가 마음에 들지 않는 사람과는 한순간도 같이 있지 못하네. 차라리 그 시간에 들꽃이나

한 송이 더 보는 게 낫지. 자넨 어땠나? 자넨 지금도 내가
싫은가?"

"싫다니? 아닐세. 나도 자네가 처음부터 마음에 들었으
이."

거짓말을 했다. 김진이 내 눈을 들여다보며 되물었다.

"그런가, 친구?"

그리고 소매에서 서찰 하나를 꺼내 내밀었다.

"이게 무언가?"

"나중에 읽어 보게. 내가 이 일에 관심을 가질 수밖에 없
는 이유가 그 속에 있으이."

박제가 집에 도착했다. 대문은 열려 있었다. 사랑채에서
기다리던 박제가 불편한 다리를 끌며 마당으로 내려섰
다. 어둠 속에서도 백동수 등에 업힌 사내 얼굴을 용케 알
아보았다.

"목치 형님이 아닙니까? 역시 도침은 목치 형님이었군
요. 저 피는, 창백한 안색은……."

백동수가 대답 대신 신발을 신은 채 방으로 뛰어 들어갔
다. 김진과 나도 흙을 튀기며 그 뒤를 따랐다. 백동수가 장
세경을 누인 것과 동시에 김진이 쌓아 둔 서책 틈에서 엄
지손톱만 한 갈색 환약을 꺼냈다. 이것을 반으로 쪼개 장
세경 입에 넣은 후 억지로 물을 먹였다.

"시간을 너무 지체했습니다. 하루는 더 기(氣)를 다스리며 조식해야 할 것 같습니다."

"목숨에는 지장이 없나?"

백동수가 근심 어린 얼굴로 물었다. 김진이 장세경 얼굴을 흘깃 살핀 후 답했다.

"찬 기운이 물러가고 더운 기가 도니 큰 문제는 없을 듯합니다. 오늘은 밤도 깊었으니 그만 물러들 가서 쉬시지요."

내가 끼어들었다.

"쉬다니? 저 각수를 자네에게 맡기고 그냥 돌아가라 이 말인가? 그러다가 위독해지거나 반대로 정신을 수습하여 달아나기라도 하면 어찌하는가?"

김진은 대답 대신 어깨를 으쓱 들어 보였다. 문 앞에 비스듬히 기대선 박제가가 말했다.

"의금옥에 가둘 수도 없는 노릇이지. 목치 형님을 설득할 시간과 장소가 필요한데 여기보다 더 나은 곳은 없을 듯하이. 의금부 도사가 끌고 가겠다면 어쩔 수 없지만 그리되면 일만 복잡해질 뿐이야. 아니 그렇습니까, 야뇌 형님?"

"그래. 나도 그렇게 생각하네. 아까 그 자객들 움직임이 낯익었네."

"낯익다니요?"

"훈련도감에서 가르쳤던 무예와 흡사하였다 이 말일세."

백동수는 부탁을 받고 몇 번 훈련도감에 가서 무예를 지도한 적이 있었다.

"그렇다면 훈련도감이 이 사건에 개입되었다는 말씀이십니까?"

박제가가 대신 답했다.

"훈련도감뿐만이 아닐지도 몰라. 그러니 의금부로 세경 형님을 데려가는 건 더더욱 위험하네. 거기에도 세경 형님을 노리는 자들이 있을지 모르는 일일세."

백동수도 박제가를 거들었다.

"한 번만 더 이 김진이란 괴물을 믿어 보는 게 어떨까? 자넬 실망시키진 않을 걸세."

김진이 아니고는 장세경을 구슬려 입을 열게 만들 사람이 없음을 안다. 그러나 그사이에 살인 사건이 터지기라도 하면? 도망친 자객이 동료들을 이끌고 이 집을 습격하기라도 하면? 김진이 내 불안을 짐작이라도 하듯 선수를 쳤다.

"이제 나흘 남았네. 그동안에는 결코 살인 사건이 일어나지 않을 거야. 사건이 터지면 곧 목치 형님을 데려가도 좋네. 나흘 후에 찾아오면 기쁜 소식을 줄 수 있을 것도 같으이. 날 믿고 맡기게. 나흘만 내게 시간을 줘."

"정말 나흘이면 되겠나? 그 후엔 저 각수를 의금옥에 가둔다 해도 상관없다 이 말이지?"

"목치 형님이 무슨 죄가 있다고 의금옥에 가둔단 말인가? 하여튼 좋네. 감옥에 가두든 말든 무조건 자네에게 넘기지."

김진이 양손을 비비며 이마를 찡그렸다. 장세경을 감옥에 가두도록 그냥 두지 않겠다는 말 없는 시위 같았다.

의금부로 돌아온 나는 김진이 거리에서 건넸던 서찰을 펼쳐 들었다. 작은 공이 굴러가듯 글자 하나하나가 둥글둥글한 필체가 눈에 확 들어왔다. 김진에게 보낸 청운몽의 서찰이었다.

여름이 가고 가을이 오니 작은 근심이 더욱 자랍니다. 그대에게 빌린 꽃에 관한 서책들을 아직 작은 이야기 속에 녹이지 못했습니다.

그대는 만 번 꽃잎에 앉은 나비요, 백향(百香)을 천지에 옮기는 바람이라. 그 모습을 옮기겠다는 욕심이 처음부터 헛되고 헛된지도 모릅니다. 그러나 북풍이 불기 전에, 정곡(正鵠, 과녁의 복판)을 향해 화살을 쏘듯, 꽃에 미친 한 사내의 이야기를 풀어 보렵니다.

이 이야기는 방각지도 않을 테고 세책방에 내놓지도 않을 겁니다. 방각이 더 많은 이들에게 소설을 전하는 좋은 길이 되기도 하지만, 처음 생각을 충분히 풀어 쓰지 못하게 하는 면도 많습니다. 지난봄 그 일까지 직접 관여하는 까닭을 내게 물었던가요? 방각 소설이 지닌 약점을 지우기 위해서는 귀찮더라도 내가 끝까지 책임질 수밖에 없답니다. 돈에 구애받지 않고 초고를 전부 살리고 싶으니까요.

삼가 이 짧은 글로 그동안의 미안함을 대신합니다. 이야기가 완성되면 직접 소광통교를 찾겠습니다.

13장

기다림의 미덕

　적과 싸워 이길 수 없을 때에는 마땅히 수비해야 하고, 적과 싸워 이길 수 있을 때에는 마땅히 공격해야 한다. 수비하는 것은 승리를 취할 수 있는 조건이 부족하기 때문이요, 공격하는 것은 승리를 취할 수 있는 조건에 여유가 있기 때문이다. 수비를 잘하는 자는 깊이를 알 수 없는 지하에 숨은 것과 같아 적이 엿볼 수 있는 형상을 없게 하며, 공격을 잘하는 자는 높이를 헤아릴 수 없는 하늘 위에서 움직이는 것과 같아 적으로 하여금 방비하지 못하게 한다. 이 때문에 이미 자신을 보전할 수 있으며 또한 완전한 승리를 얻을 수 있다.

　　　　　　　　　　　　　　　　　　　　　　　　　　—손무, 『손자병법』

그 나흘 동안 무슨 일이 벌어졌던가.

삼십 년이 훌쩍 지난 지금도 나는 청미령이 보낸 서찰을 지니고 있다. 과연 이것은 청미령이 직접 쓴 것일까? 직접 썼다면 무슨 마음으로 나를 만나자고 했을까?

그때 나는 청미령에게 다가서지 못하고 주저주저했다. 나에 대한 미움을 지울 방책이 뚜렷하게 없었던 것이다. 김진은 이런 내 습벽을 '기다림의 미덕'이라고 칭찬한 적도 있지만, 아니다. 이는 어디까지나 내 어리석음이며 게으름이며 아둔함일 뿐이다.

장세경을 김진에게 맡긴 후 처음부터 사건을 다시 살폈다. 김진에게 기대지 않고 내 힘으로 살인 행각을 추적하기 위함이다. 이틀 밤을 꼬박 새워 살인 현장을 훑고 의금

부로 돌아온 새벽, 마침 숙직을 서던 의금부 도사 박헌이
졸린 눈을 비비며 충고하였다.

"대단하이. 이 엄동설한에 도성을 온통 뒤지고 다니는구
먼. 괜한 고생일세. 그런다고 살인광이 '나 여기 있소.' 하
고 나올까? 이 일을 자네 혼자 맡아서 하고 있다는 인상을
윗전에 주지 말게나. 나중에 무거운 벌이 온통 자네에게만
쏟아질지도 모르는 일일세. 자넬 생각해서 하는 말이야."

"그래도 그냥 기다릴 수만은 없지 않습니까?"

"그냥 기다리란 말이 아닐세. 죄책감을 버리라 이 말이
지. 청운몽이 죽은 후에도 살인이 이어진다 하여 꼭 그 매
설가가 억울하게 죽었다고 보지 말란 말이야. 청운몽은 자
복을 했으이. 스스로 죽음을 택한 거라 이 말일세."

박헌은 예리하게 아픈 부위를 비집고 들어왔다.

"거참, 이상도 하지. 자네가 올린 글을 보니 사건 현장에
있던 소설들이 모두 청운몽이 쓴 것이라며?"

"그렇습니다."

"청운몽이 죽은 후에도 누군가 계속 그자 소설을 찍어
낸다는 말인가? 초고가 방각되는 과정을 추적해 보는 건
어떨까?"

오 년 남짓 의금부에서 흉악한 범인들을 잡아넣은 박헌
다웠다. 김진처럼 정확하고 논리 정연하지는 않았지만 엇

비슷하게나마 청운몽이 남긴 유작에서 심상찮은 냄새를 맡은 것이다.

"식솔을 잡아들여 문초하는 건 어떨까? 그 어미와 두 동생 말일세."

박헌의 눈빛이 유난히 번뜩였다. 주리가 틀려 비명을 지르는 청미령의 처참한 얼굴이 스치고 지나갔다. 아니 된다. 그 일만은 막아야 한다.

"그자들을 잡아들였다는 소문이 나면 청운몽을 처형한 일이 다시 구설수에 오를 겁니다."

박헌이 입맛을 다시며 고개를 끄덕였다.

"그도 그렇겠군. 이건 벌써 끝난 일이니까."

"며칠만 더 시간을 주십시오. 반드시 놈을 잡겠습니다."

나는 김진의 얼굴을 떠올리며 이제 사흘 남았다는 생각을 했다. 박헌이 코를 찡긋해 보였다.

"며칠? 뭔가 믿는 구석이라도 있나 보지? 벌써 몇 달째 온 도성이 공포로 휩싸였는데 그깟 며칠쯤 보낸다고 뭐 그리 대수겠는가? 다시 말하네만 혼자 이 일을 감당하려 들진 말게. 의논할 일이 생기면 나를 찾아오고. 자네가 다칠 수도 있음이야. 내 말 명심하게."

"알겠습니다. 그리하겠습니다."

아침을 건너뛴 채 청운몽이 즐겨 읽었다던 『소운전(蘇雲

傳)』이란 소설을 펼쳤다.

……홀연 향풍(香風)이 진동하며 일위 동자 검은 소를 끌고 옥저를 불며 지나다가 생(生)을 보고 웃어 왈(曰) "속객(俗客)은 무슨 일로 이 깊은 곳에 들어왔느뇨?" 생이 황망히 답 왈 "경개를 탐하여 선경을 범하였거니와 선동(仙童)은 어디로조차 왔으며 혹 속객으로 하여금 신선을 뵈옵게 하오리까?" 동자 미소 왈 "그대 정성이 지극하거든 나를 따라오라." 하며 산속으로 들어가거늘 생이 따라갈새 길이 위태하고 산이 높아 촌보를 행키 어려운지라……

어려운지라, 어려운지라, 어려운지라.

한 장도 넘기지 못하고 자꾸 이마가 서책에 닿았다. 양 손바닥으로 얼굴을 쓸었다. 단서를 찾아야 한다. 범인을 잡지 못하면 청운몽의 가솔들에게 화가 미칠 것이다. 하지만 단서가 없다, 단서가 없어.

위대한 영웅 소운의 이야기입니다. 우선 기쁘게 그 활약상을 음미하십시오. 살인광이 남긴 흔적을 찾는 건 그다음입니다.

고개를 들었다. 거기 한 사내가 서 있었다. 삿갓을 쓰고 구멍이 숭숭 뚫린 낡은 두루마기를 입었다. 여행 중인 듯

초리(草履, 짚신) 세 켤레가 매달린 봇짐을 졌다.

당신 누구요? 누군데 감히 의금부 안까지 들어온 것이오?

사내가 삿갓을 머리 뒤로 넘겼다.

그사이 내 목소리를 잊으신 겁니까? 납니다. 매설가 청운몽, 미래의 당신!

청운몽! 정말 당신이오? 당신은 서문 앞 저자에서 능지처참되지 않았소?

맞습니다. 덕분에 이렇듯 구천을 떠돌고 있지요. 매설가는 구원(九原, 저승)에서도 마음 편히 정착할 집이 없군요. 하지만 떠도는 것이 어찌 처형된 매설가뿐이겠습니까? 이도사. 그대 마음도 허허롭기는 마찬가지군요.

그런데 아까 한 말은 무엇이오? 청운몽 당신이 어찌 내 미래란 것이오?

매설가는 매설가를 알아보는 법입니다. 의금옥에서 그대와 처음 만났을 때, 나는 그대 눈에서 매설가다운 호기심과 끈기를 발견했습니다. 비록 지금은 어울리지도 않는 의금부 도사 옷을 입었으나 장래 언젠가 반드시 매설가가 될 겁니다. 내 말이 틀렸습니까?

난 그저 소설 읽기를 즐길 뿐이오. 매설가라니…… 당치도 않소. 그건 그렇고 이승과 저승이 엄연히 다르거늘 나를 찾아온 이유가 무엇이오?

내가 그대를 찾은 것이 아니라 그대가 날 부른 겁니다.

아니오. 내가 언제 청운몽 당신을 불렀소? 거짓말 마오.

거짓이 아닙니다. 소설을 아끼는 간절한 그대 마음이 내 누이에게 옮겨 갔지요. 그 간절함이 나를 이곳으로 이끈 겁니다. 이 도사. 그대는 힘들고 지쳤습니다. 편안한 휴식이 필요합니다. 나로 인해 자책하지 마십시오. 소설을 아끼는 그 마음으로 내 누이를 따뜻하게 품어 주세요.

나도…… 그러고 싶소. 하지만 미령 낭자가 나를 아주 차갑게 대하니…….

미령이는 내가 잘 압니다. 정말 간목안(看鶩雁, 날아다니는 따오기나 기러기를 보듯 한다는 말로, 별 관심이 없음을 뜻함)이라면 오히려 차갑지도 뜨겁지도 않게 이 도사를 대했겠지요. 속마음이 뜨거운 만큼 말과 행동은 차가운 법입니다. 소설을 생각해 보십시오. 정말 큰 분노와 슬픔이 찾아들면 문장은 오히려 건조해집니다. 아무 일도 아니란 듯이, 차갑게, 아주 단정하게! 그러나 속으로 한 걸음만 들어가면 태산 같은 감정이 숨어 요동치지요. 그 아이를 부디 붙잡아 주십시오. 그리고 정착하십시오. 가우(佳偶, 좋은 배필)가 되세요. 두 사람이 함께 있어야 허허로움이 사라질 겁니다.

힘든 일이오.

물론 그렇습니다. 죽음에 이르기 전까지 삶은 언제나 힘든 법이지요. 이왕 힘든 것이라면 고통을 나눌 수 있는 사람과 함께 있는 것이 최선 아니겠습니까?

미령 낭자가 날 좋아할 까닭이 없소. 오히려 나를 증오하는 마음만 키우고 있을 게요. 우린 아직 서로를 너무 모르오.

오래 많이 만나야 그 사람을 아는 건 아닙니다. 그 애는 아마도 그대에게서 나와 비슷한 체취를 맡았을지도 모릅니다.

비슷한 체취?

매설가들만이 뿜어내는 특유한 냄새지요. 얼마든지 편안하게 정착할 수 있는데도 항상 떠도는, 내가 가지지 않은 것을 궁금해하고 욕심 내는, 그러다가 크게 상처받고 오랫동안 잊지 못하는, 그리하여 마침내 이야기로 꾸며 내는 자들에게서 풍기는 냄새지요. 이 도사, 그대가 백탑을 기웃거리는 까닭이 뭡니까? 그 서생들과 어울리지 않더라도 그대는 종친으로 평생을 편안하게 살아갈 수 있습니다. 그런데도 그대는 서얼들과 어울린다는 비난을 무릅쓰고 책에 미치고 꽃에 미치고 검에 미친 자들과 교유합니다. 매설가의 피가 흐르기 때문입니다. 매설가는 그렇게 어리석고 욕심 많은, 그리하여 슬픈 인간입니다. 미령이는 틀림없이 그대에게서 내가 지녔던 체취를 맡았을 겁니다. 그래서 저도 모르게 그대에게 끌리고 있을 겁니다. 그대는 그 아이를 따뜻하게 위로하며 품어 주면 됩니다.

"주무십니까? 명례방에서 서찰이 왔습니다."

정신이 번쩍 들었다. 서안에 닿아 있던 이마를 들고 황급히 일어나 마당으로 나갔다. 나장 손에 들린 서찰을 빼앗아 다시 방으로 들어왔다. 언문 규적(閨跡, 여자가 쓴 글씨)이 작고 부드러워 청미령의 고운 자태를 닮았다. 내용은 간단했다.

오늘 밤 자시 여경방 만지전(万紙廛)에서 기다리겠어요.

만지전은 청운몽을 능지처참한 저잣거리에 있는 유명한 종이 가게다.

이 만남을 예고하는 꿈이었을까. 그런데 왜 하필 만지전으로 오라는 게지?

마음이 편치 않았다. 그곳에 가면 청미령도 나도 어쩔 수 없이 청운몽의 최후를 떠올릴 것이다. 간첩(簡帖, 간략하게 적은 편지)을 전한 노복이 벌써 돌아갔으니 약속 장소를 바꿀 수도 없다.

무슨 일일까? 청미령이 만나기를 청하리라고는 꿈에도 생각 못했다. 언제나 다가설 수 없을 만큼 거리를 유지하지 않았는가? 단둘이 만나는 상상을 하지 않은 것은 아니다. 그러나 그 만남은 먼 훗날, 이 무시무시한 살인극이 끝난 후 세상 사람들이 더 이상 청운몽이 당한 능지처참도, 탁월한 소설도 잊을 즈음 조용히 청할 것이다. 너무 빨리 기회가 왔다. 밤늦은 자시(子時, 밤 11~1시)에 왜 나를 만나려는 걸까? 은밀히 내게 할 말이 무엇이란 말인가?

꼬리에 꼬리를 물고 물음이 이어졌다. 나는 아직 청미령에 대해 아는 것이 거의 없다. 청운몽과 청운병의 동생이라는 것, 큰오빠의 혐의를 인정하지 않는다는 것, 어머니를 극진히 모시는 효녀라는 것. 그 정도가 내가 아는 전부다. 그동안 도대체 무얼 했을까 하는 자책이 일었다. 명례방 하인들을 조금만 다독여도 청미령이 좋아하는 음식과 계절, 옷과 서책을 알 수 있었으리라.

스르르 잠이 밀려들었다. 이틀 밤을 꼬박 새운 피로가 눈꺼풀을 누른 것이다. 완전한 어둠에 휩싸이는가 싶더니 빛이 보였다.

오른발이 나왔고 그다음엔 왼발이다. 오른팔과 왼팔은 거의 동시에 보였고 몸통이 그 뒤를 이었다. 갈기갈기 찢긴 몸이 차례차례 등장한 것이다. 이상한 점은 떨어진 팔과 다리 몸통에서 피가 전혀 흐르지 않는다는 것이다. 풍광을 둘러보니 청미령을 만나기로 약조한 신문 안 저잣거리다. 어둠이 휙 빛을 감싸더니 팔과 다리가 날아서 몸통에 붙었다. 한참이나 시간이 흘렀지만 머리가 보이지 않았다.

아, 저 흉측한 몸뚱아리의 주인은 누구란 말인가?

빛이 거의 사라질 즈음 한 처녀가 오른손에 보자기를 들고 나타났다. 직감으로 그 보자기가 수급임을 알아차렸다. 아리따운 처녀는 청미령이다. 머리 없는 몸 옆에 보자기를 내려놓고 나에게 손을 흔든 후 천천히 보자기를 풀었다. 예상대로 그 안에는 잘린 머리가 있었다. 역시 피는 흐르지 않았다. 청미령은 머리를 들어 목 위에 얹었다. 뒤통수가 나를 향했기 때문에 아직 그 머리 주인을 확인할 수 없었다. 청미령은 나에게 고개를 끄덕이며 손뼉을 두 번 짝짝 쳤다. 몸 전체가 천천히 이쪽을 향해 돌기 시작했다. 빛이 점점 줄어들고 있었다. 목에는 벌써 어둠이 드리웠고 코와 이마의 윤곽도 흐릿했다. 이윽고 사내가 정면으로 서는 순간, 비명을 지르며 잠에서 깨어났다.

그 사내는 바로 나였다.

몽엽(夢魘, 가위눌림)에서 벗어나자 밖은 이미 어둠이 깃든 지 오래였다. 호롱불을 찾았지만 기름이 똑 떨어졌다. 더듬더듬 방바닥과 벽을 더듬어 겨우 밖으로 나왔다. 깊게 숨을 들이마셨다가 내쉬었다. 양손으로 목을 짚었다. 다행이었다. 내 목은 여전히 머리와 몸을 이어 주고 있다.

청운몽을 너무 의식한 탓이겠지. 산산이 찢긴 육신이 나였다니 끔찍하군. 불길해. 하필 청운몽의 육신이 찢긴 바로 그 장소에서 내 조각난 육신을 볼 게 뭐람. 아, 정말 거기론 가고 싶지 않구나. 지금이라도 명례방에 사람을 보낼까. 장소를 바꿀 수 없다면 늦은 밤이 아니라 어슴새벽(어스레한 새벽) 무렵이 어떠냐고 말을 넣어 볼까.

이미 시각은 해시(亥時, 밤 9~11시)를 넘어가고 있었다. 다른 사람 눈에 띄기 쉬운 군관복을 벗고 융복으로 갈아입었다. 만일을 대비하여 표창 두 개를 소매에 넣고 의금부를 나섰다.

미행을 염려하여 대다방동과 하석정동, 대정동을 돌았다. 아무도 따라오지 않는 것을 두 번 세 번 확인한 후에야 신문 쪽으로 향했다. 전을 걷은 저잣거리는 조용하다 못해 귀신이라도 나올 듯 음산했다. 연쇄 살인이 다시 시작되었다는 풍문이 돈 후부터는 해가 지는 것과 동시에 도성 거리가 텅텅 비었다. 찬 바람만이 얼어붙은 담과 나무를 휘돌았다.

만 가지 종이를 판다는 만지전을 찾기는 어렵지 않았다. 조족등(照足燈) 하나가 멀리서 깜박였던 것이다. 가까이 다가서자 가게 주인인 듯한 중늙은이가 공손히 나와서 읍을 했다.

"따르시지요."

중늙은이를 따라서 가게 안으로 들어갔다. 종이 뭉치들이 길게 늘어선 마당을 지나 또 한참을 좁은 골목으로 걸어 들어갔다. 뒷문이 나왔고 그곳에는 키가 작고 목이 짧은 청년 하나가 깜박불(꺼질 듯이 깜박거리는 불)을 밝히며 서 있었다. 중늙은이는 그 청년과 눈인사를 했다. 청년이 내게 읍을 한 후 말했다.

"따르시지요."

다시 뒤안길(뒷골목 길)이 나타났다. 서문 안 저잣거리가 이렇게 복잡한 줄은 그날 처음 알았다. 가도 가도 끝없는 미로. 내가 첫걸음을 뗀 곳을 찾기란 불가능할 듯했다. 이윽고 청년은 높은 담을 따라 한참 걸은 후 작은 쪽문 앞에 섰다.

"들어가서 기다리시지요. 곧 오실 겁니다."

나는 잠시 주저했다.

이곳은 대체 어디란 말인가? 과연 저들은 미령 낭자가 보낸 사람들이 맞을까? 혹시 함정이라면?

여기까지 와서 포기할 수는 없었다. 이렇듯 신중에 신중을 기하는 것을 보면 뭔가 중요한 문제가 생긴 것이다. 미령 낭자를 만나야 한다.

방문을 열고 안으로 들어섰다. 서책이 펼쳐진 서안 하나가 아랫목에 덩그러니 놓여 있었다. 자리에 앉으니 청년이 다시 인사하고 문을 닫았다. 귀를 기울였지만 발걸음 소리는 들리지 않았다. 내공을 연마한 자임이 분명했다. 서책으로 눈이 갔다.

『한객건연집』!

백동수로부터 빌려 읽은 시집이다. 미령 낭자가 미리 준비한 것일까? 손이 가는 대로 서책을 넘겼다. 유득공의 아름다운 시 한 수가 눈에 띄었다.

이 밤이 어떤 밤인지 알지 못하네
술은 무르익고 등불은 푸르구나
풀숲 길로 사람들 돌아갔는가
남은 횃불은 별처럼 반짝이네

不知今夕何夕
端然酒岸燈靑
芳逕人歸未遠
草間殘炬如星

— 유득공, 「세심재(洗心齋)」

이덕무, 박제가, 유득공, 이서구!

참으로 탁월한 시인들이 아닌가. 선조 대왕부터 숙종 대왕까지가 당시와 송시를 배우고 익히는 시절이었다면 선왕과 금상의 시절은 조선만의 시를 창조하며 시인 자신의 개성을 만천하에 알리는 때이다. 선편을 잡은 김창흡과 이용휴의 암중모색을 거친 후, 이 네 사람에 이르러 도성에서 생활하는 선비의 눈에 비친 세상이 모습을 드러내기 시작한 것이다. 이들처럼 날카롭고 새로우며 삶의 문제를 깊이 고민하면서 자기만의 시 세계를 열어 보인 이들은 지금껏 없었다. 뛰어난 시인들이 한꺼번에 백탑 아래로 몰려든 것이다.

이들은 시에 몰입했을 뿐만 아니라 경세의 바람까지 품고 있다. 이 나라 조선을 완전히 탈바꿈하려는 것이다. 박지원과 홍대용을 모시며 압록강 너머 연경의 새로운 문물을 받아들이는 것도, 함께 모여 자하주(紫霞酒, 신선들이 마신다는 신비한 술. 여기서는 귀한 술을 가리킴)를 마시며 밤을 새우는 것도, 모두 미래를 준비하는 것이다.

기회를 엿보는 것이다.

세상을 완전히 바꿔 놓을 단 한 번의 순간을.

탑전에서 그이들을 특별히 아낀다는 풍문은 거짓이 아니다. 그 새벽에 후원으로 들어가서 용안을 우러를 사람이 몇이나 될까. 그러나 세상을 바꾸는 것은 호락호락한 일이 아니다. 금상께서 총애하신다 해도 세상은 그리 만만하지 않다.

백탑파가 조정에 들어가기라도 하면 갖가지 비난들이 이어지리라. 세상을 경영하려면 철저히 준비하며 속마음을 감출 필요가 있다. 그러나 백탑 서생들은 청운몽에게 품은 애정을 공공연하게 내비치지 않았던가. 능지처참한 죄인을 두둔하였다는 죄 하나만으로도 벼슬이 날아가고 사약이 내릴 수 있다.

청운몽이 당한 능지처참은 백탑파에게 닥칠 불행한 미래를 내비친 징조가 아닐까?

문이 열렸다. 골목 아래 쓰개치마를 쓴 처녀가 서 있었다. 반가운 마음에 밖으로 내려섰다. 순간 이상한 느낌이 뒤통수를 때렸다. 청미령보다 한 뼘쯤 키가 컸던 것이다.

"누구냐?"

표창을 꺼낼 틈도 없이 복면 쓴 사내들이 하늘에서 내려왔다. 지붕과 담장에도 열 명 넘게 매복하고 있었다. 청미령을 만난다는 반가운 마음에 주위를 경계하지 않은 것이 화근이었다.

몸을 빙글 돌리며 다시 방으로 들어갔다. 문이 부서지면서 사내 둘이 허공을 날아 달려들었다. 표창 두 개를 뿌렸다. 너무 급한 상황이기에 상대방 목숨을 배려할 여유가 없었다. 표창이 정확하게 미간에 꽂히자 자객들은 썩은 고목처럼 고꾸라졌다. 그다음 자객들이 밀어닥치는 것과 동시에, 나는 개구리처럼 넙죽 엎드리며 쓰러진 자객들이 떨어뜨린 칼 두 자루를 집어 들었다. 칼바람이 내 상투를 갈라 쳤다. 무릎을 방바닥에 붙였다 차오르며 장검을 가위표로 휘저었다. 자객들 어깨에서 붉은 피가 솟았다.

몇 명일까? 열 명, 아니 스무 명일지도 모른다. 저들은 곧장 내 목을 노리고 있다. 순간순간 들이치는 살수(殺手)를 언제까지 피할 수 있을까? 역부족이다. 역시 함정이었다. 청미령이 판 함정일까? 무슨 이유로 내 목숨을 노린단 말인가? 내 연정을 이렇듯 무참히 짓밟는단 말인가?

피비린내가 진동했다. 방바닥은 이제 반 넘게 붉은 피로 물들었다. 열린 문으로 검은 밤하늘이 보였다.

밖으로 나가야 한다. 예서 개죽음을 당할 순 없어.

자칫하면 마당으로 내려서기도 전에 살수가 내 심장을 뚫을 것이다. 어디서 어떤 자세로 달려들지 모르는 상대. 둘이라면 맞설 수 있지만 넷이라면? 여덟이라면? 열여섯이라면 나도 큰 상처를 입으리라. 죽을 수도 있다.

그러나 밖으로 나가야 한다. 여기서 조금 더 지체하다가는 제풀에 지치고 만다. 저들은 밖에서 얼마든지 여유를 부리며 기다릴 수 있다. 그러나 나는 아니다. 긴장을 유지하는 데는 한계가 있다. 벌써 찬 바람이 내 몸에서 더운 기운을 빼앗고 있지 않는가. 저들은 내 몸이 얼기를 기다리는지도 모른다. 움직임이 조금이라도 더뎌진 순간 한꺼번에 몰려들지도 모른다. 나가야 한다. 죽더라도 가야 한다.

양발 엄지에 힘을 쏟는데 우는살 하나가 날아와서 벽에 박혔다. 화살촉에 주먹만 한 무경탄(霧景彈, 연막탄)이 달렸다. 굉음과 함께 자욱한 연기가 방을 가득 채웠다. 자객들은 갑작스러운 굉음과 연기에 당황하여 몸을 사렸으며, 나는 그 기회를 놓치지 않고 새처럼 날아올랐다.

"뛰어!"

남색 치마에 분홍 저고리 차림으로 백동수가 장창을 휘돌리며 소리쳤다. 뒤도 돌아보지 않고 달렸다. 철전 네 개가 날아왔지만 장창에 걸려 모두 떨어졌다. 백동수가 소매에서 무경탄을 꺼내 던졌다. 굉음과 연기가 다시 밤하늘로 치솟았고 백동수와 나는 미친 듯이 달아났다.

얼마나 달렸을까.

멀리 돈화문이 보였다. 백양나무에 기대어 숨을 골랐다.

"혁혁, 아녀 형님! 천만몽외(千萬夢外, 천만뜻밖)에 형님이 와서 목숨을 건졌습니다. 그런데 어떻게 알고 오셨습니까? 또 그 차림은 무엇입니까?"

백동수가 소매에서 무경탄 하나를 마저 들어 흔들며 빙 굿 웃어 보였다.

"이틀 전부터 자넬 따라다녔다네. 화광이 신신당부했거든. 자네가 가는 곳은 어디든지 쫓으라고 말이야. 사랑에 들뜬 사내는 세정(世情, 세상 물정)을 제대로 살필 수 없다고 했으이. 맞는 말이지. 나도 왕년엔 그랬으니까."

"분명 미행은 없었습니다."

"자네에게 들킬 정도면 아뇌라고 할 수 있겠나?"

백동수가 여장을 하고 뒤를 따르리라고는 상상도 못 한 일이다. 김진이 낸 생각이었겠지. 제갈공명보다도 더 영특한 사내가 아닌가.

"제가 이런 낭패를 볼 것임을 화광이 미리 예측하였다 이 말씀이신가요?"

"목치 집에서 달아난 자객이 자넬 수소문해서 찾기는 쉽다네. 저들이 또 한 번 기습을 노린다면 그 상대는 당연히 의금부 도사 이명방이 아니겠는가?"

"미리 귀띔이라도 해 주시지요."

"자네 목숨만은 지킨다는 전제 아래 그냥 놔두라 했네."

"어인 이유인가요?"

"우린 아직 저들을 몰라. 그림자도 붙잡지 못했다 이 말일세. 저들이 스스로 모습을 보일 때까지 기다리기로 한 걸세. 과연 이렇게 자넬 습격했군. 이제 몇 가지는 분명해졌으이."

김진은 보이지 않는 상대를 유인하는 미끼로 날 이용한 것이다.

"무엇이 말입니까?"

"저들은 자네와 청운몽의 악연을 아는 자들일세. 자네가 그 악연에도 청미령을 사모한다는 것도……."

따지듯 물었다.

"미령 낭자를 의심하는 겁니까?"

"미령 낭자일 수도 있고 아닐 수도 있겠지. 하여튼 저들은 명례방과 어떤 식으로든 관련이 있네. 이것만 해도 우리로서는 큰 수확이지. 또 하나, 저 자객들 무예가 매우 낯익군."

"어인 말씀이신지?"

"워낙 화급하게 벌어진 일이라 자세히 살필 수는 없었으나 활을 쏘고 검을 휘두르는 것이 적어도 왜나 청의 솜씨는 아니었네. 하나같이 같은 호흡으로 움직이는 걸로 보면……. 그렇게 잘 훈련된 이들은 도성 안에서 손꼽을 정도지."

의금부, 훈련도감, 포도청, 숙위소. 머리가 점점 복잡해졌다. 백동수가 서둘러 손사래를 쳤다.

"아니야. 내가 잘못 보았을 수도 있네. 그곳 무사들이 자
넬 몰래 척살할 까닭이 없지. 자, 자네는 의금부로 가서 쉬
게. 거기서 나올 생각일랑 말고."

"형님은 화광에게 가시는 겁니까?"

"아닐세. 화광은 다시 도성 밖 움집으로 돌아갔다네. 살
펴야 할 천문(天文, 별자리)이 있다고 했으이. 모르긴 해도
이 일의 공과를 미리 알기 위함이 아닌가 싶네. 해가 바뀌
어야 하산하여 입성할 모양이야. 그럼 새해 새 아침에 초
정 집 사랑채에서 보세. 한바탕 혈투를 벌여야 할지 모르
니 표창을 넉넉히 준비해 오고."

혈투? 백동수도 이 일이 쉽게 끝나리라고는 보지 않는
것이다. 의금부 도사를 급습한 자들이 아닌가.

"지금 당장 화광을 만나고 싶습니다. 이대로 돌아가면
편히 잠을 이루지 못할 것입니다. 저 혼자서라도 그 친구
를 찾아가겠습니다."

백동수가 치맛단을 움켜쥐며 크게 웃었다.

"허허허, 참게. 기다림의 미덕을 지키는 것도 나쁘지 않
네. 대나무 끝에서 삼 년 보낸다고 했으이. 화광이 한 예언
이 맞는다면 우린 해가 바뀐 뒤에나 범인 얼굴을 보게 될
걸세. 지금 화광을 찾아간다고 해서 만난다는 보장도 없지
않나?"

"움집에서 기다리겠습니다."

"가든 말든 그건 자네 자유일세. 하지만 초정 말에 따르자면, 화광은 집에 머무는 시간보다 들로 산으로 떠도는 시간이 훨씬 길다더군. 어떨 때는 보름이 넘도록 숲에서 나오지 않은 적도 있다네. 화광만 아는 은밀한 쉼터가 도성 주위에만도 네댓 개는 넘지. 화광이 자넬 만나러 나온다면 모를까, 자네가 그 친구를 찾는 건 어렵다네. 포기하는 것이 옳으이."

(2권에서 계속)